Helga-Maria Marcks

MORD UND HOCHZEITS-SPITZEN

Für Giovanni

Prolog

»Hoppla! Wen haben wir denn da?«

Judy bückte sich nach dem Totenschädel, der durch den sintflutartigen Gewitterregen freigelegt worden war. Um die Schlammreste zu entfernen, schüttelte sie ihn ein paarmal kräftig. Zwei verfaulte Schneidezähne fielen dabei auf die Erde.

»Du siehst mir ganz wie der Ludwig aus.« Sie drehte ihn hin und her. »Immer noch Lust auf kleine Jungs? Ich wette, die ist dir vergangen ...«

Spielerisch warf sie den Schädel in die Luft. »Sein oder Nichtsein; das ist hier die Frage.«

Sie schaute in die leeren Augenhöhlen. »In deinem Fall ja sicher Letzteres. Und das ist auch gut so.«

1

Ein paar Tage zuvor …

Ihre große schlanke Gestalt hatte Judy in ein weißes Sommerkleid gehüllt. Die Cowboystiefel schützten sie vor den Vipern, die im hohen Gras des Pinienhains lauerten. Ihre blonden Haare trug sie immer noch lang, allerdings band sie sie, seitdem sie durch das Alter spärlicher geworden waren, zu einem Zopf zusammen, der seitlich auf ihre Brust fiel. Der große Strohhut verlieh ihr etwas Verwegenes.

Die Flinte in ihrer Hand folgte dem Rhythmus ihrer energischen Schritte. Während ihre Schwester Titty beim Anblick des Grauens weinte und es Zigarette um Zigarette ausräucherte, brauchte sie ein anderes Ventil.

Um diese Zeit des Tages war der Duft der Pinien besonders stark. Gierig sog sie ihn ein. Die schräg einfallenden Sonnenstrahlen erleuchteten das stumpfe Grau der Wacholderbüsche und das glänzende Grün des übrigen Gestrüpps. Hier war alles noch wild. Vom Sturm entwurzelte Bäume lagen kreuz und quer in der Gegend herum. Dazwischen hatte Judy sich im Laufe der Jahrzehnte ihren Trampelpfad geschaffen. Ab und zu schwirrten im Herbst die Pilzsammler aus dem Dorf im Unterholz herum, ansonsten war das ihr Reich. Als sie die Villa gekauft hatte, war sie einen Moment lang versucht gewesen, das gesamte Grundstück einzuzäunen, aber dann hatte sie sich nicht nur aus Kostengründen dagegen entschieden. Die Natur gehörte allen, nicht nur ihr. Außerdem wäre das zu deutsch gewesen. Meine Scholle! Herrjemine!

Leise knackten die dünnen, vom Wind abgerissenen Zweige unter ihren Füßen. An einem der nächsten Tage würde sie ihren treuen Helfer Paolino herschicken, um ein paar Pinienzapfen zu sammeln. Die waren so praktisch zum Kaminanzünden, und auch für die Feuerschalen.

Ihre Pappkameraden standen gut versteckt an den Bäumen. Gott sei Dank waren sie so fest angebunden, dass der Sturm von neulich sie nicht umgerissen hatte.

»Da bist du ja, Brendan!« Freundlich lächelte sie der junge Mann in seinem Hochzeitsanzug an. Sie legte das Gewehr an und schoss ihm mitten in die Stirn. Bamm! »Das ist für die Scheißbeurteilung, die mich beinahe den Job gekostet hat! Alles nur, um ein paar Kröten zurückzukriegen! Dreckskerl! Ich hatte dir und deiner arroganten Kuh die perfekte Superhochzeit organisiert. Ihr Iren seid doch alle gleich!«

Sie lud kurz nach.

Eine bildhübsche Braut, die verträumt über den Brautstrauß in die Kamera blickte, war an der Reihe. Bamm! Der Schuss ging direkt ins linke Auge. »Für deinen hysterischen Anfall, als du mich vor all den Gästen zur Sau gemacht hast, weil *deine* dämliche Brautjungfer die Ringe verbaselt hatte. *Puttana*!«

Ein eleganter älterer Herr stand etwas zur Seite geneigt und schaute mit seiner Industriellenfratze in ihre Richtung. Bamm! Der Schuss traf ihn auf Brusthöhe. »Und das für deine Knickrigkeit, verdammter Erbsenzähler! Hier mit dem protzigen Maserati und deiner jungen Ische ankommen, um vor deinen Schickimicki-Freunden einen auf dicke Hose zu machen, und dann um jeden Cent feilschen! Monatelang hast du mich damit in den Wahnsinn getrieben! Scheißkerl!«

Ein älterer Herr im Smoking grinste sie direkt an. Bamm! Ein Schuss in die Eier. »Das für deine verdammte Grabscherei! Deine widerlichen fetten Finger in meinem Slip, als ich dir die Fliege binden sollte! Bäh! Ekelhafter alter Hurenbock! Dachtest wohl, das wäre mit inbegriffen! Einen Scheiß war es!«

Der Rückstoß der Waffe machte sich in ihrer Schulter bemerkbar. »Bist auch nicht mehr die Jüngste …«, murmelte sie in sich hinein und senkte die Waffe.

Zufrieden tippte sie an ihre Hutkrempe und pustete wie John Wayne das Rauchwölkchen an der Spitze des Gewehrlaufs weg. »Was für ein Scheißberuf! Wedding Planner!« Wenig damenhaft spuckte sie zur Seite.

2

Schon von Weitem konnte sie den schnittigen Alfa
Romeo ihres alten Freundes Gaetano erkennen. Wie
immer hatte der Maresciallo der Carabinieri des Dorfs
seine Gazzella korrekt neben ihrem alten, total ver-
staubten Jeep geparkt.

Sie musste innerlich lachen. Damals war sie schon
vierzig und er ein junger Appuntato, als sie sich zum
ersten Mal auf dem Dorfplatz vor der Carabinieri-
Station getroffen hatten. Einbrecher waren in ihr Haus
eingestiegen und hatten ein paar Schmuckstücke mit-
gehen lassen, um die es ihr sehr leidtat. Eines davon
war ein goldenes Kreuz, das ihre Mutter immer um den
Hals getragen hatte. Der hübsche Apulier hatte die
schwere Eingangstür aufgemacht und schien wie vom
Blitz getroffen. Er hatte jenen Blick, den manche Männer beim Anblick schöner Frauen bekamen: den eines
wehrlosen Dackels. Seitdem schmachtete er sie an und
schaute regelmäßig bei ihr vorbei. Hoffnungen hatte sie
ihm nie gemacht, und mittlerweile war ihr Katz-und-
Maus-Spiel zu einem Ritual geworden. Beide waren sie
älter und reifer. Der gute Gaetano hatte auch ein bisschen zugelegt, aber es stand ihm gut. Dazu die schloh-
weißen Haare mit dem eleganten Schnitt … Er war eigentlich kein Mann, den man von der Bettkante stieß.
Aber nein. Das ging nun wirklich nicht. Sie hatte
schließlich Wichtigeres zu tun. Und außerdem: mit
siebzig! *Dio mio*! Da müsste sie ja sehr dunkle Vorhänge
anschaffen!

»*Adorata*!«, rief er ihr zu. »Sie sehen mal wieder bezaubernd aus!«

Mit ausgestreckten Armen und einem strahlenden Lächeln ging sie auf ihn zu.

»*Carissimo*! Was für eine wundervolle Überraschung! Welch guter Wind treibt Sie zu mir?«

Gewandt senkte Gaetano seinen Kopf und deutete einen Handkuss an. Schon immer war er ein echter *Signore* mit ausnehmend guten Manieren gewesen. Wahrscheinlich hatte er eine großartige süditalienische *mamma* gehabt.

»In Ihren Augen geht jedes Mal die Sonne auf!«

»Alter Charmeur! Leider ist der Sonnenuntergang nah …«

»Wie meinen, Allerteuerste? Erschrecken Sie mich nicht!«

»Nun, in drei Wochen …« Betrübt sah Judy zu Boden.

»Was heißt in drei Wochen?« Er sah ehrlich betroffen aus. Spontan ergriff er ihre Hände und schaute ihr intensiv in die Augen. Sein sonst gebräuntes Gesicht war ganz blass.

»Makulaoperation.«

»Wenn ich irgendwas für Sie tun kann …«

»Oh, das ist lieb! Wenn Sie mich vielleicht begleiten könnten? Ich habe schon immer von einer Fahrt in einer Gazzella geträumt …« Und mit neckischem Augenaufschlag fügte sie hinzu: »… als Unschuldige natürlich!«

»Das wird mir ein Vergnügen sein! Ein Finger-schnipsen genügt, und ich werde zur Stelle sein!«

Judy lächelte ihn an. »Nun, *tesoro mio*, und was ver-schafft mir heute die Ehre?«

»Ach, liebste Judy, das ahnen Sie sicher schon ... Es kamen mal wieder Anrufe ...«

»Wegen der Schüsse?«

Gaetano nickte ergeben und breitete entschuldigend die Arme aus.

»Wenn Sie wüssten, wie oft die Scheißtauben auf meine liebevoll und formvollendet dekorierten Hoch-zeitstafeln gekackt haben! Ich hasse diese Viecher! Wis-sen Sie, wie man die in England nennt? Fliegende Rat-ten!«

»Sie haben ja mein vollstes Verständnis ...«

Er war wirklich hinreißend, ihr Gaetano! Diese un-glaublich gut geschnittene schwarze Uniform mit den roten Biesen und den silbernen Beschlägen ... Die Ita-liener konnten eben Mode! Vielleicht sollte sie doch mal ... Aber nein! Das ging gar nicht! Auf gar keinen Fall!

»Da bist du ja, mein kleiner Filippo!« Judy bückte sich kurz, um dem Mops die Ohren zu tätscheln. Der Maresciallo war, wie Judy wusste, kein großer Hunde-freund. Vielleicht gab es das Postbotensyndrom auch bei Polizisten? Interessiert schnüffelte Filippo an seinen hohen Stiefeln, hob das Bein und pinkelte.

»Oh, Verzeihung! Wie kann er nur, dieser Halunke!« Gespielt empört drohte Judy dem Vierbeiner mit dem

Finger. »Der Signor Maresciallo ist doch keine Zypresse!«

»Zumindest nicht, bis das Gegenteil bewiesen ist«, konterte Gaetano geschickt, um die Peinlichkeit der Situation zu überspielen.

Lachend hakte Judy den Carabiniere unter und führte ihn in Richtung Villa.

»Das werden wir gleich wieder gutmachen. Ein Espresso? Vielleicht hat Paolino heute Morgen auch schon Cornetti aus der Bar geholt.«

3

Es war schon lange her, dass Judy einen so blank geputzten blauen Morgenhimmel gesehen hatte. Der feine Dunst, der die Toskana sonst in mysteriöse Schleier hüllte, war wie weggeblasen. Am Horizont erstreckte sich die grüne, durch Pinien und Zypressen gezeichnete Linie, auf die eine weitere folgte. Sie waren wie Wellen im Meer, die heranrollten, aber nie ankamen. Die Konturen der Villen, Dörfer und Kirchen waren so klar umrissen, dass sie viel näher wirkten als sonst. Jetzt im Juli leuchteten die Farben besonders intensiv. Während die rundköpfigen Pinien in ihrem milden Grün erstrahlten, waren die schlanken, hoch in den Himmel ragenden Zypressen von einem dunklen Glanz überzogen. Auf einer von ihnen schaukelte ein Fischreiher wie ein betrunkener Seemann und hielt nach Beute im unten im Tal gelegenen See Ausschau. Über ihm zog ein Falke einsame Runden, ohne auch nur ein einziges Mal die Flügel zu schlagen.

Im Weinberg buddelte Paolino ein tiefes Loch. Über dem Rand des aufgeworfenen Erdreichs konnte man nur den zerrupften Strohhut sehen, der merkwürdig ruckartige Bewegungen vollführte. Hier und da lugte eine Strähne der wilden grauen Haare seines Besitzers hervor. Noch war die Temperatur erträglich, aber später würde Paolino irgendwo erschöpft im Schatten der Steineichen liegen. Ab und zu hörte Judy bis hier oben ins Zimmer das Klonk-Klonk der Steinchen, die an der dickwandigen, stets in Reichweite stehenden Grappaf-

lasche scheiterten. »Hoch lebe die Zitze der alten Sä-
cke!«, rief er für gewöhnlich vor jedem Schluck vom
brennenden Fusel.

Ruckartig öffnete Judy das leicht klemmende Fenster. Hier müsste mal wieder was gemacht werden, dachte sie. Es war jetzt mindestens zwanzig Jahre her, dass
sie neue Fenster hatte einbauen lassen. Überhaupt war
alles in letzter Zeit etwas heruntergekommen. Als sie
die Villa vor vierzig Jahren von ihrem Erbteil gekauft
hatte, sah sie deutlich besser aus. Damals konnte man
sich solche Häuser noch leisten, keiner wollte sie. Vor
allem nicht die Florentiner: zu weit draußen, zu unmo-
dern, zu unbequem, zu arbeitsaufwendig und zu teuer
im Unterhalt. Dann der riesige Garten und die Weinberge! »Was soll's«, murmelte sie leise vor sich hin. »Ich
bin jetzt siebzig, Titty ist dreiundsiebzig, wer weiß, was
hieraus mal wird.«

Der selbst bei offenem Fenster allgegenwärtige Zigarettengestank raubte ihr den Atem. Irgendwann einmal
hatte sie es aufgegeben, die übervollen Aschenbecher
auszuleeren. Das sollte lieber Paolino machen, wenn er
ab und zu durchputzte. Der litt zwar an einer Nerven-
krankheit, aber Gott sei Dank waren sein Geist und
sein Körper noch nicht so perdu, dass er keine Haus-
und Gartenarbeiten mehr verrichten konnte. War
schon nützlich, der Gute.

Träge öffnete Titty, der menschgewordene Aschenbecher, ein Auge. Sie war schon immer ein Langschlä-
fer gewesen.

14

»Filippo! My fags!«, murmelte sie mit ihrer tiefen Reibeisenstimme.

Mit einem gewaltigen Plumps ließ sich der Mops vom Bett zurück auf den Boden fallen. Nach seinem morgendlichen Ausflug mit Judy in den Pinienhain hatte er sein Frauchen eigentlich mit einem ausgiebigen Abschlecken des Gesichts wecken wollen. Röchelnd lief er zu dem kleinen Tischchen und schnappte nach der Zigarettenschachtel.

»Good old boy …«, raunte Titty, begleitet von einem besorgniserregenden Rasseln, während sie gierig den Rauch ihrer Morgenzigarette inhalierte und den Mops tätschelte.

»Mal wieder ein Ausbund an Gesundheit heute …«, bemerkte Judy spöttisch.

»Über die Nägel in meinem Sarg will ich immer noch selber bestimmen.« Die letzten Worte wurden von einem bellenden Husten erstickt, das von Tag zu Tag schlimmer wurde. Mittlerweile nahm Judy es als unabänderlich hin. Was ließ sich schon jemand sagen, der mit einer Stange Zigaretten und einem Feuerzeug begraben werden wollte? »Paolino ist am Buddeln«, lenkte sie auf ein anderes Thema ab.

»Wonach sucht er diese Woche?«

»Nach etruskischen Münzen. Ich hab ihm neulich den Artikel aus der *Nazione* mit dem Fund in Cortona gezeigt.«

»Das ist doch schon dreißig Jahre her …«

»Meinst du, Paolino schaut aufs Datum?«

»Da hast du auch wieder recht.« Eine neue Salve Husten.

»Wenigstens besser als die ägyptischen Vasen … Immer diese grässlichen, schäbigen Scherben von irgendwelchen alten Dorfkrügen oder Ziegeln entsorgen. Die Müllabfuhr wird sich schon gefragt haben, wo die alle herkommen …«

Hinter sich hörte Judy, wie Titty aus dem Bett stieg. Obwohl sie beide mittlerweile ein respektables Alter hatten und Titty ihr kleines Laster pflegte, konnte man sagen, dass sie, abgesehen von Tittys Hustenkonzerten, noch gut beieinander waren. Das wusste zwar keiner, aber es ging auch niemanden etwas an. Im Dorf sollten sie ruhig glauben, dass sie beide bereits etwas tüdelig waren. Umso besser.

Tittys krause, wuschelige Haare kitzelten Judy im Nacken, als ihre Schwester sich neben sie stellte und auch zu Paolino blickte.

»Schon traurig … War mal so ein fescher Kerl.«

»Bei meinen Hochzeiten waren immer alle Mädels hinter ihm her.«

Judy war jetzt seit zwei Jahren im Ruhestand, davor hatte sie jahrzehntelang Hochzeiten für ausländische Paare geplant und verwirklicht. Was hatte sie diesen Beruf gehasst! All diese mäkeligen Paare, die sich wie sonst wer aufführten und um jede Kleinigkeit ein riesiges Bohei machten. Aber Paolino war ein flotter junger Mann gewesen, stets gepflegt und top gestylt. Tag für Tag hatte er ihr als Kollege zur Seite gestanden, war ihre Augen, ihre Ohren, ihre Arme, Beine und Hände.

Wenn's allzu arg wurde und das Brautpaar, die Braut-
jungfern, die Geschwister oder die Eltern sich mal wieder von der fiesesten Seite zeigten, brachte er als Fels in
der Brandung Ruhe in alles.

»Ist schon ein Jammer, sich so in seiner eigenen
Welt zu verlieren …«, seufzte Judy.

Titty schlurfte, von Filippo gefolgt, ins Bad. Judy
schüttelte das Bettzeug auf, und wieder überkam sie ein
Gefühl der Übelkeit vom Zigarettengestank, der mittlerweile mit allem eins geworden zu sein schien, das mit
Titty in Berührung kam.

»Gehst du ins Dorf?«, fragte Titty von drüben.

»Hmm.«

»Bringst du mir Fags mit?«

Judy verdrehte die Augen. »Vor wie vielen Jahren
bist du noch mal aus England zu mir hier in die Toskana gekommen?«

»Wann ist John gestorben?«

»Das müsstest du doch eigentlich besser wissen …
War schließlich *dein* Mann …«

»Ach, John … Der liebe Gott hab ihn selig. Wie er
mich damals aus diesem niedersächsischen Kaff raus-
geholt hat!«

Judy hatte Titty manchmal dort in dem abgelegenen
norddeutschen Winkel besucht. Heute wirkte alles, was
sie damals erlebt hatten, fast irreal, wie in eine sehr viel
weiter entfernte Zeit entrückt. Der ruhig fließende Mit-
tellandkanal, die wilden Sommerblumen am Uferrand,
die alten roten Backsteinhäuser, das riesige Schulge-
bäude aus dem 19. Jahrhundert, wo die allein lebende

Titty über dem einzigen Klassenzimmer eine Sechs-
zimmerwohnung hatte, die mit den vorhandenen Koh-
leöfen kaum zu heizen war. Wie hatte sie das ausgehalten? Vor allem im Winter? Judy sah noch immer die
kleinen Knirpse in ihren dicken Hosen und Jacken aus
kratziger, nach Mottenkiste und Feuchtigkeit riechen-
den Wolle vor sich, die alle zusammen in einem Raum
von Titty unterrichtet wurden, egal welchen Alters.

»War schon heftig, deine Zeit da als Grundschullehrerin.«

»Dagegen dann das Swinging London ... Weißt du
noch?«

Ja, das wusste Judy noch sehr gut. Eine völlig andere
Welt, in die John sie entführt hatte. So schön und bunt
und unbeschwert, wie es vielleicht nie wieder werden
würde. Die Pubs, in denen der Rauch bis auf Brusthöhe stand und Leute wie Paul Simon am Anfang ihrer
Karriere für kleines Geld Musik machten. Carnaby
Street! Die Wahnsinnsklamotten von Mary Quant und
anderen Designern! Die freien Titten unter den engen
Pullovern. Die kurzen Miniröcke, die kaum den Po bedeckten. Die hohen Knautschlacklederstiefel, die im
Sommer die Füße zum Kochen brachten und im Winter eiskalt waren, aber egal.

»Hm«, gab Judy ihr recht. »Großartige Zeiten. Der
amerikanische Imperialismus war damals unser einziges
Problem. Erinnerst du dich noch an die stundenlangen
Diskussionen in verqualmten Studentenkneipen?«

»Eigentlich war ich ziemlich sauer, dass du in die
Toskana gezogen bist und nicht zu mir nach England.«

»War doch froh, dich endlich loszuwerden!«

Lachend warf Titty ihr einen nassen Schwamm hinterher, Judy schaffte es um Haaresbreite, die Tür rechtzeitig zuzuknallen. Von draußen rief sie:»Trotzdem könntest du endlich mal ›Zigaretten‹ sagen statt ›Fags‹! Bist immerhin schon länger als drei Tage hier!«

»Lass mich doch ...«, hörte sie nur noch leise im Flur.

Sie war froh gewesen, als Titty nach Johns Tod zu ihr gezogen war. Mittlerweile lag das jetzt auch schon ein paar Jahrzehnte zurück. Als Expat allein in einem fremden Land zu leben, war nach einiger Zeit anstrengend und trotz all der sie umgebenden Schönheit etwas freudlos geworden. Noch dazu in dieser großen Villa. Mit Titty war wieder Leben in die Bude gekommen. Sie hatten nächtelang geredet, als wollten sie die Lücke füllen, die während der Jahre zuvor entstanden war. Dabei fanden sie heraus, dass ihre Ansichten und ihr Weltbild in seltsamer Weise übereinstimmten, obwohl sie so viele Jahre weit voneinander entfernt gelebt hatten. Sie fühlten beide, dass sie als Schwestern zusammengehörten. Wie Pech und Schwefel. Die eine konnte nicht ohne die andere. Und so würde es immer bleiben.

4

Anmutig schwebten silbern glänzende Fäden in der Morgenluft. Die Spinnen waren über Nacht wie immer emsig gewesen. Die Zikaden zirpten, als ginge es um ihr Leben. Das Aroma von vertrocknetem Gras und Rosen hing in der Luft. Knarrend öffnete Judy das etwas klapprige Holztor zum Gemüsegarten, ihrer Schatzkammer. Sie drehte den Wasserhahn auf und wässerte ihre Gemüsepflanzen, Blumen und Kräuter. Gestern war sie nicht dazu gekommen, deshalb sog der trockene Boden das Nass besonders gierig auf. Es hatte wirklich kaum geregnet in diesem Frühjahr und Sommer. Im Pinienhain gab es schon seit Wochen tiefe Risse im Erdboden.

Die Tomatenpflanzen versprachen mit ihren prächtigen Früchten reiche Ernte. Neben den kleinen, betörend duftenden Pachino-Tomaten zog Judy auch die großen *cuore di bue*, die den Namen ihrer Ähnlichkeit mit Ochsenherzen verdankten, und in einer anderen Reihe die roten Trauben der Piccadillo-Tomaten. Die Gurken waren bald erntereif. Die Auberginen wetteiferten mit den Zucchini und Kürbissen um den ersten Rang in der Kategorie »prächtigste Farbe«.

Paolino hatte gute Arbeit geleistet. Obwohl die Erde hier im Chianti sprichwörtlich so hart war wie der *cin cin di Adamo*, also das Prachtstück des Urvaters der Menschheit, hatte er die Krume gut gehackt. Braver Paolino.

Judy drehte das Wasser ab, ging auf den großen Lorbeerbusch zu und bog seine Zweige zur Seite. Über diesen Durchschlupf gelangte sie in ihr gut vor neugierigen Blicken geschütztes »wahres« Reich. Wie seltsam, dachte sie, dass man Sieger und Helden mit Lorbeer bekränzt, wo es doch so ein Unkraut ist, das man nur mit Petroleum wegbekommt, wenn man es ausrotten will.

Sie hatte Pflanzen und Blumen schon immer geliebt. Bereits als kleines Mädchen hatte sie auf dem Nachhauseweg von der Schule üppige Sträuße für ihre Mutter gepflückt. Es gab doch so viele über Zäune hängende Zweige und Ranken. Dabei hatte sie sorgfältig auf die Farbzusammenstellung und Form geachtet. Nicht alles passte zusammen. Oft musste sie ihre langen Beine in die Hand nehmen, um wütenden Gartenbesitzern zu entkommen. In der Gymnasialzeit hatte sie ein Pflanzenbuch nach dem anderen verschlungen, historische wie moderne. Ihr ganzes Taschengeld ging dafür drauf, und wann immer sie konnte, steckte sie ihre Nase dort hinein. Nachmittags half sie dem Biolehrer im Schulgarten. Eifrig suchte sie die Geheimnisse der Natur zu ergründen. Dass sie diese umfassenden Erkenntnisse später einmal für ihren speziellen Entsorgungsdienst anwenden würde, wusste sie damals noch nicht.

Zärtlich strich Judy über ihre Lieblingspflanzen. Zur Vorsicht hatte sie wie immer Gartenhandschuhe übergestreift. Die meisten ihrer Schützlinge waren jetzt im Juli schon verblüht, aber einige leuchteten noch in voller Pracht. Der blaue Eisenhut hatte seine Blüten weit geöffnet, die grünlich-weißen des Pfaffenhütchens wirkten dagegen wie unscheinbare Mauerblümchen. Bald würde der hohe Rizinus mit seinen herrlich roten Blättern seine orangefarbenen Blüten enthüllen, und auch die Tollkirsche würde ihre braunen Glocken bald wieder im Wind schütteln. Die Herbstzeitlose ließ sich noch etwas Zeit, dafür streckte ihr der Aronstab, der zu Füßen des Gefleckten Schierlings mit seinen weißen, wie Schaumkronen wirkenden Blütenständen stand, stolz seine knallroten Beeren entgegen. Hier und da begann sie Blüten oder Beeren abzuzupfen und legte sie in einen kleinen Korb. Nachdem sie die Handschuhe abgestreift hatte, ging sie zu den Hanfpflanzen und pflückte ein paar Blüten und blütennahe Blätter. Zufrieden steckte sie die in ihre Schürze.

»Erwarten wir wieder einen Gast?« Das war Paolino, der sich anschickte, mit der Heckenschere die Lorbeersträucher zu stutzen.

»Ja, aber erst in ein paar Monaten.«

»Was soll ich heute zu Mittag kochen?«

»Hast du noch etwas von der Ribollita von gestern? Dann könntest du die doch aufwärmen.«

Rasch knickte sie ein paar Rosmarinzweige ab und hielt sie ihm hin. »Für den Schweinebraten heute Abend.«

Wortlos nahm er das Büschel entgegen.

»Du siehst traurig aus. Hast du wieder nichts gefunden?«

Paolino hielt den Blick gesenkt und schüttelte stumm den Kopf. Im Grunde tat es Judy jedes Mal leid, ihn so bekümmert zu sehen. Sie führten ihn nicht aus Bosheit oder Eigennutz an der Nase herum. Die Alternative wäre eine Anstalt gewesen, und das hätte Judy und Titty das Herz gebrochen.

»Mach dir nichts draus«, sagte sie sanft. »Irgendwann findest du schon deinen Schatz.«

Er nickte. Eine Weile schnippelte er noch weiter, dann ging er leicht schwankend auf die Villa zu. Judy konnte nicht sagen, ob es seine Krankheit war oder der Grappa. Das war ihr aber auch egal, solange er seine Arbeit verrichtete. Und den Mund hielt.

5

Heute Morgen waren wieder mal nur wenige seiner Schäflein gekommen. Die alte Adelina war wie immer da gewesen. Und auch Giuseppina. Ihrem Mann ging es in letzter Zeit ziemlich schlecht, deshalb betete sie dreimal so viel wie sonst. Antonietta und Ada hatten frische Blumen für den Altar mitgebracht. Und auch ein paar Touristen hatten sich in sein Kirchlein verirrt. Wahrscheinlich stand in irgendeinem Reiseführer, dass seine Gründung auf das 11. Jahrhundert zurückging. Nicht geschrieben stand da, dass dieses Gotteshaus wahrhaftig keine Schönheit war. Im Laufe der Zeit hatten diverse Herrscher das Erscheinungsbild nach und nach verschandelt. Vielleicht hatten sie auch in gutem Glauben gehandelt, aber eine Augenweide konnte man das Ergebnis wirklich nicht nennen. Die schmalbrüstige Fassade war eingezwängt zwischen der winzigen Kapelle und dem recht modernen Kirchturm, der so gar nicht zu ihr passen wollte. Das Ganze sah aus, als hätte jemand das Kirchlein im Nachhinein in die Lücke zwischen den beiden anderen Gebäuden hineingepfercht. Nein, er hatte es nicht so gut getroffen wie Don Samuele mit seiner romanischen Kirche auf dem Berg dort oben. Deren Substanz war erhalten geblieben, und von dem Platz vor dem Portal aus hatte man einen der atemberaubendsten Ausblicke auf Florenz und Umgebung. Neidisch war Don Salvatore natürlich nicht, Gott bewahre! Aber eine etwas hübschere Kirche hätte ihm doch besser gefallen.

»*Mi perdoni, padre! Mi perdoni tanto!*«, hörte er eine atemlose Frauenstimme vom Eingang her rufen. Er gab sich gerade vor dem einzigen Schatz seiner Kirche der Kontemplation hin: das Fresko vom Garten Eden aus dem 16. Jahrhundert. Schon immer hatte er diese Malerei geliebt.

Etwas irritiert drehte er sich um und schaute nach, wer da kam. Judy! Sofort begann sich seine Stimmung zu verbessern. Und sie hatte einen verheißungsvollen Korb dabei!

»Es hat ein bisschen länger gedauert, das alles zu ernten! Aber die Tomaten sind einzigartig aromatisch und … schauen Sie, was für Zucchini! Mit denen kann Violetta heute ein Risotto für Sie kochen. Und hier, da sind ein paar frische Gurken und Radieschen.«

Dankend nahm Don Salvatore die Gaben entgegen. Was für eine wunderbare Frau! Und auch ihre Schwester Titty! So fromm und wohltätig! Ohne die beiden wäre die Gemeinde nicht das, was sie war.

»Paolo Schiavo war schon ein Meister! Man erkennt eindeutig die Schule von Masolino«, bemerkte Judy und nickte in Richtung Fresko.

»Nicht wahr? Dieses Gemälde entzückt mich Tag für Tag. Der Garten Eden. Das Reich des Guten. Als wir alle noch rein und ohne Sünde waren.«

Judy bekreuzigte sich. »*Padre*, Tag für Tag beten Titty und ich dafür, dass das Böse aus dieser Welt vertrieben wird.«

»Es ist ein harter Kampf, ich weiß …«

»Aber von dem Baum der Erkenntnis des Guten und Bösen – von dem darfst du nicht essen; denn sobald du von ihm issest, musst du sterben!«

»Moses, 2:17 …«

»Amen.«

»Teuerste Judy, wie soll ich Ihnen danken?«

»Wie immer: mit Ihrem Segen.«

Leicht zitternd erhob Don Salvatore die Hand und spendete ihr nur allzu gern das Gewünschte. Sollte sie noch lange leben und Gutes tun.

Innerlich beschwingt trat Judy aus der Kirche. Wie gut, dass sie Don Salvatore hier im Dorf hatten. Ein weiser und gutmütiger Priester. Nicht so wie sein Vorgänger Don Aldo. Was war das für ein Schürzenjäger gewesen! Vor dem war keine Frau sicher, die nicht bei drei auf dem Baum war. Es schwirrten ja nicht nur betagte weibliche Wesen um das Pfarrhaus und die Kirche herum … Wenigstens hatte er es nur auf erwachsene Frauen abgesehen und nicht auf kleine Jungs oder Mädels. Doch die schmutzigen Witze, die er bei gelegentlichen Abendessen in der Villa erzählte, hatten sogar ihr und Titty die Schamesröte ins Gesicht getrieben. Und sie waren beide in ihrer Jugend schließlich auch keine Kinder von Traurigkeit gewesen! Irgendwann war er dann versetzt worden. An irgendeinen Ort in Kalabrien. Weit weg.

Gerade als sich hinter Judy die schwere Kirchentür schloss, kam ihr Violetta in Begleitung ihrer Tochter Lucia entgegen. Das junge Mädchen blickte nur kurz von ihrem Handy auf, um »Ciao!« zu sagen, Violetta dagegen begrüßte sie wie immer überschwänglich.

»Ich habe Don Salvatore reichlich Obst und Gemüse dagelassen. Es wird auch genug für sie beide da sein.«

Violetta strahlte über das ganze Gesicht.

»Ach, Judy, wenn es Sie nicht gäbe!«

6

Hätte Titty nicht so viel geraucht, wäre die Luft im Keller wohl eher muffig gewesen. Die Villa war vor über 300 Jahren erbaut worden, und entsprechend hatte sich das Mauerwerk mit Feuchtigkeit vollgesogen. Und es war so dunkel hier unten, dass man nur mit Mühe ausmachen konnte, wo der weitläufige Raum endete und die unverputzten Wände begannen. In der Mitte stand ein riesiger Tisch mit mehreren großen Bildschirmen. Sie stellten die einzige Lichtquelle dar. Alles technische Gerät war vom Feinsten und auf dem neuesten Stand.

Vor Jahren hatte sich Titty hier ihr Reich eingerichtet. Das Darknet war ihr Spielplatz. Sollten die jungen Leute nur denken, dass eine Alte wie sie schon so gut wie hirntot war! John hatte sich kurz vor seinem plötzlichen Ableben zu einem wahren Hightech-Fanatiker entwickelt und sein Wissen mit ihr geteilt. Er war ein echtes Genie gewesen. Bei all seinen Fehlern hatte er ihr zumindest dieses Vermächtnis hinterlassen.

Die Kippe in Tittys Mundwinkel war fast erloschen. In einem überquellenden Aschenbecher neben der Maus glomm eine andere vor sich hin und ließ eine dünne Rauchsäule aufsteigen.

Tittys Gesicht war von Tränen überströmt. Auf ihren nassen Wangen flackerten grausame Bilder.

Sie war wie gelähmt.

Wie konnte ein sogenannter Mensch zu solchen Dingen fähig sein? Mangelnde Bildung, ein ungünstiges soziales Umfeld, Kindheitstraumata, Armut oder wirtschaftliche Not waren schon längst keine Voraussetzungen mehr für diese Art Verbrechen. Ganz im Gegenteil: Im Hintergrund vieler Fotos waren Luxuswohnungen zu erkennen. Und nicht immer waren Alkohol oder Drogen im Spiel, auch wenn beides mittlerweile in allen gesellschaftlichen Schichten verbreitet war. Oft hatte Judy ihr von den Hochzeiten der Superreichen erzählt, wo am Ende des Tages kaum mehr ein edles Näschen frei von Resten des weißen Pülverchens war. Die irrationalen Wutausbrüche aus heiterem Himmel, die widerliche Zügellosigkeit und die entmenschlichte sexuelle Gier nach allem, was in Reichweite war, hatte Judy ihr nur allzu anschaulich beschrieben.

Der Trieb. Welche Macht hatte er über scheinbar zivilisierte Wesen? Und was durchbrach die Hemmschwelle zu Gewalt und Erniedrigung? Wie die unzähligen Missbrauchsfälle in der Kirche zeigten, schützte keine Religion und keine Moral vor den Auswüchsen der menschlichen Brutalität.

Dass Judy und sie regelmäßig zum Gottesdienst gingen, stand auf einem anderen Blatt. Betstühle zu küssen war schon immer eine gute Tarnung gewesen.

Titty dachte an Tommy und Bobby, die beiden Söhne von Judy. Tommy hatten sie immer den kleinen Lord genannt. Abgesehen davon, dass er schwarzes Haar hatte und seine Haut ins Olivgrüne tendierte, ähnelte er als Kind dem süßen Fratz aus dem berühmten Film. Sie hatten ihn kaum »erziehen« müssen. Er war stets vergnügt, freundlich, hilfsbereit und intelligent, machte nie Probleme, antwortete klug und benahm sich nie frech. Bobby dagegen zeigte sich düster und verschlossen. Hochgewachsen und baumstark, wie er war, hatte er sich schon bald zum Schläger entwickelt. Bereits im Kindergarten wollten sie ihn nicht in der Gruppe haben, weil er alle anderen Kinder zusammen mit seinen zwei kleinen Speichelleckern, Pippo und Lorenzo, terrorisierte und mobbte. Judy hatte lange nach geeigneten Schulen gesucht, und oft hatte Titty die weinende Schwester am Küchentisch trösten müssen.

Nur am Rande nahm sie wahr, dass die Tür sich hinter ihr mit dem typischen Rappeln öffnete.

»Im Dorf hatten sie deine Marke nicht, da habe ich eine andere genommen.« Vorsichtig legte Judy die drei Schachteln Zigaretten auf den Tisch. Wie hielt Titty das nur Tag für Tag aus? Sie selbst wagte es nur ab und zu, einen Blick auf all das Elend zu werfen, das ihr vom Bildschirm entgegenschrie. Manchmal verfolgten sie diese Bilder bis in den Schlaf. Und dann brauchte sie ihre Tropfen, um wieder zur Ruhe zu kommen. Titty dagegen schien sie mit Feuer und Rauch auslöschen zu wollen.

»Geht schon. Hauptsache, sie qualmen.«

Mit beiden Händen wischte Titty sich die Tränen aus dem Gesicht, griff nach einem Glas Gin Tonic und nahm einen großen Schluck. Sie drehte sich auf ihrem Stuhl zu Judy herum und hielt ihr einen Computerausdruck hin.

»Ich habe hier was.« Kurz erleuchtete die Flamme des Feuerzeugs ihr Gesicht. Judy sah, wie verquollen Tittys Augen vom Weinen waren.

»Missbrauch? Vergewaltigung?«

»Ein Frauenschläger.«

»Zeig mal her!« Schnell überflog Judy die Zeilen. »Bridget aus Dorset … wird jeden Abend von ihrem Herzblatt zusammengeschlagen, wenn er aus dem Pub kommt … hat Angst, ihn anzuzeigen … wegen der Kinder … die kriegen ab und zu auch was ab. Ein richtiges Schätzchen also.«

»Kam vor zwanzig Minuten rein. Ich schreibe ihr gleich und gebe ihr die Anweisungen. Seine E-Mail-Adresse habe ich auch. Er wird sich sicher freuen über das All-inclusive-Angebot von uns!«

Tittys flinke Finger wirbelten über die Tasten. Dann öffnete sie eine Datei. Es war ihre Powerpoint-Präsentation. Mit ziemlich stark bearbeiteten Fotos von der Villa. Darauf wirkte sie wie ein Luxushotel. Titty hatte wahrhaft ein Händchen für solche Sachen. Effektvoll wurde mit flotter italienischer Musik im Hintergrund ein Gewinn angekündigt: ein 3-tägiger Aufenthalt mit Vollpension in der *Villa Fiorita*. Angeblich habe der »Gewinner« auf einen Link geklickt und sei so in die Auslosung gekommen. Sterne, Blumen und goldene Girlanden flogen, untermalt von einer Siegermelodie, über den Bildschirm und gratulierten zu diesem sensationellen Ereignis.

»Welches Datum können wir ihm anbieten?«

»Ende September kommt der Päderast aus Belgien.«

»Dann schreibe ich ›15. Oktober‹. Ein bisschen Pause brauchen wir ja auch mal.«

Wieder klapperten die Computertasten, dann drückte Titty auf »senden«.

7

»Verdammte Hacke!«, fluchte Bruno. »Der Walter hat mich immer noch nich zurückjerufen.«

»Wat willste denn von dem? Macht doch eh immer nur Ärger.« Mit einem Fingerzeig bestellte Alfi beim Wirt ein frisches Helles.

»Der schuldet mir Geld, Mann!« Bruno nahm einen kräftigen Schluck Bier. War noch das einzig Seligmachende in seinem Scheißleben. Allerdings war sein Leben immer noch besser als das von Walter, mit dieser Zicke von Frau am Hals. Immer am Rummäkeln, weil kein Geld da war.

»Wettet der immer noch so viel?« Hugo war der Vernünftigste in der ganzen Kneipe. Wenn einer was einigermaßen Intelligentes zu sagen hatte, dann er.

»Letztes Jahr isser auf allen Wettplattformen gesperrt worden, aber wat weiß ich, ob diese Flitzpiepe nich wat anderes zum Jeldverlieren jefunden hat?«

Genervt knallte Bruno ein paar Euro auf die Theke und klopfte Hugo auf die Schulter. »Bis bald, Alter!«

»Machet jut!«

Die Straße war dunkel, Nebelschwaden waberten über dem nassen Asphalt. Fröstelnd zog er den Kragen hoch. Ob Anni noch wach war?

Ein paar Minuten später klingelte er an einer verschrammten grauen Holztür. Im oberen Teil waren Milchglasscheiben, eine davon war gesprungen. Sieht hier aus wie bei Assis, dachte Bruno.

Dass Walter mal das Spielen anfangen würde, hätte er nie gedacht. Beide hatten nach ihrer Lehre zusammen die Werkstatt aufgemacht. Anfangs lief der Laden richtig gut. Vielleicht zu gut. Das Geld floss herein, und allen ging es gut. Und dann starb Mama. Walter war ihr Liebling gewesen, und als sie nicht mehr da war, zerbrach irgendetwas in ihm. Er soff immer mehr. In der Werkstatt baute er jede Menge Mist, die Kunden wurden immer weniger. Irgendwann fing die Scheiße mit dem Wetten an. Als ob das ein Lebensinhalt sein könnte! Tagelang saß er nur noch am Computer und wettete auf alles, was es zu wetten gab. Dass er schon bald Geldschwierigkeiten haben würde, war nur allzu klar. Dreimal hatte Bruno ihn zusammengeschlagen im Hinterhof gefunden. Tritte gegen Körper und Kopf. Gnadenlos. So waren sie, die Abzocker. Jedes Mal schwor Walter hoch und heilig, dass er sich bessern würde, und dann fing das Ganze wieder von vorne an.

»Bruno! Was, machst du hier?« Anni hatte einen verschlissenen Morgenmantel an. Darunter nur Unterwäsche. Ging sie so schlafen oder hatte sie einen Macker hier? Manche standen ja auf Frauen mit breitem Fahrgestell.

»Mami? Was ist los? Wer ist da?«, hörte er seine kleine Nichte aus dem Haus rufen. Aus Tobys Zimmer kam die Knallerei eines Videospiels.

»Ach nichts, Schatz. Ist nur der Onkel.«

Anni hatte auch schon mal bessere Zeiten gesehen. Zwar hatte er sie nie richtig leiden können, weil sie immer so tat, als wäre sie was Besseres, dabei war sie auch nur Kassiererin im Supermarkt. Aber geschenkt. Walter hatte sie unbedingt heiraten müssen. Bruno sah ihre jämmerliche Erscheinung prüfend an. Irgendetwas stimmte nicht mit ihrem Gesicht. Die Nase war nicht so gerade, wie er sie in Erinnerung hatte, eine Augenbraue hatte eine Lücke, und das rechte Auge hing irgendwie runter. Das war ihm vorher noch nie aufgefallen, zumindest konnte er sich nicht erinnern. Ab und zu hatte er blaue Flecken an ihren Armen und Beinen gesehen, aber sie hatte jedes Mal behauptet, dass sie sich immer so ungeschickt in ihren engen Kassenschalter zwängen würde. Da wären so viele Ecken und Kanten. Warum hätte er ihr das nicht glauben sollen? Wenn sie es doch sagte …

»Is Walter da?«

»Nee, den ha'ick seit 'n paar Tagen nich jesehn. Der is auf Urlaub. Hat 'ne Reise jewonnen. Nur für sich alleene.«

»Eine Reise? Und davon erzählt der mir nüscht?«

Anni zuckte die Schulter. »Wat weiß ikke, wat der dir erzählt?«

»Und wohin, bitte schön?«

»Nach Italien. Irgend so een allet inklussif Zeugs.«

Bruno konnte es nicht fassen! Da gewann sein Bruder eine Reise und erzählte ihm nichts davon!?

»Hat er dir wenigstens das Geld dajelassen, dat er mir schuldet?«

Anni lachte schrill. »Dat hätt' ich sicher selber fürs Fressen ausjejeben. Hätte ick nich meinen Job, säh's hier zappenduster aus …«

»Aber … weißt du überhaupt nich, wo der is? Herrgott noch mal! Dat is doch dein Mann!«

Wortlos drehte Anni sich um und schlurfte ins Wohnzimmer. Auf dem Tisch lag ein farbiger Computerausdruck.

»*Villa Fiorita?* Toskana?« Bruno drehte und wendete das Blatt. »Hier is überhaupt keene Adresse, du.«

»Wat geht mir dat an? Mitgenommen hat er mich ja eh nich.«

»Biste bescheuert oder wat? Dat is ein Mann, Mensch!«

»Ha! Mein Mann, ja?« Anni lachte lauthals auf. »Weißte wat? 'N Mann, der kümmert sich um seine Familie. Der sorgt sich darum, dat es ihr jut jeht. Und jetzt raus hier! Ick will dir nich mehr seh'n!«

Wamm! Die Tür war zu!

Bruno schaute noch einmal auf den Ausdruck. Hatte Walter tatsächlich einmal im Leben Glück gehabt?

Umständlich zog er das Handy aus der Jackentasche. Bestimmt dreißig Mal hatte er seit vorgestern versucht, ihn zu erreichen. Erst hatte es immer geklingelt und geklingelt und geklingelt. Aber das konnte bei Walter, dieser Pflaume, schon mal vorkommen. Und dann hatte es plötzlich angefangen, dass eine Frauenstimme brabbelte: »*L'utente da lei desiderato non è al momento raggiungibile.*« Dann musste Walter in Italien sein, oder? Die quasselte wie Celentano. Zumindest hörte sich das so an. Und auch auf seine SMS hatte er nie Antwort bekommen.

Je länger Bruno darüber nachgrübelte, desto klarer wurde es ihm: Er musste sich auf den Weg nach Italien machen. Verdammt! Das waren bestimmt über 1000 Kilometer ... wenn nicht mehr ... Aber Walter war sein Bruder. Wenn er, Bruno, nicht nach ihm suchen würde, wer sonst? Er blähte die Backen auf und schnaubte genervt. Das fehlte ihm jetzt gerade noch ...

8

Wie angenehm war es doch wieder bei seiner Freundin Judy gewesen! Sie war ein einzigartiges Geschöpf. Wäre da nur nicht dieses Untier, dieser hässliche, permanent schnaufende Vierbeiner! Irgendwo hatte er gelesen, dass Hunde und Katzen die Abneigung eines Menschen spürten und sich demjenigen dann besonders aufdrängten. Wie ärgerlich! Aber er musste gute Miene zum bösen Spiel machen, denn er wollte seine Angebetete ja nicht verletzen. Haustierbesitzer verstanden da keinen Spaß.

Heute Morgen war es relativ ruhig gewesen in der Carabinieri-Station. Ein älterer Herr hatte den Verlust seines Führerscheins gemeldet. Der junge, tüchtige Appuntato, der erst vor Kurzem frisch aus Sizilien gekommen war, hatte das Protokoll aufgenommen, während er selbst etwas Ordnung auf seinem Schreibtisch schuf. Dabei fiel ihm die Einladung für die Jahresfeier der Carabinieri in Lecce in die Hände, zu der er Judy und Titty im Juni mitgenommen hatte. Was war das für eine herrliche Reise gewesen! Natürlich hatte er die zwei am Vorabend in ein tolles Restaurant in seiner Heimatstadt Trani eingeladen. Die frischen Meeresfrüchte und der Wein hatten die Damen in eine geradezu euphorische Stimmung versetzt. Eine am linken und die andere am rechten Arm waren sie durch die romantischen Gassen der Stadt geschlendert, hatten den am Meer gelegenen weißen Dom bewundert und sich an den Lichtern der Stadt begeistert, die in der Dunkelheit auf den heranrollenden Wellen glitzerten.

Und dann die Veranstaltung! Sollten die beiden Ausländerinnen ruhig sehen, was für eine Pracht Italien entfalten konnte! Es lag ihm weiß Gott am Herzen, ihnen zu zeigen, dass seine Waffengattung mitnichten aus jenen Witzfiguren bestand, als die sie in den 80er- und 90er-Jahren dargestellt worden waren. Wie oft hatte er, wenn er abends irgendwo in Zivil in einer Pizzeria oder Bar gesessen hatte, diese dummen Sprüche an den Nachbartischen gehört. Die dort sitzenden Tölpel hatten sich lauthals lachend auf die Schenkel geklopft, während überall im Land seine Kameraden von Terroristen, Mafiosi oder anderen Verbrechern erschossen oder in die Luft gesprengt wurden! Nur zu gern wäre er jedes Mal aufgesprungen, um den Mistkerlen die Leviten zu lesen. Heute war es zum Glück anders. Die am besten ausgebildeten Spezialeinheiten zur Bekämpfung von Drogen- und Sklavenhandel, Terrorismus, organisierter Kriminalität, Spurensicherung und -verwertung, Umweltschäden und anderen Dingen wurden mittlerweile von ihrer Truppe gestellt. Das hatte Gott sei Dank zu einer allgemeinen Änderung in der Wahrnehmung bei den Bürgern geführt.

Und wie hatten Judy und Titty gestaunt, als sie ihn in seiner Paradeuniform gesehen hatten! Vor ein paar Jahren hatte er sie von einem berühmten Schneider in Florenz maßschneidern lassen. Er musste bei der Erinnerung lächeln, wie vor allem Judy ihn mit ihren hellblauen Augen bewundernd angefunkelt hatte. Die beiden

Damen hatten neben ihm gesessen, während der Oberbefehlshaber, der Colonello, eine bewegende Rede hielt. Mehr als einmal war ein leises Tremolo in seiner Stimme zu hören gewesen, als er die Namen der im Dienst gefallen Kameraden vorlas, und auch als er bekannt gab, dass er ins Ministerium wechseln würde.

Der Domplatz von Lecce mit seinen wunderschönen, aus hellem Sandstein errichteten Barockgebäuden war eindrucksvoll erleuchtet gewesen, der rote Läufer zum Podest für die Redner und das große Symphonieorchester blieben ihm unvergesslich. Die prunkvolle Fassade des Doms mit ihren Pfeilern und kannelierten Säulen erschien im Licht der Scheinwerfer noch plastischer und prächtiger als ohnehin schon. Und die mit den Heiligen Fortunato und Justus geschmückte Balustrade leitete über zu dem reich verzierten Aufbau, in dessen Mitte der Schutzpatron Oronzo huldvoll zu ihnen herabschaute.

Dass die elegant gekleidete und nach teurem Parfüm duftende Judy so dicht neben ihm saß und ihm ab und zu vor Begeisterung die Hand drückte, war einfach der Gipfel der Glückseligkeit für ihn gewesen. Was für ein Tag!

9

Don Salvatore schaute nachdenklich aus dem Fenster. Es war früher Morgen, der Himmel noch leicht rosa gefärbt, die Vögel tirilierten, und die Luft war frisch und angenehm. Ein leichter Duft von Lavendel stieg zu seinem Zimmer herauf. Er beugte sich hinaus und erblickte unzählige Zitronenfalter, die sich an den violetten Blüten labten. Das Castello di Mugnana erhob sich majestätisch auf dem gegenüberliegenden Hügel. Er würde später, wenn er nach der Beichtstunde noch etwas Zeit hätte, einen Spaziergang dorthin unternehmen. Es gab da die alte römische Brücke, die über den Rio Sezzate führte und die ihn schon immer fasziniert hatte. Der Weg war holprig und anstrengend bei dieser Hitze, aber es zog ihn immer wieder hin. An jenem Ort, wo schon vor beinahe drei Jahrtausenden Menschen ihre Herden entlanggetrieben hatten, fand er innere Einkehr und fühlte sich Gott so nah wie nirgendwo sonst. Vielleicht wäre es gut, wenn alle Menschen solch einen Ort hätten, dachte er. Während er die Jalousien schloss, seufzte er betrübt. Manchmal spürte er die Last der von Menschen begangenen Sünden geradezu körperlich.

Die *Perpetua* hatte ihm ein Cornetto aus der Bar gebracht, und der Espresso zischte schon in der *moka*. Der mit Stroh bezogene Küchenstuhl knarzte unter seinem Gewicht, als er sich setzte. Don Salvatore verputzte das knusprige Gebäckstück und tupfte die letzten Krümel mit dem angefeuchteten Mittelfinger auf.

Kurz darauf trat er in die Kirche. Vor dem Beichtstuhl sah er einen bekannten Korb stehen, der angefüllt war mit herrlich leuchtenden Auberginen, Gurken, Paprika und Tomaten. Es musste eine der beiden Schwestern aus der Villa sein, die heute hier im Beichtstuhl saß.

»Gott sei mir Sünderin gnädig«, hörte er die raue Stimme von Titty sagen. Er erkannte sie nicht nur an diesem rauchigen Timbre, sondern auch an ihrem merkwürdigen Akzent. Es war eine eigenartige Mischung aus hartem Deutsch und verwaschenem Englisch, das ihr perfektes Italienisch prägte.

»Gott, der unser Herz erleuchtet, schenke dir wahre Erkenntnis deiner Sünden und Seiner Barmherzigkeit«, antwortete Don Salvatore und bekreuzigte sich.

»Gelobt sei Jesus Christus.«

»Nun, mein Kind, was führt dich zu mir? Der Herr sei in deinem Herzen und auf deinen Lippen, damit du recht und vollständig deine Sünden bekennest. Im Namen des Vaters und des Sohnes und des Heiligen Geistes. Amen.«

»Ach, Padre, Sie wissen doch … Der Herr hat mir mein Leben anvertraut, und ich bringe es mutwillig mit meinem Rauchen in Gefahr. Wenn mir der Herr doch nur helfen könnte … Aber ich bin zu schwach. Ich kann einfach nicht davon lassen.«

Wie gut, dass Titty nicht sah, wie Don Salvatore die Augen gen Himmel verdrehte. Hatte sie jemals etwas anderes gebeichtet? Vielleicht mal ein zu üppiges Festmahl oder ein böses Wort. Sie war so rein und gläubig, diese wunderbare Frau. Wie auch Judy. Was wäre das Dorf, nein, die Welt ohne die beiden?

»Nun, wir haben ja schon oft darüber geredet«, sagte er. »Wenn du es wirklich nicht schaffst, dich ganz davon zu lösen, noch nicht einmal mit der Kraft des Gebetes, nun denn, mein Kind, so lasse wenigstens nicht davon ab, der Versuchung zu widerstehen.«

Er dachte daran, dass es jetzt draußen immer heißer wurde und somit sein bevorstehender Spaziergang beschwerlicher. Deshalb hörte er nicht genau hin, was Titty noch erzählte. Es war sowieso nur wieder eine Kleinigkeit. Glücklicherweise schloss sie jetzt ab.

»Ich möchte auch alle Sünden einschließen, die ich jetzt nicht erkannt oder vergessen habe. Mein Jesus, Barmherzigkeit!«

»Bete wie immer drei Ave-Maria.« Er schlug das Kreuz und sagte: »Ego te absolvo a peccatis tuis in nomine Patris, et Filii, et Spiritus Sancti. Amen.«

»Amen.«

Das Knarren des Holzbodens und das Rascheln des Brokatvorhangs gaben ihm zu verstehen, dass Titty sich erhob und ging. Er wartete noch einen Moment und stieg dann ebenfalls aus dem Beichtstuhl. Glücklicherweise stand der Korb noch da. Er war also wirklich für ihn. Und außerdem war niemand sonst zur Beichte gekommen. Er konnte sich flugs auf den Weg machen. Nur noch die Wanderschuhe anziehen, und dann los. Bis zum Mittagessen und zur Trauung am Nachmittag blieben ihm genügend Zeit.

10

Dicht an dicht saßen die Hochzeitsgäste auf den schmalen Bänken. Die meisten hatten sich richtig in Schale geschmissen. Judy ließ den Blick schweifen und stellte fest, dass Juri, der Dorffriseur, gute Geschäfte gemacht haben musste. Er hatte ganz offenbar seine gesamte Farbpalette ausgeschöpft. Judy grinste in sich hinein. Bisher hatte ihr blondes glattes Haar nur wenige Silberstreifen, die sie aber geflissentlich auch als solche behielt. Titty dagegen war schon immer brünett und kraushaarig gewesen. Sie hasste Friseurbesuche, doch Judy zwang sie dazu. »Gerade im Alter muss man sich pflegen«, lautete Judys Motto. Wie schrecklich war der Geruch in manchen Wohnungen alter Leute! Nein, das wollte sie unter keinen Umständen! Nur zu Maniküre und Pediküre hatte Judy ihre Schwester nie überreden können. Bei deren gelb verfärbten Tabakpfoten wäre das eigentlich vonnöten gewesen.

»Wir sind hier versammelt, um Franco De Benedetti und Irina Tereschkova in den heiligen Stand der Ehe zu versetzen«, hörte man Don Salvatore vom Altar her.

Franco war ein bisschen klein geraten und hatte der Küche seiner *mamma* offensichtlich stets gut zugesprochen. Da hatten sich doppelte und dreifache Nudelportionen etwas unglücklich und bevorzugt in der unteren Körperhälfte verteilt. Am Hinterkopf sah man eine lichte Stelle, die sich wohl bald zu einer ordentlichen Glatze auswachsen würde. Aber was bedeutete das schon, wenn einem das halbe Dorf gehörte? Die gertenschlanke und hochgewachsene Braut trug ein traumhaftes Kleid aus feiner Spitze und mit endloser Schleppe. Es kam bestimmt direkt aus Barcelona, dachte Judy, die sich damit ja gut auskannte.

»Der Schlachter hat mir erzählt, dass sie aus der Ukraine stammt«, flüsterte Titty ihr ins Ohr.

»Ich sehe sie zwar nur von hinten, aber der Anblick ist auch so schon beeindruckend. Hässlich kann sie eigentlich nicht sein. Bei dem Fahrgestell …«, erwiderte Judy.

»Willst du, Franco, die hier anwesende Irina zu deiner Frau nehmen, sie ehren und ihr Beistand geben, bis dass der Tod euch scheidet?«

Mit kräftiger und tiefer Stimme sagte Franco: »Ja!«

»Willst du, Irina, den hier anwesenden Franco zu deinem Mann nehmen, ihn ehren und ihm Beistand geben, bis dass der Tod euch scheidet?«

»Ja, ich will!« Ein leichter Akzent schwang bei diesen wenigen Worten mit.

»Dann erkläre ich euch hiermit zu Mann und Frau. Gott möge euch segnen!«

Don Salvatore schlug das Kreuz über dem Paar, das sich ehrfurchtsvoll vor ihm verneigte.

Judy und Titty ließen sich mit dem Strom der anderen Gäste vor die Tür der Kirche treiben. Nach und nach defilierten die Familienmitglieder und Gäste an dem ungleichen Paar vorbei. Die meisten wirkten eher reserviert, was bei Italienern eigentlich ungewöhnlich war.

Kaum im Freien angelangt, suchte Titty in ihrer Tasche hektisch nach den Fluppen und dem Feuerzeug. Süchtig, wie sie war, sog sie gierig den ersten Zug ein.

Wie unansehnlich doch ihre Raucherfinger sind, dachte Judy und blickte unwillkürlich auf ihre eigenen Hände. Früher waren sie schön und schlank gewesen, jetzt war die Haut faltig, und die Adern traten hervor. Glücklicherweise war sie bisher von Altersflecken verschont geblieben, und das, obwohl sie viel in der Sonne gelegen hatte – in ihrer Jugend auch ohne Sonnenschutzmittel. Wer scherte sich damals schon darum? Niemand, bis auf ein paar ewig hysterische Gesundheitsapostel in Birkenstockschuhen.

Nachdem die Schar der Gäste abgeflaut war, gratulierten Judy und Titty dem frisch vermählten Paar.

Auch von vorne gesehen enttäuschte die Braut den Betrachter keinesfalls. Sandro Botticelli hätte sich bei ihrem Anblick sicherlich Hals über Kopf verliebt und sie als sanfte Madonna oder ätherisches mythologisches Wesen auf Leinwand gebannt. Ein wahrer Glückspilz, der gute Franco.

»Unsere allerbesten Wünsche für ein glückliches Leben in Gemeinsamkeit«, sagte Titty.

»Auf dass Glück und Segen stets in eurem Hause weilen«, fügte Judy freundlich lächelnd hinzu.

Unter Gejohle und einem Konfettiregen stieg das Brautpaar anschließend in die Stretchlimousine.

»Was für ein No-Go«, flüsterte Judy. »Wie trashig ist das denn?«

»Wenn sein Herr Vater das sehen würde … Der arme Armando …«

»Was meinst du wohl, wie lange die Ehe überlebt?«

»Hmm, würde sagen, etwa so lange wie eine Katze auf der Umgehungsstraße …«

Kichernd schlenderten sie die Straße zur Piazza hinunter.

Als Judy sich kurz umwandte, sah sie, dass Don Salvatore sein Parament in aller Eile ausgezogen haben musste und sie hier am Hauptplatz einholen würde. Auch nach Jahren konnte Judy den Anblick der fusseligen, wie spärliche Schamhaare wirkenden Bäume nicht ertragen, die heute anstelle der ehemaligen, weit ausladenden Pinien hier standen. Wie sehr hatte sie geweint, als die abgesägten Bäume übereinandergestapelt wie Leichen auf der mit Terrakotta gepflasterten Piazza gelegen hatten!

»Signora«, hatte man ihr im Bürgermeisteramt später gesagt, als sie sich beschweren wollte, »die Wurzeln der Pinien hatten den Asphalt angehoben.«

»Und deswegen bringen Sie Bäume um?«, hatte sie wutentbrannt geschrien. Was für eine Untat war das in ihren Augen gewesen! Nur zu gut erinnerte sie sich daran, wie man sich hier im kühlenden Schatten der Pinien zu einem Plausch mit anderen Dorfbewohnern getroffen hatte. Heute brannte die sengende Sonne unerbittlich auf die Bänke nieder, und einige der auch nach Jahren noch mickrigen Laubbäume waren eh schon eingegangen.

Nicht nur wegen der Hochzeit hatten Judy und Titty heute Morgen ihre altmodischsten Hüte aus dem Schrank hervorgekramt und zu den wadenlangen Röcken zwar elegante, aber etwas ausgeblichene Blusen angezogen. »Machen wir uns mal wieder dorffein«, hatte Judy grinsend gesagt, während sie eine potthässliche Brosche an die Schluppe von Tittys altrosa Oberteil heftete.

Denn es gab heute noch etwas anders zu feiern. Sie wandten ihre Schritte in Richtung der neuen Dorfschule. In ein paar Minuten würden sie da sein, die Entfernungen hier im Dorf waren ja sehr überschaubar.

»Verehrteste Judy und Titty! Was für eine Freude und Ehre, dass Sie bei der Hochzeit zugegen waren und uns auch weiterhin Ihre Zeit schenken!«, tönte der herannahende Don Salvatore.

»Nun«, bemerkte Judy freundlich, »zur Einweihung der neuen Schule konnten wir doch nicht fehlen.«

»Sie sagen es! Sie sagen es! Nur durch Ihre großzügige Spende …«

Titty legte ihm lächelnd die Hand auf den Arm. »Ach, das ist doch gar nicht der Rede wert. Man kann doch nicht genug Gutes tun.«

»Wie wahr! Wie wahr! Ihnen ist jedenfalls ein Platz im Himmelreich gewiss!«

»Hoffentlich noch nicht so bald!«, bemerkte Judy lächelnd.

»Selbstverständlich! Aber wer kennt die Wege des Herrn …?«

Judy hörte Schritte von hinten und strich sich instinktiv eine rebellische Haarsträhne aus der Stirn. Es waren schwere Stiefel. Eigentlich konnte das nur der Maresciallo sein.

Mit den Worten »die Schönsten aller Schönen«, begrüßte er die Damen und deutete wie üblich einen Handkuss an. »Welch Glanz in diesem Dorf!«

»… das uns einst mit offenen Armen aufgenommen hat und in dem wir uns so wohl fühlen wie nirgends auf der Welt«, erwiderte Titty charmant.

Mittlerweile hatten sie ihr Ziel erreicht. Grundschüler standen dort in ihren Schulkitteln aufgereiht und strahlten in die Kameras der lokalen Pressefotografen. Einige dazugehörige Journalisten hielten ihre Handys zur Tonaufnahme bereit.

Don Salvatore deutete auf das kleine Rednerpodest, auf dem ein Standmikrofon aufgestellt war.

»Möchten Sie beide vielleicht eine kurze Rede halten? Solch beispielhafte Wohltäterinnen gibt es nicht oft.«

»Oh nein, danke, Padre«, winkte Titty ab. »Wir bleiben lieber abseits des Rampenlichts. Gute Taten sollte man ohne großes Tamtam vollbringen.«

»Da bin ich ganz Ihrer Meinung«, pflichte ihr der Maresciallo bei und nickte dabei auch Judy zu.

Unter Applaus der anwesenden Dorfbewohner betrat Don Salvatore sichtlich erfreut das Podest. Ein Kirchenmann, der bürgernahe Einrichtungen einweiht, war immer am rechten Platz.

11

Etwas ermüdet vom Nachhauseweg ließen Titty und Judy sich auf die Gartenstühle sinken. Gott sei Dank hatte Paolino heute Morgen die Sitzkissen herausgeholt.

»Was für ein netter und charmanter Kerl, unser Maresciallo«, seufzte Titty.

»Jetzt fang nicht wieder damit an!«, raunzte Judy sie an.

»Aber irgendwann sollte doch mal ein Mann ins Haus.«

»Hier? Bist du bescheuert?«

»Okay, okay, war nur ein Anfall von Romantik.«

»Die Romantik ist meines Wissens seit über 200 Jahren vorbei.«

Paolino kam mit einem Korb voller Zucchini an. Die gelben Blüten an den Spitzen strahlten wie lodernde Kerzenflammen.

Leicht ächzend erhoben sich die beiden Schwestern und folgten ihm in die Küche.

Titty knickte die Blüten von den Zucchini ab und legte sie beiseite. Judy bereitete derweil eine Pastella aus Mehl, Eiern, Salz und Sprudel. Bevor sie die Blüten darin eintauchte, füllte sie mit einem Spritzbeutel eine Masse aus Ricotta und Pfeffer ins Innere.

»Ich glaube, beim letzten Mal warst du etwas zu sparsam mit dem Vin Santo«, sagte sie, während sie die Zucchiniblüten ins heiße Öl gab.

»Meinst du?«

»Na ja, der arme Teufel hat doch ziemlich lange gebraucht …«

»Armer Teufel! Armer Teufel! Sag das mal seiner Frau. Beim letzten Mal hat er ihr drei Rippen gebrochen und ein Auge blind geschlagen!«

»Auch wieder wahr … So ein bisschen leiden lassen ist vielleicht auch ganz reinigend.«

»Hat er nicht die ganze Zeit nach dem Allmächtigen gerufen?«

»Ach Gottchen … Unser Herr im Himmel kann einem wirklich leidtun! Was der sich alles so tagein, tagaus anhören muss …«

»Setzt du mal das Wasser für die Tagliatelle auf?«

»Meine Liebe, denk an deine Linie!«

»Weißt du, was ich heute in der Zeitung gelesen habe?«

»Nee? Erzähl…«

»Erinnerst du dich an den Typen, der seine Verlobte mit 57 Messerstichen ermordet hat? Nur, weil sie nicht genug Käse in die Brötchen fürs Picknick gelegt hatte?«

»Ja. Das war vor sieben Jahren, oder?«

»Genau. Und dafür hatte man ihn auch zu lebenslänglich verdonnert.«

»Na und?«

»Nix. Du wirst es nicht glauben: Gestern ist er entlassen worden. Er sitzt jetzt mit einer elektronischen Fußfessel ganz bequem zuhause bei Mama und Papa.«

Scheppernd fiel Titty die Schöpfkelle aus der Hand. Entgeistert starrte sie ihre Schwester an.

»Sag mir, dass das nicht wahr ist!«

»Ich schwör's! Heute gelesen.«

»Aber wieso um Himmels Willen?«

»Er ist schwer übergewichtig. Um die 200 Kilo oder so. Und deshalb konnte der Arme nicht mehr den Demütigungen der Mitgefangenen ausgesetzt werden. Nach den Worten des Richters sei das unvereinbar mit der Menschenwürde.«

»200 Kilo sagst du? Hm...« Langsam rührte Titty die Nudeln im Topf um. »Muss echt gut sein, die Gefängnisküche da ...«

12

Das Mittagessen war wirklich vorzüglich gewesen. Zufrieden blickte Judy zum Himmel, vor dem die silbernen Blätter der Olivenbäume schimmerten. Ein lauer Wind raschelte in den Blättern des Aprikosenbaums. Das Zirpen der Grillen war beinahe ohrenbetäubend um diese Zeit.

»Wie schick hat dich denn Titty diesmal wieder gemacht!« Liebevoll streichelte sie den kleinen Filippo, dem ihre Schwester eine Art Frack übergezogen hatte. Manchmal tat sie so verrückte Sachen. Eigentlich war es doch viel zu heiß dafür.

Etwas umständlich kramte Judy Zigarettenpapier und ein kleines Säckchen aus ihrer Rocktasche.

»Gartenkenntnisse sind doch sehr nützlich«, lächelte sie, während sie ihren Joint drehte und danach tief den Rauch inhalierte.

»Du, du, du!«, drohte sie Filippo, der laut und vernehmlich einen Pups fahren ließ. Wahrscheinlich hatte er wieder irgendwo etwas Widerliches zum Fressen gefunden und jetzt Darmgrimmen. Hier lag ja allerhand herum …

»Das hört sich aber gar nicht nach einem englischen Gentleman an!« Seufzend setzte sie hinzu: »Kleider machen eben doch keine Leute!«

Schuldbewusst legte Filippo die Ohren an. Judy musste lächeln. Sogar Hunde schämten sich, wenn sie etwas Ungehöriges getan hatten.

»Warst du eigentlich schon mal verliebt?«, fragte sie ihn versonnen, während sie dem sich kräuselnden Rauchfaden des Joints nachblickte.

Filippo legte seinen Kopf schief und schaute sie fragend an.

»Ich viele Male … Immer wieder habe ich in diesen Sack voller Schlangen gegriffen … und nie den Aal herausgefischt. Titty ja auch nicht. Ihr John, das war auch so einer! Sein Hosenschlitz war mehr offen als zu! Liegt wohl in der Familie, immer an den Falschen zu geraten.« Etwas bitter zog sie ihre Mundwinkel nach unten. »Und dann bin ich Mondkalb auch noch Wedding Planner geworden! Kannst du dir das vorstellen?«

Filippo jaulte auf.

»Ganz genau! Da hätten sie dich auch zum Bürgermeister von London machen können.«

In der Ferne hörte man den Lärm von Motorrädern.

»Schon mal von Platons Kugelmenschen gehört?«, fuhr Judy fort.

Von unten kam ein schmatzendes Geräusch. Genüsslich leckte Filippo sich seine Hoden.

»Blah! Dich interessieren nur deine Eier!«, fauchte sie geringschätzig und sog erneut an ihrer Tüte.

»Ich hatte mal meine Kugelhälfte … Toni … der schöne, heißblütige Sizilianer mit den himmelblauen Augen …« Ihre Erinnerung trug sie weit in die Vergangenheit. Wie alt war sie damals gewesen? Zweiundzwanzig? Es war während ihrer Zeit in Siena, als sie den Italienischkurs an der Uni besuchte. Da war immer dieser süße Typ, der nach den Lektionen vor dem Ausgang herumlungerte. Ein Jurastudent aus Palermo, wie sich später herausstellte. Seine olivgrüne Haut, das rabenschwarze Haar und die von seinen normannischen Vorfahren geerbten blauen Augen hatten ihr gleich den Atem geraubt. Allerdings hatte sie ihn ein bisschen zappeln lassen. Die darauffolgenden drei Wochen waren jedoch wie ein Traum gewesen. Endlos hatten sie sich in dem winzigen, recht ärmlich eingerichteten Bauernhaus vor den Toren der Stadt geliebt, das Judy damals für kleines Geld gemietet hatte. Ihre schweißnassen Körper waren Tag und Nacht ineinander verschmolzen. Wie hatten sie gelacht, als der Gutsbesitzer ihnen von den Beschwerden der Bauern ringsherum berichtet und sie gebeten hatte, doch etwas weniger laut zu sein!

Zwei Jahre hatte ihre Liebe gedauert. So viele Kilometer war sie in ihrem alten Käfer und er in seinem klapprigen Alfa Romeo hin- und hergefahren. Sie waren das perfekte Paar: er, der temperamentvolle, lebensfrohe, leidenschaftliche und lustige Familienmensch; sie, die kühle, intellektuelle und spöttische Nordländerin. Mindestens sechs Kinder wollten sie haben. *Tanti, tanti bambini!*

»Ach Toni!«, entfuhr ihr ein Seufzer. »Und ich hatte nichts Besseres zu tun, als deinen Bruder an seinem Hochzeitstag zu vögeln!«

Nie würde sie vergessen, wie sie damals beinahe gelyncht worden war, als eine Brautjungfer sie in den Armen des Bräutigams in dem hübschen Kämmerchen mit Ausblick aufs Meer entdeckt hatte. Das ohrenbetäubende Geschrei, die geballten Fäuste, die blutrünstigen Drohungen! Es mussten über hundert Leute gewesen sein, die sie – nur mit einem seidenen Unterrock bekleidet – aus dem Haus gejagt und über den langen Sandstrand verfolgt hatten. Von Toni hatte sie danach nie wieder gehört. Wie auch?

»Und so jemand macht dann einen auf Wedding Planner! Was für eine bescheuerte Idee!«

Irgendwie musste sie ihre Stimme erhoben haben, denn der mittlerweile eingeschlafene Filippo hob den Kopf und flitzte wie von der Tarantel gestochen los.

»Filippo! Filippo! Wo steckst du?«, rief Judy besorgt und machte sich auf die Suche. Titty würde bestimmt fuchsteufelswild werden, wenn ihr kleiner Schatz seinen teuren Aufzug irgendwo einsauen würde.

Das unverkennbare Schnaufen kam aus dem dichten Gebüsch bei der Pergola.

»Die Liebe …«, flüsterte Judy bitter, nachdem sie die Zweige beiseitegeschoben hatte. Mit glasigen Augen und durch seine eingedrückten Nasenlöcher um Luft ringend begattete er eine ihr unbekannte Hundedame zweifelhafter Herkunft. Warum waren männliche Kreaturen eigentlich nie wählerisch?

13

Bekümmert betrachte Gaetano seine Gazzella. Das konnte doch nicht wahr sein! Wie ein gekentertes Boot stand sie mit heftiger Schlagseite vor ihm.

Heute Morgen hatte die Zentrale in Florenz ihn zu einem Einsatz gerufen. Da sein Appuntato die Stellung im Dorf halten musste, wurde ihm ein Carabiniere aus Impruneta als Beifahrer zugeteilt. Sie sollten zwei Supermarktdiebe verfolgen und um jeden Preis stellen, da sie bereits etliche Überfälle in der Umgebung auf dem Kerbholz hatten. Als die mit ihrem Fluchtauto auf den Raccordo del Varlungo einbogen und niemand weiter in der Nähe war, bekam Gaetano von der Einsatzzentrale die Freigabe zu feuern.

»Schieß auf die Reifen!«, rief er dem jungen Carabiniere zu. Der zog seine Pistole, lehnte sich aus dem Seitenfenster, zielte und drückte ab.

Seltsamerweise war daraufhin ein merkwürdiges *Pffft* zu hören gewesen. Der Wagen war leicht ins Schleudern gekommen. Hatte der Trottel etwa …? Fassungslos hatte Gaetano ihn von der Seite her angeschaut und gebrüllt: »Den anderen, *cretino*!!!!!!!!!!!!!!« Das zweite *Pffft* war dann das Ende ihrer Verfolgungsjagd gewesen.

Jetzt stand seine schöne Gazzella mit zwei Platten auf der Beifahrerseite vor ihm. Judy und Titty würde er besser nichts von dem Vorfall erzählen …

»Appuntato! Appuntato!«, rief er, als er die Carabinieri-Station betrat. Ein Kollege hatte ihn ins Dorf zurückgebracht. Aus Höflichkeit dem Ranghöheren gegenüber hatte der den heiklen Vorfall nicht erwähnt. Gaetano war ihm sehr dankbar dafür.

Der junge Mann kam herbeigeflitzt und nahm Haltung an. »*Commandi*, Maresciallo!«

»Ist Ihr Jeep in Ordnung?«

»Selbstverständlich, Maresciallo.«

»Dann kommen Sie bitte mit. Wir sollten mal wieder eine kleine Straßenkontrolle machen. Ist schon lange her, dass wir eine hatten ...«

Dieser Teil seiner Aufgaben war eigentlich nicht seine Leidenschaft. Unter der heißen Sonne mit irgendwelchen armen Schluckern oder sprachunkundigen Touristen zu diskutieren, empfand er jedes Mal als ungemein lästig. Aber es würde ihn wenigstens ablenken, der Vorfall heute hatte ihm die Galle überlaufen lassen.

An der Umgehungsstraße des Dorfes war kurz nach der langen Kurve eine gute Stelle, um Position zu beziehen. Dort wurde man erst im letzten Augenblick von den Fahrern gesehen, und die hatten dann kaum Zeit, vom Gas herunterzugehen. Kaum einer bretterte hier nämlich mit weniger als 70 km/h vorbei. Der Staatskasse zum Wohle, falls der Übeltäter denn zahlte. Oft spekulierten seine lieben Mitbürger ja auf einen »Sündenerlass«, mit dem sich jede neue Regierung beim Wähler einschmeicheln wollte. Italien war nun einmal ein katholisches Land und – das durfte er natürlich nur denken und nicht laut sagen – eine Filiale des Vatikans.

Wegen der Hitze war relativ wenig los. Die meisten waren Ausländer. Ein schnittiges Cabrio mit zwei jungen Blondinen kam um die Ecke gesaust. Schade, dass er die Kelle nicht rechtzeitig hochbekam … Wäre nett gewesen, mit denen ein paar Worte zu wechseln …

Leicht frustriert wegen der verpassten Gelegenheit schwor er sich, den Nächsten anzuhalten, egal, wer es war. Selbst wenn der Bürgermeister oder Don Salvatore im Wagen säßen.

Es war ein silberner Skoda mit deutschem Kennzeichen, nicht alt, nicht neu. B für Berlin, dachte er. Dort war er noch nie gewesen. Überhaupt wusste er über Deutschland sehr wenig, obwohl seine Freundin Judy doch eigentlich Deutsche war. Aber sie sprach nie oder nur selten über ihre Heimat.

»Favorisca i documenti, per favore«, sagte er in jovialem Ton. Die Ausländer brachten schließlich gutes Geld nach Italien. Besonders die Deutschen.

»Entschuldigung, ich nix kapieren. Ich Deutscher.«

Als ob mir das nicht klar wäre, dachte Gaetano ärgerlich. Der Wagenbesitzer und einzige Insasse sah recht durchschnittlich aus. Wahrscheinlich war er so um die Mitte vierzig oder Anfang fünfzig. Auf dem großen Schädel sprossen ein paar armselige blonde Haare. Eine dicke Knubbelnase überragte seine fleischigen Lippen. Von der Statur her musste er kräftig gebaut sein, wenngleich er wohl kein typisch germanischer Hüne war.

»Scusi, documenti, bitte.« Er war stolz auf dieses kleine Wort, das er von Judy gelernt hatte. Sie benutzte es immer, wenn Filippo Pfötchen geben sollte.

»Ahhhh«, sagte der Deutsche und nestelte umständlich im Handschuhfach herum, als ob er noch nie in eine Polizeikontrolle gekommen wäre.

Nervös klopfte Gaetano mit der Kelle an seine Stiefel. Da hatte er wohl ausgerechnet den größten Kretin aller Zeiten angehalten. Da der Typ nicht zu Potte kam, ging er langsam um den Wagen herum.

Das Kennzeichen schien in Ordnung zu sein, ein Rücklicht war etwas schief, aber das war kein Grund, hier Ärger zu machen.

Schwitzend streckte ihm der Blonde seinen Führerschein, den KFZ-Schein und seine Ausweiskarte hin.

Gaetano rief den Appuntato, um sie bei der Zentrale telefonisch kontrollieren zu lassen.

Alles schien in Ordnung zu sein. Komisch nur, wie der Typ schwitzte. Gut, es war wirklich heiß, aber so?

Als Gaetano ihm die Papiere zurückgab und noch einen Moment ins Wageninnere schaute, fragte der Mann urplötzlich: »Sorry, ich tscherkaren eine Villa.«

Tscherkaren? Was war das denn für ein Wort? Meinte der *cercare*?

»*Ci sono tante ville qui*«, klärte ihn Gaetano auf.

Daraufhin kramte der Mann eine Art Prospekt hervor.

»*Ah, Villa Fiorita! Nessun problema!*« Gaetano tippte sich strahlend an seine Uniformmütze, auf der die goldene Flamme seines Rangs in der Sonne glitzerte.

Irgendwie schien der Mann erleichtert, dass die Villa bekannt war. Aber was konnte der dort wollen? Judy und Titty waren doch keine Vermieter … Gaetanos

Spürnase als Mann der Staatsmacht begann sofort Witterung aufzunehmen. Da musste er wachsam sein und kontrollieren, was vorging. Nicht, dass den beiden Damen noch etwas zustieß. Das würde er sich niemals verzeihen können.

Zunächst jedoch sah er sich gezwungen, dem Fremden den Weg zu weisen. Was sollte er auch anderes tun? Schließlich war das hier seine Pflicht.

14

Wohlig rekelte sich Judy unter dem leichten Laken. Wie jeden Morgen richtete sie ihren ersten Blick auf die mächtige Zypresse, die vor ihrem Fenster stand, und dankte dem lieben Gott dafür, dass sie auch heute gesund und mit wachem Geist aufwachen durfte. In ihrem Alter war das keine Selbstverständlichkeit. Immer mehr Freunde und Bekannte starben um sie herum, die Einschläge der Todesartillerie kamen langsam näher.

Sie lächelte. Heute Nacht hatte sie einen wunderschönen Traum gehabt. Sie war Mitte dreißig und befand sich mit anderen jungen Leuten auf einer Reise. Unter ihnen war nur eine einzige ihr bekannte Person, eine alte Schulfreundin, die sie im wirklichen Leben schon fünfzig Jahre lang nicht mehr gesehen hatte. Auffallend war ein junger, gut aussehender Mann in Pilotenuniform. Er hieß Eboni. Was für ein seltsamer Name … Den hatte sie noch nie gehört. In einem Luxus-Resort saßen sie Drinks schlürfend am Pool und unterhielten sich mit dem alten, eleganten und gepflegten Besitzer, der sogleich mit ihr zu flirten begann. So war es schon immer gewesen. Egal, ob junge oder alte Männer, sie alle lagen ihr zu Füßen. Stolz zeigte der betagte Herr auf ein kegelförmiges Dorf, das von einem Halo umgeben war. Es erinnerte Judy an eine Zeichnung des Turms von Babel, die sie einmal in ihrer Kindheit gesehen hatte. Dort tummelten sich fröhliche Menschen und gingen ihren täglichen Geschäften nach. »Ich liebe Italien«, hatte sie bei diesem Anblick zu ihm gesagt – und dann Ende. Paolinos Schritte im Flur auf dem knarrenden Parkett hatten sie jäh aus dieser herrlichen Kulisse gerissen.

Diese Zypresse. Jeden Morgen zeigte sie ihr die Uhrzeit und das Wetter an. Ein kleines rosa Wölkchen löste sich aus dem dichten Nadelgeflecht. Ja, es war die Zeit, in der die Zypressen verliebt waren: *i cipressi in amore*. Dann stießen sie ihre Pollen in den Wind, in der Hoffnung, dass sie auf fruchtbaren Boden fielen. Mutter Erde, die Schöpferin der Hoffnung ... Da musste Judy an ihre Mutter denken. Sie hatte nie ihre Stimme erhoben, nie ein böses Wort gesagt. Sicherlich war sie der liebevollste Mensch unter der Sonne gewesen. Titty und sie hätten sich keine bessere Mutter wünschen können. Kam daher das Bestreben ihrer Töchter, das Böse aus der Welt zu schaffen? Wohl eher nicht. Es hatte nach Tittys Ankunft in der Toskana begonnen. Eigentlich war sie die treibende Kraft gewesen. Da waren so ein tiefer Abscheu und Hass in ihr, wenn sie etwas im Fernsehen sah oder in der Zeitung las, das mit physischer oder psychischer Gewalt gegen Wehrlose zu tun hatte. Hatte Titty während ihrer Jahre in London am eigenen Leib Böses erfahren? Es musste so sein. Vielleicht fiel das in die Zeit, als sie, Judy, mit der Villa und dem Job so viel um die Ohren hatte und beide eher selten voneinander hörten. Um Tittys geradezu alttestamentarische Rachsucht zu erklären, bedurfte es eines schrecklichen Erlebnisses.

Judy zog das Laken bis ans Kinn. Es fröstelte sie trotz der schon jetzt zum Fenster hereinströmenden Wärme.

Sie versuchte zurückzudenken, aber jene Zeit lag so fern und war so unglaublich schnell an ihr vorübergerauscht. Was mochte es sein? Titty würde es von sich aus erzählen müssen.

Und sie würde es ganz sicher tun. Eines Tages, wenn der richtige Zeitpunkt gekommen wäre. So wie sie selbst es damals am Küchentisch getan hatte und Titty sie hatte trösten müssen. Onkel Manfred ... Ein Schauer ergriff sie. Nein, sie wollte nicht daran denken!

Stattdessen blickte sie zu ihrer Zypresse. Sie war so wehrlos wie viele der Opfer von Gewalt, die sie kontaktierten. Ein Sturm, ein Blitz, die Menschen ...

Vom Ende des Flurs her hörte sie das Husten ihrer Schwester. Wie lange würde sie es noch machen? Der Arzt bestätigte Titty dauernd, dass alles in Ordnung sei. Ein Leben ohne ihre Schwester konnte Judy sich gar nicht vorstellen. Wahrscheinlich würde sie mit ihr ins Grab gehen wollen.

Filippos Trippelschritte vor der Tür bedeuteten, dass es Zeit fürs Frühstück war. Eine schnelle lauwarme Dusche, Zähneputzen, ein leichtes Make-up und die Haare zum üblichen Zopf flechten – das war ihr Morgenritual. Paolino hatte das Brot von gestern zum Aufbacken in den Ofen geschoben und Eier gekocht. Die selbst gemachte Kirschmarmelade stand schon in einem Schälchen auf dem Tisch, und in der *moka* brodelte der Espresso.

»Hast du heute Morgen schon gebuddelt, *caro*?«, erkundigte sich Titty, nachdem auch sie am Tisch Platz genommen hatte.

»War wieder nix. Nur Erde. Und die sehr hart. Wie der Dingsda vom Adamo ... Na, ihr wisst schon ...«

Judy und Titty grinsten sich über den Tisch an. »Wie der *cin cin di Adamo*!«, sagten beide wie aus einem Mund und kicherten wie Teenager.

Da begann Filippo plötzlich laut zu bellen.

»Wer mag das um diese Uhrzeit sein?«, fragte Titty.

Neugierig gingen sie nach draußen, um nachzusehen, wer da kam.

»Tommy!«, rief Judy und schlug vor Erstaunen die Hand vor den Mund.

Ihr blendend aussehender Sohn sprang aus dem Auto und kam strahlend auf seine Mutter und seine Tante zugelaufen, die er beide stürmisch umarmte.

»Was machst du hier? Du hast uns ja gar nichts gesagt! Dann hätten wir doch eingekauft!«, entfuhr es Judy, die immer noch entgeistert dreinschaute.

»Es sollte eine Überraschung werden. Und ich habe auch etwas mitgebracht!« Theatralisch streckte er seinen Arm in Richtung Wagen aus und rief: »*Tadaa*!«

Eine bildhübsche schlanke junge Frau in einem bunten Sommerkleid entstieg dem Auto und kam etwas scheu lächelnd auf die Gruppe zu. Mit einer eleganten Bewegung streckte sie Judy die Hand entgegen.

»Darf ich vorstellen? Das ist Alice, meine Verlobte!«

Judy hatte das Gefühl, die Beine müssten unter ihr nachgeben.

»Du bist verlobt?«

»Ja, *mamma*, gestern habe ich Alice auf der Ponte Vecchio vor der Cellini-Büste den Antrag gemacht.«

»Nun, dann sei willkommen, meine Liebe. Lass dich in die Arme schließen!« Zögernd ging Judy auf Alice zu und umarmte sie etwas hölzern. Einen Gast und gar ein neues Familienmitglied hatten sie nicht erwartet. War im Haus alles in Ordnung und gut verwahrt?, schoss es Judy durch den Kopf. Titty schien dasselbe zu denken, auch sie sah leicht verstört aus. Hinter ihrer Stirn arbeitete es offenbar ebenso heftig wie bei Judy.

»Nun, Kinder, dann kommt mal rein … habt ihr Gepäck dabei?«, fragte Judy mit heiserer Stimme, sichtlich aus der Fassung gebracht.

Tommy schien in seiner Euphorie nichts zu bemerken. Flink lief er zum Kofferraum und öffnete ihn. Zwei Koffer und ein Blumenstrauß kamen hervor.

»Der ist für euch beide.«

»Ach, das ist entzückend von dir, *tesoro*.« Judy merkte selbst, wie zittrig ihre Worte klangen, und hoffte, es fiel nicht allzu sehr auf. »Ich bringe schnell das Gepäck in mein altes Zimmer und zeige Alice, wo wir schlafen werden.«

»Aber …«, versuchte Titty noch einzuwenden, doch die beiden waren schon um die Ecke gesaust.

»Und, wenn er …?«, stotterte Titty und schlug erschrocken die Hände vors Gesicht.

15

Tommys Herz schlug vor Freude so hoch, dass er wie auf Wolken schwebte. Gestern hatte Alice ihm ihr Jawort gegeben, und heute war er mit ihr hier im Haus seiner Kindheit und Jugend.

»Was für ein schöne Mutter du hast! Selbst für ihr Alter sieht sie noch hinreißend aus. Und diese Villa! *Darling*, ich wusste gar nicht, dass du an so einem herrlichen Ort aufgewachsen bist.«

Zärtlich umarmte Tommy seine Angebetete, führte sie ans weit geöffnete Fenster und deutete auf den Park und die von der Sonne durchflutete Landschaft.

»Siehst du die Weinberge, die sanften Hügel, die Oliven, die Pinien, die Zypressen und die vielen Blumen? Dieses Paradies wird eines Tages uns gehören. Kannst du dir unsere Kinder hier vorstellen?«

»Ach, mein Gott, das wäre einzigartig! Dieser Ort versprüht so viel Charme! Tausendmal ja!« Innig küssten sie sich.

Tommy hatte Alice vor wenigen Monaten in London kennengelernt, wo er seit einigen Jahren lebte. Gemeinsam mit ein paar Freunden war er auf ein Bier ins Pub um die Ecke gegangen. Und da war sie. Umringt von ihren Freundinnen. Ihre langen dunklen Haare fielen in üppigen Locken auf ihre schönen Schultern herab. Die grünen Augen schimmerten wie Smaragde. Noch nie hatte er eine so schöne Frau gesehen. Auch seinen Kumpels war sie gleich aufgefallen, und sie machten mit gedämpften Stimmen die üblichen Kommentare. Tommy hatte nie an Liebe auf den ersten Blick geglaubt, aber jetzt hatte es ihn erwischt. Wäre er schüchtern gewesen, hätte er es sicher nicht gewagt, sie anzusprechen, denn sie war eins jener Geschöpfe Gottes, die sich in einer anderen Sphäre befanden. Aber als Anlageberater in der City hatte er mit der Zeit die genügende Chuzpe entwickelt, um auch solche Situationen zu meistern.

»Kann ich mich kurz frisch machen?«, fragte Alice, nachdem sie sich von Tommy gelöst hatte.

»Aber selbstverständlich. Hier hinter der Tapetentür ist gleich das Bad.« Geflissentlich öffnete er die Tür für sie. »Ich bin sicher, dass *mamma* frische Handtücher aufgehängt hat. Das macht sie immer.«

Hinter der Tür hörte er das Wasser rauschen. Kurz schaute er sich um. Einige Möbel waren seit seinem letzten Besuch umgestellt worden. Zum Beispiel die Truhe da. Die hatte früher rechts von der Badezimmertür gestanden, jetzt war sie unter das Fenster gerückt worden. Kurz hob er den Deckel an, um hineinzuschauen. Früher war da sein Spielzeug drin gewesen.

Der Deckel war schwer, und die Scharniere hätten ein paar Tropfen Öl gebraucht. Langsam hob er ihn an. Das gleißende Sommerlicht, das von draußen hereinfiel, blendete ihn. Er kniff die Augen zusammen, versuchte etwas zu erkennen.

Was war das? Erschrocken ließ er den Deckel wieder herunterknallen. Das war … Nein, das konnte nicht sein! Hier im Haus seiner Mutter!

»Tommy, was hat da so gekracht?«, kam es durch die dünne Badezimmertür.

»Nichts! Nichts, mein Schatz. Mir ist nur … was runtergefallen!

Sein Herz schlug wie wild. Er spürte, wie die Beine unter ihm nachgaben, und ließ sich kurz auf die Truhe sinken. Er musste sich verguckt haben!

Sich ängstlich umschauend hob den Deckel erneut an. Da war was … Vor Entsetzen schoss ihm das Blut in den Kopf.

Erneut fiel der Deckel mit ohrenbetäubendem Lärm zu. Vielleicht war es ja auch nur ein Trugbild? Lag es an der Hitze?

»Schaaatz, was war das jetzt wieder?«

»Mir ist … äh …«, stotterte er und blickte voller Panik auf die Badezimmertür, die sich jetzt öffnete. Mit einer fließenden Bewegung ließ er sich auf dem Deckel nieder.

»Was machst du da auf der Truhe?«

»Nnnnichts … Hier hatte ich nur früher meine Spielsachen, deshalb …«

»Oh, wie schön! Kann ich mal sehen?«

Energisch zog sie an Tommys Hemd, um ihn zum Aufstehen zu bewegen.

»Lass uns lieber in den … in den … äh … Pinienhain gehen! Da ist es jetzt angenehm kühl und …«, er zerrte an seinem Kragen, um mehr Luft zu bekommen. »Ich kann dir, äh, das Baumhaus zeigen, das mein Bruder und ich dort hatten.« Schweiß stand ihm auf der Stirn.

»Liebling, du schwitzt ja richtig.«

»Ja, heftig, ich bin nicht mehr an diese Hitze gewöhnt.« Rasch wischte er sich mit einem Taschentuch übers Gesicht. Wie gut, dass ihm seine *mamma* das beigebracht hatte: Ein Gentleman hat immer ein sauberes Taschentuch bei sich!

»Darf ich wirklich nicht …?«, fragte Alice neckisch und mit diesem sexy Augenaufschlag, der unweigerlich, trotz aller Anspannung, ein heftiges Ziehen in seiner Lendengegend hervorrief. »Du weißt doch, Spielzeug interessiert mich sehr …«

»Nachher, mein Täubchen. Nachher. Ich brauche erst einmal ein bisschen frische Luft …«

Schmollend ließ Alice sich aus dem Zimmer bugsieren. Verstört blickte er sich beim Hinausgehen noch einmal um. Hatte er sich getäuscht? Hier war er doch bei seiner Mutter! Der anbetungswürdigsten Person, die es auf diesem Planeten gab.

»Wo ist Paolino?«, fragte Judy ihre Schwester.

»Im Weinberg, soweit ich weiß.«

»Wir müssen jetzt ganz schnell machen.«

»Dass Tommy aber auch ausgerechnet in *das* Zimmer wollte …«

»Ich habe die beiden zum Pinienhain laufen sehen.«

»Die werden da sicher ein bisschen rummachen wollen …«

Knarrend ging die Küchentür auf.

»Paolino! Wie gut, dass du kommst!«, rief Judy und zerrte ihn mit sich in das mit Fresken und Stuck verzierte Treppenhaus.

»Ist dein Loch von heute früh schön tief?«

Paolino nickte stumm. Allerdings konnte man bei ihm nie sicher sein, ob es seine Krankheit war oder ein echtes Nicken.

»Dann kümmere dich doch bitte um die Truhe in Tommys Zimmer, ja?«

Langsam und schwerfällig erklomm er die Treppe. Judy lief ein paar Stufen hinauf, um ihm Beine zu machen.

Paolino wandte sich um und schaute sie mit glasigen Augen an. Die Zitze der Alten hatte wohl schon wieder reichlich gesprudelt.

»Hast du zu viel Grappa intus?«

Ein lauter Rülpser entrang sich seiner Brust.

Judy seufzte gequält. Man konnte nicht alles haben im Leben …

»Paolino, versuch bitte ein bisschen schneller zu sein, ja?« Ihr Herz pochte ihr bis zum Hals. Diese Aufregung konnte sie wirklich nicht gebrauchen! Warum hatte Tommy nicht Bescheid gesagt? Das war doch sonst nicht seine Art. Der gute, liebe, wohlerzogene Tommy. Herrje! Jetzt kamen auch noch Kopfschmerzen hinzu. Nachher würde sie Paolino um einen *caffè romano* bitten. Espresso mit Zitrone half manchmal.

17

Wieso ihn dieser blöde Polizist eben angehalten hatte, konnte Bruno sich nicht erklären. Er war doch ganz normal gefahren. Noch nicht mal zu schnell. Bei diesen Benzinpreisen konnte man sich das ja gar nicht mehr erlauben.

Langsam fuhr er den Weg entlang, den ihm der uniformierte Typ gezeigt hatte. Die Straße schlängelte sich durch einen Wald mit Krüppeleichen, Pinien und dichtem Gebüsch. Am Wegesrand standen gelb blühende Ginstersträucher zwischen rotem Klatschmohn. Wie idyllisch das alles war. Machte Walter hier wirklich allein Luxusferien? Dann hätte er am Ende doch das große Los gezogen, dieser verdammte Loser. Er, Bruno, hätte sich das nie leisten können.

Vor einem großen schmiedeeisernen Tor hielt er an. Am Ende einer mit hohen Zypressen gesäumten Auffahrt konnte man hinter ausladenden Steineichen eine helle Fassade erkennen. Das musste sie sein, die *Villa Fiorita*. Besser wohl, wenn er seinen Wagen hier abstellte und zu Fuß weiterging. Vorsichtshalber. Vielleicht war das ja gar nicht die richtige Villa. Und außerdem konnte er kein Italienisch. Wenn die womöglich in dieser fremden Sprache auf ihn einredeten. Oh Gott! Nein, das wollte er sich gar nicht vorstellen.

Mann, war das heiß! Sogar schon um diese Zeit! Mit einem nicht mehr ganz sauberen Taschentuch wischte er sich den Schweiß von Kopf und Nacken. Etwas weiter die Straße entlang fand er unter einem Baum einen

Parkplatz im Schatten. Als er die Wagentür öffnete, schlug ihm die brüllende Hitze wie eine Wand entgegen. Sollte er sich nicht besser ein Zimmer suchen und den Abend abwarten? Nein, die Reise hatte schon viel zu lange gedauert. Alle diese nervigen Holländer und Belgier, die die Autobahn verstopft hatten!

Immer auf der Suche nach Schatten näherte er sich der Villa. Warum ging er eigentlich so geduckt?, fragte er sich. Er hatte doch nichts zu verbergen. Aber andererseits war er in einem Land, das er nicht kannte. Vielleicht war es verboten, einfach so auf Privatgelände herumzutappen. Schließlich war das eine Villa und überall hingen Schilder an den Bäumen mit dem Hinweis »*Proprietà privata*«. Ob die eine Videoüberwachung oder Alarmanlage hatten? So feine Pinkel hatten doch so was. Und wenn Walter wirklich hier verschwunden war … Aber nein, da ging nur seine Fantasie mit ihm durch. Warum sollte etwas nicht in Ordnung sein mit dieser Luxushütte? Der hatte bestimmt nur sein Handy irgendwo verbaselt und scherte sich einen feuchten Kehricht darum, was seine Familie dachte, wenn er sich nicht meldete. Wahrscheinlich lümmelte er sich mit jeder Menge Drinks am Pool rum und dachte an gar nichts. Hier lauerte ihm wenigstens niemand auf, der Geld von ihm wollte. Allerdings … Dauernd verschwanden Leute im Nichts und hatten dann eine Niere weniger oder sonst was. Na, an seiner Leber hätten sie sicher keine Freude …

Für diesen letzten Gedanken hätte er sich am liebsten selbst eine gescheuert. »Haste se nich mehr alle?«, grummelte er vor sich hin. Walter war nicht tot! Der musste hier irgendwo sein, und er würde ihn finden! Koste es, was es wolle! Aber Vorsicht war die Mutter der Porzellankiste. Man hatte ja schon Pferde … Wie ging der Spruch noch mal? Ach, egal!

Nach wenigen Minuten sah er ein niedriges rostiges Tor, durch das er in einen Teil des Gartens gelangte, der offensichtlich etwas abgelegen war. Unkraut und wild wucherndes Gestrüpp zerrten an seinen Hosenbeinen. Das Zirpen der Zikaden war unerträglich. Oder waren es Grillen? Keine Ahnung. Irgend so ein Viehzeug. Er hätte es nie ausgehalten, hier zu leben.

Jetzt kam er in einen etwas gepflegteren Teil des Parks, aber noch immer wucherte alles kreuz und quer. Das musste Oleander sein, der hier ein Meer aus weißen, roten und rosa Blüten bildete. Er bahnte sich einen Weg durch die kratzigen Zweige. Irgendwo hatte er gelesen, dass Oleanderblätter giftig waren. Hoffentlich ritzte er sich nicht die Haut an den Armen auf.

Nach einer Weile eröffnete sich ihm eine gute Aussicht auf die Villa. Ja, das musste sie sein. Irgendwie waren sich die Villen hier alle ähnlich, aber der viereckige Turm oben auf dem Dach und die bodentiefen Fenster im Erdgeschoss sahen genauso aus wie auf dem Foto in dem Prospekt. Nur viel heruntergekommener.

Die Klamotten klebten ihm mittlerweile klitschnass am Leib. Wie konnte man es hier nur aushalten? Und dann auch noch Ferien machen wollen?

Er ging ein paar Schritte weiter. Hinter einer Lorbeerhecke sah er einen blauen Pool funkeln. Mann, wie gerne wäre er da jetzt reingesprungen! Und seine Kehle war ganz trocken. Zu blöd, dass er kein Wasser mitgenommen hatte.

Unterhalb des Pools konnte er einen Weinberg ausmachen und etwas weiter entfernt einen Pinienhain.

Hier schien keine Sterbensseele zu sein.

Plötzlich öffnete sich eine der Terrassentüren. Heraus kam ein alter Typ mit Wackelkopf, der sich draußen nach allen Seiten umschaute. Irgendwie wirkte er, als hätte er etwas zu verbergen. Nachdem er für ein paar Sekunden im Haus verschwunden war, kam er rückwärts wieder heraus und zog etwas Schweres hinter sich her. Nach Müll sah das nicht aus, eher wie ein länglicher Sack mit merkwürdigen Beulen. Was mochte das sein? So groß? Mann, der japste ganz schön, das konnte er sogar von hier aus sehen! Plötzlich hielt er jedoch inne und schubste das seltsame Dingens wieder zurück. Was sollte das denn werden?

Bruno ging ein paar Schritte näher, um einen besseren Blick auf die Villa zu bekommen. Wer kam da denn anspaziert? Das war doch der Polizist von eben!

Jetzt trat eine ältliche blonde Frau aus einer der Türen und begrüßte den Uniformfritzen überschwänglich. Hatten die was miteinander?

Er hätte gern noch weiter beobachtet, was da vor sich ging, da spürte er mit einem Mal einen schrecklichen Schmerz. Ein fetter Mops hing wütend knurrend an seinem Knöchel und hatte die Zähne tief in sein Fleisch gehauen.

Entsetzt schüttelte Bruno sein Bein, wodurch alles nur noch schlimmer wurde. Verzweifelt blickte er sich um. Da lag ein vom Wind abgerissener Ast! Mit letzter Kraft hob er ihn auf und schlug auf das Untier ein. »Na warte! Dir werd ich's zeigen!«, zischte er mit zusammengebissenen Zähnen.

Glücklicherweise ließ der Wüterich ab von ihm und lief jaulend in Richtung Villa.

Diese Expedition war erst einmal danebengegangen, aber er würde wiederkommen. Und mit dem Vieh würde er auch noch fertigwerden!

18

»Verdammt!« Judy war außer sich. Nervös stapfte sie von einer Ecke des Salons zur anderen. Sonst war sie eigentlich immer erfreut oder amüsiert, wenn Gaetano kam, aber dieses Mal hatte es wirklich nicht gepasst. Selbst ein schneller Espresso zwischen Tür und Angel wäre jetzt eine Katastrophe gewesen. Sie hatte ihn draußen zwar herzlich begrüßt und wie immer ihren Charme spielen lassen, ihn dann aber höflich abgewimmelt. Sie müsse ganz dringend noch einkaufen fahren. Er hatte ihre Ausrede geschluckt, war mit dem Jeep seines Appuntato davongebraust und hatte hoffentlich auch nichts bemerkt.

»Paolino?« Schnell lief sie in die Küche. Wahrscheinlich war er dorthin geflüchtet. »Wo hast du den Sack?«

»Hinter die Kellertür gestellt.«

»Ach, du Guter!« Er war schon immer ihr Retter gewesen.

Fast lautlos kam Titty um die Ecke und gesellte sich zu ihnen.

»Ist voll danebengegangen«, klärte Judy sie auf.

»Mist! Dein Freund Gaetano?«

»Hm. Im falschen Moment.«

»Was machen wir jetzt?«

»Abwarten.«

»Paolino …?«

»Stets zu Diensten!« Leicht schwankend hielt er sich an der Wand fest. »Der Wunsch der Damen ist mir Befehl!«

»Dann weißt du, was zu tun ist … Ich würde sagen, erst mal wieder in die Truhe.«

Etwas unbeholfen tippte er sich an die Stirn, als ob dort eine Uniformmütze mit Schirm wäre, und ging aus der Küche.

»Wie gut, dass er ein so treues Herz ist«, seufzte Titty. »Alles dein Verdienst. Deine psychologische Mitarbeiterführung ist tadellos.«

Judy warf ihrer Schwester eine Kusshand zu, griff nach der Handtasche und ging zum Jeep.

19

Bis aufs Hemd durchgeschwitzt betrat Gaetano seine Wachstation. Die Straßenkontrolle war bei dieser Hitze keine gute Idee gewesen. Gott sei Dank war der Appuntato danach zu einem kleinen Plausch mit der hübschen Lily in der Bar geblieben, deshalb konnte er schnell seine Uniformjacke ausziehen. »Ahhhh«, entfuhr es ihm, als er den kühlenden Hauch der Klimaanlage verspürte. Er war aus Apulien zwar an hohe Temperaturen gewöhnt, aber dieser Sommer war wirklich unerträglich. Im Bad zog er das Hemd aus und machte sich am Waschbecken frisch. Im Spind erwartete ihn ein neues. So konnte er wenigstens Judy und Titty wieder unter die Augen treten. Was hätten sie sonst von ihm gedacht? Kurz blickte er auf die Uhr. Ein bisschen Zeit blieb ihm noch vor dem Mittagessen in der Villa. Vorhin war er ungelegen gekommen. Schade eigentlich, denn ein *caffeino* auf die Schnelle in Judys Gegenwart hätte ihn nach der missglückten Verfolgungsjagd und der Straßenkontrolle unter sengender Sonne sicherlich wieder etwas mit der Welt versöhnt. Aber später würden sie ihn sicher bitten zu bleiben. Was sie wohl heute wieder Köstliches auf den Tisch zaubern würden?

Im Nu war der Computer hochgefahren. Schmunzelnd loggte er sich auf seiner Lieblingswebseite ein und klickte auf die Datei mit dem Titel »Verschollen im Chianti«. Er scrollte bis zu der Stelle, wo er neulich Nacht aufgehört hatte. Der Cursor blinkte erwartungsvoll.

Einsiedler
(erschrocken, zu sich selbst)
Wer war das?
Einsiedler läuft zur Tür und schaut hinaus.
Nachdenklich ließ Gaetano seinen Blick aus dem Fenster schweifen. Die Piazza lag verlassen da. Keine Menschenseele wagte sich bei dieser Bruthitze hinaus. Er war an einer toten Stelle in seinem Drehbuch angekommen. Wie konnte er die Geschichte zu Ende gehen lassen? Schon beim letzten Mal hatte er nicht weitergewusst.

»Ist einfach zu heiß«, murmelte er und wischte sich ein paar Schweißtropfen von der Stirn, die sich trotz der hier herrschenden Kühle gebildet hatten. Resigniert loggte er sich aus. Vielleicht kam ihm ja im Laufe des Abends oder während der Nacht ein Geistesblitz.

Wenn Judy wüsste, was er in seiner Freizeit anstellte … Bestimmt wäre sie nicht darauf gekommen, dass er heimlich schrieb. Und erzählt hatte er ihr auch nie davon. War es Scham? Weil ein ernsthafter Gesetzeshüter niemals solche »frivolen« Dinge tun würde? Würde sie ihn dafür auslachen? *Per l'amor di Dio!* Das wollte er auf keinen Fall! Außerdem, warum sollte er es ihr beichten? Schon professionelle Autoren hatten Schwierigkeiten, ihre Werke an den Mann zu bringen. Wie konnte er sich da erhoffen, überhaupt wahrgenommen zu werden? Aber es machte ihm Spaß. Er hatte ein ganzes Regal voll mit einschlägigen Ratgebern. Und wer, wenn nicht er, wusste über Verbrechen Bescheid? Die Ausbildung an der angesehenen Offiziersschule, die vielen

Jahre im Dienst. Hier im Chianti hatte er zwar nicht mit wirklich wichtigen Dingen zu tun, aber seinerzeit, als er zwischenzeitlich nach Apulien versetzt worden war, hatte es anders ausgesehen. Da hatte er die Organisierte Kriminalität erlebt, den Drogenhandel, die Schutzgelderpressung, alle Arten von Mord ... Dieses Leben fehlte ihm weiß Gott nicht. In einem Hinterhof im Zentrum von Bari hätte es ihn damals beinahe erwischt. Nur knapp war er der Kugel des Verrückten entgangen, der seine Frau und die zwei Kinder kaltblütig erschossen hatte. Er erschauderte jedes Mal, wenn er daran zurückdachte. Noch heute hörte er das Splittern der Holztür, die ihm das Leben gerettet hatte, und erinnerte sich an den entsetzlichen Anblick des Tatortes. All das Blut ... die Leichen der Vierjährigen und des Elfjährigen in ihren Betten ... die Frau mit dem weggeblasenen Gesicht ... Nein, das würde er nie vergessen.

Vielleicht war das der Grund, weshalb er jetzt den Wunsch verspürte, Drehbücher für Kriminalfilme zu schreiben. Die große Leinwand hatte es ihm schon immer angetan. Damals, als Halbwüchsiger in Trani, hatte er seine Freunde dauernd ins Kino geschleppt, ob sie wollten oder nicht. Und als er vor Jahren einmal dazu abkommandiert gewesen war, beim »Festival del Cinema« in Venedig die Schutzmaßnahmen zu koordinieren und Leute wie Catherine Deneuve, Cate Blanchett, Colin Farrell und Christoph Waltz an ihm vorbeidefiliert waren, hatte er vor Aufregung nächtelang nicht schlafen können.

Das Klappern an der Eingangstür zur Wache riss ihn aus seinen Erinnerungen. In der Villa war man bestimmt bald so weit, überlegte er. Schnell stellte er den Computer aus, schnappte sich die Uniformjacke und empfahl sich. Im Jeep hatte es jetzt sicherlich hunderttausend Grad, allein beim Gedanken daran bekam er einen Schweißausbruch. Er vermisste seine Gazzella. Deren Klimaanlage war so viel besser als die im Jeep, und die getönten Scheiben hielten wenigstens etwas Sonne ab. Kopfschüttelnd dachte er an den Kollegen aus Impruneta. Was für ein Idiot!

20

»Sieh mal die Sonnenblumen, die *mamma* hier ausgesät hat.« Tommy zeigte auf das Feld, wo sich die gelben Blüten dem hellen Vormittagslicht entgegenstreckten.

Begeistert lief Alice darauf zu und pflückte ein paar. Geschickt machte sie daraus einen kleinen Strauß.

»Du musst die schönste Kindheit gehabt haben, die man sich vorstellen kann!«, rief sie strahlend und ließ den Blick über die herrliche Landschaft streifen. »Ich hatte immer nur die Reihenhäuser in der Broadstreet vor Augen …«

Ein Schatten glitt über ihr Gesicht. Einen Moment schaute sie zu Boden und murmelte leise: »Ich wünschte, *meine* Kindheit wäre so gewesen.«

Alice hatte nie etwas über ihre Kindheit erzählt. Aber er ja auch kaum etwas über seine. Andere Dinge waren immer viel wichtiger gewesen.

Um diesen leicht trübsinnigen Augenblick zu überspielen, umfasste Tommy ihre Taille und vergrub seine Nase in ihrem Nacken. Wie gut ihre von der Sonne beschienene Haut roch!

Seine Kindheit wäre wirklich wunderschön gewesen, hätte es nicht Bobby in seinem Leben gegeben. Er war, abgesehen von einigen guten Perioden, ein richtig fieser Mistkerl gewesen. Er hatte ihn gepiesackt, wo es nur ging. Das meiste wusste *mamma* gar nicht. Und Titty auch nicht. Er hatte seinen Bruder gehasst! Zum Glück war der ab und zu in ein Heim gekommen, dann hatte Tommy für einige Zeit seine Ruhe gehabt. Aber wenn er zurückkehrte, war es meist noch schlimmer als vorher. Mäuse mit abgeschnittenem Kopf im Bett waren noch harmlos im Vergleich zu anderen »Aufmerksamkeiten« seines großen Bruders.

»Das hier ist der *paretaio*«, erklärte Tommy und deutete auf eine niedrige, aus Feldstein errichtete Hütte. »Hier haben sich die Jäger versteckt, wenn sie Vögel geschossen haben. Früher war das in Italien ja erlaubt und sehr beliebt.«

Alice blickte ihn entsetzt an. »Vögel?«

»Ja, leider. Aber vor vielen Jahrzehnten ist das verboten worden.«

»Na, Gott sei Dank …«, seufzte seine engelsgleiche Verlobte erleichtert.

»Komm, ich zeig dir was.« Tommy zog Alice in eine Art Höhle aus Bäumen und Büschen. Dort waren noch ein paar Holzstreben in den Boden gerammt, ein paar andere lagen verstreut in der Gegend herum.

»Hier war unser Baumhaus. In Bobbys besseren Zeiten haben wir das zu zweit gebaut. Nur wir, ganz alleine. Das war ein schönes Stück Arbeit. Schau mal, ein Teil der Struktur steht sogar noch.« Tommy rüttelte an einer der dicken Stangen. »Hier obendrauf war eine Plattform mit Zelt, und ab und zu haben wir hier übernachtet.«

»War das nicht gruselig? So als Kinder allein im Wald?«

»Das war es. Besonders wegen der Wildschweine und Rehe, die sich an den Stämmen unten rieben. Und hast du mal gehört, was die für Geräusche machen?«

»Nein, nie.«

»Wildschweine grunzen ganz laut, und wenn sie Nüsse oder andere harte Nahrung finden, dann klingt ihr Kauen wie das Krachen von Knochen. Und die Rehe geben ein ganz fürchterliches Bellen von sich. Man würde nie meinen, dass so zierliche Wesen solch grässliche Laute ausstoßen.«

»Wie alt wart ihr?«

»Na, so um die zehn oder elf.«

Bewundernd schaute Alice sich um.

»Eines Nachts haben *mamma* und Titty uns einen Streich gespielt. Sie hatten sich in Bettlaken gehüllt, haben sich die Gesichter von unten mit Taschenlampen angeleuchtet ... und dann unser Zelt aufgemacht. Da hatten wir echt unheimlich Schiss ...«

Alice lachte laut auf und umarmte Tommy stürmisch. »Deine Mutter wird mir immer sympathischer! Was für eine großartige Frau!«

»Das kann man sagen. Ich liebe sie wirklich sehr.«

»Was für ein Glück du hast ...« Alices Stimme klang plötzlich wieder bedrückt.

»Liebes ... Was ist mit dir? Was macht dich so traurig?«

»Ach, nichts ... ist schon gut ... Ich freue mich, dass du es so gut getroffen hast.«

Der Trampelpfad führte sie in den Pinienhain hinein. Tommy liebte den Duft und das milde Licht, das durch die Baumkronen fiel. Er war schon lange nicht mehr hier gewesen. Früher hatte alles etwas gepflegter gewirkt. Man merkte, dass die beiden alten Damen mit der Erhaltung des großen Grundstücks nicht mehr hinterherkamen. Vielleicht sollte er öfter herkommen und nach dem Rechten schauen. Auch Paolino, dieses Faktotum, schien nicht mehr ganz auf der Höhe zu sein. Leise knackten die dürren Zweige unter ihren Füßen. Alices Augen leuchteten vor Begeisterung. Sie schien sich nicht sattsehen zu können.

Hingerissen nahm er ihre Hände in seine. Wie schön sie war! Er zog sie an sich und küsste sie auf die Stirn. Da fiel sein Blick auf etwas Merkwürdiges, das dort hinten im Gestrüpp hervorblitzte. Was war das?

Hatte hier jemand unerlaubt Müll abgeladen? Tommy schob seine Sonnenbrille auf die Stirn und kniff die Augen zusammen. Da begriff er, worum es sich handelte. Pappkameraden! Mit zahllosen Einschusslöchern! Erst die Truhe, und jetzt das! Abrupt wandte er sich wieder Alice zu und küsste sie leidenschaftlich.

»Ich bekomme … keine … Luft …«, quetschte sie zwischen den Lippen hervor.

»Komm, lass uns nach Hause gehen!«

»Aber …«, protestierte Alice.

»Ich hätte da nämlich so eine Idee …«

Spitzbübisch grinsend zog er die kichernde Alice hinter sich her.

Und er nahm sich vor, mit *mamma* und Titty zu reden. Unter sechs Augen, so bald wie möglich. Tausend Fragen brannten ihm auf der Seele. Es war kaum zum Aushalten!

21

Unter der Pergola mit den herrlich blühenden Rosenranken war der rustikale Holztisch bunt gedeckt. Sonnenblumen standen in einer bauchigen Vase, ein Läufer aus grobem Leinen schmückte die Mitte des Tisches. Mit weißen und grünen Mustern verzierte Keramikteller waren ordentlich aufgereiht. Gläser aus feinem Kristall standen daneben. Das antike Silberbesteck funkelte an den Stellen, wo das intensive Sonnenlicht das Dickicht der Ranken durchdrang.

Als Tommy und Alice Hand in Hand, etwas erhitzt und miteinander schäkernd ankamen, waren Judy und Titty mit dem Maresciallo ins Gespräch vertieft, den Tommy noch aus seiner Kindheit und Jugend kannte. Dass der eine Schwäche für seine Mutter hatte, wusste nicht nur er, sondern das ganze Dorf. Hinter vorgehaltener Hand sprach man von ihm augenzwinkernd als *»Maresciallo Judy«*.

»Da seid ihr ja!«, rief Judy den beiden fröhlich entgegen. Sie hatte sich mittlerweile gefangen und wollte ihrem Tommy und seiner Angebeteten trotz aller Widrigkeiten ein paar schöne Tage bereiten.

»Darf ich vorstellen?«, sagte sie an den Maresciallo gerichtet. »Das ist meine künftige Schwiegertochter Alice aus London.«

Elegant verbeugte sich Gaetano vor der jungen Dame. Da sie noch nicht verheiratet war, war ein Handkuss ja nicht angesagt. Er kannte schließlich seinen *Galateo*!

»Nehmen wir doch Platz! Paolino wird gleich mit dem Essen da sein«, sagte Titty und wies mit der Hand auf die hübsch geschmückte Tafel.

»Tommylein, du hast uns noch gar nichts von Alice erzählt. Was macht sie eigentlich beruflich?« Judy blickte ihren Sohn an. Irgendetwas war mit ihm. Aber was? Sie hatten ihn, trotz des leichten Schocks zu Beginn, doch recht herzlich empfangen. Hatte er gespürt, dass sein Besuch ungelegen kam?

»Ich bin Ärztin«, antwortete Alice. »Ich arbeite in einem Krankenhaus im Zentrum von London.«

»Was für ein aufregender Beruf!«, kommentierte Titty.

»Sind sie auf etwas spezialisiert?«, erkundigte sich der Maresciallo, um auch seinerseits sein höfliches Interesse zu bekunden.

»Ja, mein Spezialgebiet ist Toxikologie. Ich arbeite eng mit der Rechtsmedizin zusammen, wenn der Verdacht auf Vergiftung besteht, egal welcher Art.«

»Wie aufregend!«, rief Titty in einem für sie merkwürdigen Falsett und suchte mit flackerndem Blick Judys Augen. »Davon haben wir so gar keine Ahnung, nicht wahr, Judy?«

»Ich habe zwar meinen Kräutergarten, und Tommy weiß, wie sehr ich mich für Pflanzenkunde interessiere … Aber nein, wozu das alles gut ist … «

Während Paolino die Platten mit dem *vitello tonnato* auftrug und Alice das Zeichen gab, sich doch bitte zu bedienen, sagte die junge Frau: »Ich kann mir das gerne einmal anschauen …«

Judy war alarmiert. Besorgt blickte sie zu ihrer Schwester. Die versetzte ihr unter dem Tisch einen Tritt.

Schweigend ließ sich die kleine Tischgesellschaft nun das Essen schmecken.

Paolino hatte sich wieder einmal selbst übertroffen. Das Fleisch war wunderbar zart und die Soße darüber exzellent. Judy tupfte sich leicht die Lippen mit der Serviette ab, als sie sah, wie Alice aufstand.

»Liebes, da kommt gleich noch das Dessert.«

»Dürfte ich vielleicht ein paar Schritte gehen, bevor es aufgetragen wird? Das Essen war herrlich, aber ich würde mir gerne kurz die Beine vertreten, wenn Sie nichts dagegen haben.«

»Aber selbstverständlich!«

Alice griff nach ihrem Fächer und dem Sonnenhut und schlenderte an den Beeten mit den englischen Rosen entlang. Hier und da steckte sie ihre Nase in eine der vollen Blüten und schien den Duft dieser alten, von Judy besonders gehegten Gewächse zu lieben. Es gefiel Judy, ihr dabei zuzuschauen. Allerdings wollte sie sie auch im Blick behalten. Von den Blumenbeeten zum Gemüse- und Kräutergarten war es nicht weit …

»Liebste Judy, heute früh habe ich bei einer Straßenkontrolle einen Landsmann von Ihnen angehalten.«

»Ach, ja?«

»Er kam aus Berlin und hat nach der Villa gefragt.«

»Wieso das denn? Wir erwarten niemanden.«

»Ja, das habe ich mich auch gefragt.«

Judy spürte eine gewisse Unruhe in sich aufsteigen. Alice war jetzt nur noch wenige Schritte von ihrem Himmelreich entfernt. Sie ging nicht auf gerader Linie darauf zu, sondern wandte sich mal hierhin und dorthin, um die Schönheit des Ortes zu bewundern. Und was war das für ein Typ aus Berlin, von dem Gaetano da erzählt hatte? Flüchtig schaute sie zum Maresciallo, der sich mittlerweile mit Tommy über London unterhielt. Sie überlegte. Hatten sie sich etwa mit einem Termin geirrt? Das konnte in ihrem Alter ja vorkommen …

»Titty«, raunte sie ihrer Schwester zu, während sie sich zu Filippo hinabbeugte, um ihn zu tätscheln. »Haben wir Mist gebaut? Wer ist dieser Mensch?«

»Keine Ahnung. Das ist keiner von unseren Kandidaten.«

»Sicher?«

»Sicher.«

Judy wollte gerade aufatmen, als sie das Quietschen des Holzgatters am Gemüsegarten hörte. Ein Schreck durchfuhr sie.

Wie von der Tarantel gestochen sprang sie auf. Hinrennen konnte sie nicht, das wäre zu auffällig gewesen. Deshalb ging sie mit gemessenen Schritten zu ihrer Schatzkammer.

»Oh, was für fantastische Tomaten! So rote habe ich noch nie gesehen! Und die Auberginen! Mein Gott, sind die groß!«

Judy pflückte ein paar der *pachino*-Tomaten und hielt sie ihr hin. »Sie schmecken auch gut.«

Genießerisch biss Alice in einen der kleinen Paradiesäpfel und verdrehte entzückt die Augen. »Wow! So gute habe ich noch nie gegessen!«

»Gleich kommt bestimmt Paolino mit dem Dessert.«

»Einen Augenblick noch … Was ist da hinter der Lorbeerhecke?«

»Ach, da sind nur noch ein paar Kräuter …«.

»Kann ich mir die auch mal ansehen?«

Judy schoss das Blut in den Kopf, ihr Herz begann zu rasen. Was sollte sie tun? Sie fühlte sich in die Enge getrieben, eine Idee musste her, und zwar schnell!

»Nun …«, brachte sie schließlich hervor, und bemühte sich darum, dass ihre Stimme nicht zittrig klang, »lass uns das doch lieber morgen in aller Ruhe tun, ich würde mir dafür gern Zeit nehmen …«

Glücklicherweise kam die zweifelhafte Hundedame vom Vortag um die Ecke geflitzt, und Filippo rannte bellend hinter ihr her. Gerade im richtigen Moment, dachte Judy und schnappte nach Luft.

In die allgemeine Aufregung hinein sagte Judy zu Alice: »Komm, Liebes! Es gibt so viel zu erzählen. Wie habt ihr euch eigentlich kennengelernt?«

Sanft schob sie ihre zukünftige Schwiegertochter aus dem Gemüsegarten und schloss das Gatter hinter sich.

Während des Desserts erzählten Tommy und Alice gemeinsam von ihrem Kennenlernen, jeder aus der eigenen Perspektive. Judy stand noch so unter Strom, dass sie kaum etwas davon mitbekam. Immer wieder schaute sie nervös zu Titty.

Die schien dagegen ganz begeistert zu sein von der Geschichte der beiden. »Wie romantisch! Liebe auf den ersten Blick! Das ist etwas ganz Besonderes!« Schwärmerisch verdrehte sie ihre Augen.

»Da haben Sie völlig recht, liebe Titty«, pflichtete Gaetano ihr bei und suchte den Blick seiner angebeteten Judy. »Wie schön, wenn man hört, dass eine solche Liebe wahr wird ...«

Paolino kam mit einer neuen, gut gekühlten Flasche Weißwein herbei und schenkte allen nach. Fachmännisch erhob der Maresciallo das Glas, steckte seine Nase hinein und verkündete: »Was für ein Bouquet! Papaya ... eine leichte Note von Ananas und Maracuja ... etwas Orange ... auch Zitronenblüten.« Dann nahm er einen Schluck. »Der ist ganz sicher im Holzfass gereift ... etwas Vanille und geröstete Mandeln. Das ist Apulien! Man schmeckt eindeutig die Meeresbrise! Ein San Marzano, wenn ich mich nicht irre?«

Titty klatschte in die Hände. »Ein echter Kenner!« Lachend prosteten sich alle zu und genossen den herrlichen Tropfen.

Nach einer Weile bat Alice erneut um Entschuldigung. Sie müsse mal kurz. Mit der ihr eigenen Eleganz erhob sie sich vom Tisch und steuerte auf die Villa zu. Tommy schaute etwas besorgt zu ihr hin. Wenn sie jetzt zufällig in die Truhe ...

»Soll ich dich begleiten, *honey*?«, fragte er schnell.

»Danke nein, nicht nötig, ich finde schon den Weg.«

»Wirklich?«

»Mach dir keine Sorgen.«

Das Tischgespräch plätscherte ein paar Minuten dahin. Es ging vorwiegend um die letzte Zeit, die Tommy in London verbracht hatte. Nach dem letzten Bissen der wunderbaren *torta della nonna* putzte Tommy sich den Mund ab. Schon lange hatte er nicht mehr so gut gegessen wie heute. *Mammas* Küche war eben einfach die beste, auch wenn einiges wohl von Paolino zubereitet worden war.

»Ich war übrigens mit Alice beim …«, hob Tommy zu einem Satz an, als ein spitzer Schrei aus dem ersten Stock ertönte, der allen durch Mark und Bein ging. War Alice etwas zugestoßen? Sie hatte doch nicht etwa …?

Tommy sprang auf und verschwand wie ein geölter Blitz in der Villa. Sein Herz pochte ihm bis zum Hals. Zwei Stufen auf einmal nehmend stürmte er die Treppe hinauf. Nicht auszudenken, wenn Alice … Er hatte schon viele Frauen gehabt, aber nie eine wie sie. Sie war das schönste, intelligenteste, feinfühligste, sinnlichste und liebenswerteste Geschöpf auf dieser Erde. Sie zu verlieren, das würde er nicht überstehen!

Er stürzte ins Zimmer, die zitternde Alice schaute ihn aus weit aufgerissenen Augen an. »Da …«, stammelte sie und zitterte am ganzen Leib. Mit einer knappen Geste deutete sie ins Badezimmer.

Gott sei Dank nicht die Truhe, durchfuhr es Tommy. Mit zögerlichen Schritten betrat er das Badezimmer.

»Da … da …«, wisperte Alice entsetzt. Wo war die selbstsichere Ärztin, die gelegentlich, ohne mit der Wimper zu zucken, an Leichen herumschnipselte?

Und da sah er sie – die riesige Spinne, wie es sie hier ab und zu gab. Gebieterisch streckte sie ihre dicken, haarigen Beine auf dem Boden der Badewanne aus.

»Ach, Schatz, wir sind hier auf dem Land, da kommt das schon mal vor.« Vor Erleichterung atmete er tief aus.

»Aber… aber … das ist ein Untier!« Alice war völlig bleich im Gesicht.

»Das heute Nacht unter deine Decke krabbelt und …« Mit seinen Händen imitierte er eine Spinne und fasste Alice unter das Kleid, was sie zu einem nervösen Lachen brachte. »Komm, gehen wir wieder runter. Dort wartet eine herrliche *torta della nonna* auf dich.«

»Aber was ist mit dem monströsen Viech da drin?«

»Das gibt's heute zum Abendessen. Ist groß genug für alle fünf.«

Alice schrie erneut auf. »Sag so etwas nie wieder! Sonst kannst du unsere Hochzeit vergessen!«

Lachend umarmte er seine Liebste und bugsierte sie aus dem Zimmer. Schnell fing er dann die Spinne, die eigentlich gar nicht so groß war, mit der Hand ein und setzte sie durchs offene Fenster in den Efeu, der an der Hauswand hochrankte. Und zur Sicherheit legte er rasch seinen Koffer auf die Truhe.

»Tommy, kommst du?«, rief Alice vom Flur her.

Um den Inhalt der Truhe würde er sich nachher kümmern müssen.

22

»*Goddammit!*«, fluchte Titty vor sich hin und riss eine Schublade nach der anderen auf. Hektisch wühlte sie in vergessenen Küchenutensilien, zerknülltem Geschenkpapier, Geschenkband aller Art, heilen und kaputten Christbaumkugeln, kleinen Engelchen mit zerrupftem Haar und verschrumpelten Goldfolien herum.

»Ich hatte die hier doch reingetan … Verdammter Mist!«

Plötzlich spürte sie unter dem ganzen Krimskrams, dass sie endlich auf das Gesuchte gestoßen war. Triumphierend zerrte sie das netzartige Säckchen hervor.

»Das seid ihr ja, meine Lieblinge!« Sie betrachtete die goldenen Schokomünzen, die vor drei Jahren keiner gewollt hatte. Nicht einmal Paolino. Damals war er noch auf der Suche nach ägyptischen Pyramiden und Sphinxen gewesen.

Als sie ihn mit den abgegessenen Tellern hereinkommen hörte, versteckte sie ihren Schatz schnell hinter dem Rücken.

»Kannst du nachher mal in den Gemüsegarten kommen, liebster Paolino?«, fragte sie ihn zuckersüß.

Zur Bestätigung gab er ein leises Brummen von sich.

Titty verließ das Haus flotten Schrittes durch den Hinterausgang und lief zum Kräutergarten. Glücklicherweise hatte Paolino heute Morgen eine Hacke hier liegen lassen, sonst hätte sie extra zum Geräteschuppen gehen müssen und kostbare Zeit verloren. Womöglich kam diese Alice auf die Idee, hier schon früher rumzuschnüffeln, als mit Judy vereinbart. So wie vorhin. Man konnte ja nie wissen.

Vor Anstrengung rann ihr der Schweiß am ganzen Körper herunter. Ein paar Tropfen liefen ihr auch in die Augen und brannten höllisch. Verflixte körperliche Arbeit! Seit sie ihren Keller hatte, war sie wirklich etwas untrainiert. Aber Sport und Bewegung waren eh noch nie so richtig ihr Ding gewesen. Ganz im Gegensatz zu Judy, die dauernd im Wald herumlief und das auch noch toll fand.

Allzu tief wurden die Löcher nicht, die sie buddelte, aber es musste reichen. Schnell verscharrte sie die Schokomünzen und blickte sich dabei immer wieder aufmerksam um. Hier und da riss sie eine der kleineren und allzu offensichtlichen Pflanzen heraus und stopfte sie in tiefere Schichten des Komposthaufens hinein.

Wie gerne wäre sie jetzt sofort in den Pool gesprungen, aber vorher musste sie noch auf Paolino warten. Leicht schwankend kam er ein paar Minuten später angewatschelt. Seinen Strohhut hatte er weit in den Nacken geschoben.

»Ist die Küche gemacht, mein Lieber?«

»Klar«, knurrte er und schaute misstrauisch auf die Hacke in Tittys Händen.

»Paolino, ich habe heute Morgen in der *Nazione* einen Artikel gelesen, dass die Etrusker ihre Goldmünzen ganz besonders gerne in Kräutergärten versteckt haben. Am besten schaust du heute Nacht mal nach.

Da ist Vollmond, das soll besonders günstig für die Suche sein.«

Paolino legte seinen Kopf fragend zur Seite.

»Glaub mir! Da war ein langer Artikel von einem Archäologen! Ich habe ihn jetzt nicht bei mir, weil der Artikel online war, aber wenn du willst …«

Verneinend schüttelte Paolino den Kopf. Umso besser, dachte Titty. Sonst hätte sie sich nachher eine Geschichte ausdenken und schreiben müssen. Oder vielleicht ChatGPT damit beauftragen.

Sorgfältig verschloss sie das Gatter zum Gemüsegarten, nachdem Paolino und sie hinausgegangen waren. Mit dem Wasserschlauch spülte sie Erde und Schweiß von Händen und Armen. Und jetzt eine kalte Dusche! Langsam bewegte sie sich auf die Villa zu. Es war wirklich brüllend heiß.

»Hilfst du mir ein bisschen beim Staubwischen?«, fragte ihre Schwester, als Titty ins kühle Innere der Villa trat. Judy hatte sich eine Schürze umgebunden und damit begonnen, die Fotorahmen und die Flaschen mit dem Vin Santo auf der Anrichte abzustauben. Gewissenhaft kontrollierte sie die Korken. Schließlich musste alles seine Ordnung haben. Die mit den goldenen Kapseln waren für die Familie und liebe Gäste gedacht, die mit den roten dagegen für den speziellen Gebrauch.

»Kann ich noch schnell duschen?«

»Warst du im Himmelreich?«

»Ja, alles in Ordnung. Morgen früh kannst du dir von Alice deine Kräuter erklären lassen, du armes unkundiges Geschöpf!« Spöttisch zwinkerte sie ihr zu.

»Dank dir, Schatz«, sagte Judy gerade, als die Tür aufgerissen wurde.

Tommy stand erregt vor ihnen, sein Atem war beschleunigt. Eilig schaute er in den Korridor, bevor er mit unterdrückter Stimme herauspresste: »Ich wusste gar nicht, dass ihr hier Gäste beherbergt, die gerne in geschlossenen Behältern übernachten! Könnt ihr mir das vielleicht mal erklären?«

Erstaunt blickten die beiden alten Damen sich an.

»Was meinst du, mein Herz?«

»Die Leiche! Die in der Truhe!!!«

»Du hast sie gesehen?«, fragte Titty erstaunt.

»Allerdings! Ist ja kein allzu cleveres Versteck.«

»Ach, Tommy …«, begann Titty und schaute etwas unsicher zu ihrer Schwester hinüber.

»Wo hätten wir sie denn sonst hintun sollen?«, fragte Judy mit sanfter Stimme.

Tommy starrte sie fassungslos an.

»Wir hatten schließlich Leute im Haus …«, pflichtete Titty ihr bei.

»Das wäre doch allzu unhöflich gewesen …«, fuhr Judy fort. »Eine Leiche einfach so herumliegen zu lassen.«

Tommy blickte mit offenem Mund von einer zur anderen.

»Eine Zumutung für den armen Salvatore …«, sagte Judy.

»… und den netten Maresciallo«, ergänzte Titty.

»Und dann auch noch einen so unansehnlichen Mann.«

»Du sagst es«, ereiferte sich Titty. »Ein selten hässliches Exemplar.«

»Aber …«, krächzte Tommy heiser.

»Schatz, lass es dir erklären.« Milde lächelnd schob Judy ihren Sohn zu den schon etwas durchgesessenen Sesseln.

»Wir tun das, um die Welt zu verbessern.« Judys faltige Hände ergriffen liebevoll die von Tommy, während sie sich neben ihn auf einen weichen Puff setzte.

»Um die Welt zu verbessern???« Verstört blickte Tommy von einer zur anderen. Mittlerweile hatte auch Titty auf einer eleganten hellblauen Chaiselongue Platz genommen.

»Du weißt, dass wir nur Gutes im Sinn haben. Wäre ich sonst deine Mutter?«

»Der Herr hat uns nun einmal dazu bestimmt, das Gute auf unsere ganz eigene Weise zu erschaffen«, bestätigte Titty.

»So ist es, meine Liebe.« Judy bedachte ihre Schwester mit einem dankbaren Blick.

»Wir führen nur Gottes Willen aus, Tommylein.« Um ihrer Rede Nachdruck zu verleihen, machte Titty eine ausladende Geste gen Himmel.

»Ihr murkst Leute ab? Einfach so?« Er wirkte schockiert. Wieder drehte er sich zur Tür, wie um sicherzugehen, dass Alice nicht gerade jetzt hier auftauchte.

»Nicht einfach so. Wo denkst du hin? Die haben sich das schon verdient«, sagte Judy sanft lächelnd.

»Aber … aber … wer ist dann das da oben?!«

»Das ist Walter.«

»Walter??? Ihr wisst, wie er heißt???«

»Ja, selbstverständlich. Seine Frau hat uns alles haarklein geschrieben. Ein Säufer …«, begann Judy mit der Aufzählung und benutzte dazu ihre Finger, »ein fauler Sack, der seine Frau zum Arbeiten schickt, statt sich selber die Finger schmutzig zu machen …«

»… und der nicht nur das wenige Geld mit Wetten und Spielautomaten verzockt, sondern auch noch bei etlichen Kredithaien in der Kreide steht«, fuhr Titty fort.

»… und der dann zu Hause nicht nur seine Frau regelmäßig halb totschlägt, sondern auch die Kinder verkloppt, wenn die ihre Mutter verteidigen wollen«, vollendete Judy.

»Aber wie kommt er in die Truhe, mein Gott?«, fragte Tommy.

»Er hat unseren speziellen Vin Santo bekommen«, erwiderte Judy lächelnd.

»Saufen kann tödlich sein!«, dozierte Titty im Ton der ehemaligen Grundschullehrerin.

»Ihr habt ihn vergiftet?«

»Natürlich! Einer muss sich ja schließlich um diese Dinge kümmern, wenn der Staat es nicht tut.«

»Aber … die Polizei!«, stotterte Tommy.

»Drei Anzeigen hat die Frau innerhalb eines Monats erstattet. Außer einem gelangweilten Sozialarbeiter hat sich keiner blicken lassen. Und den hat Walter erfolgreich abgewimmelt. Hat ihn wahrscheinlich bedroht.«

»Dann hat die Frau beinahe ein Auge verloren, so hat er sie verprügelt ...«

»... und uns, Gott sei's gelobt, gefunden.«

»Ihr seid ... Mörderinnen!«, zischte Tommy. Er klammerte sich an die Sessellehnen.

»Ach, Tommy, nun übertreib mal nicht«, wiegelte Judy ab. »Und lass dir sagen: Wir Frauen brauchen einander nun mal ...«

»Das ist ...! Das ist ...!« Tommy sprang vom Sessel auf und lief nervös auf und ab.

»*Tesoro mio*, es gibt so viel Abschaum auf der Welt, der entsorgt werden muss. Tag für Tag werden Frauen und Kinder getötet, zusammengeschlagen, verstümmelt, erniedrigt, vergewaltigt, verschleppt, versklavt, zu Abtreibungen gezwungen.«

»Erinnerst du dich an Karl, der seinen kleinen Jungen jahrelang bestialisch missbraucht und an seine ›Freunde‹ verkauft hat?« In Tittys Augen standen Tränen.

»Ja, er war einer unserer ersten Gäste.«

»Und Fritz, der seine kleine Tochter fast zu Tode geprügelt hat, weil er Zweifel an seiner Vaterschaft hatte?«

»Ja, den haben wir einer ganz besonderen Behandlung unterzogen.«

»Und denk an George aus Manchester, der seine Frau vor den Augen der Kinder vergewaltigt hat.«

»Bei dem haben wir kurzen Prozess gemacht. Kaum dass er angekommen war: zack und weg. War ein besonderes Stück Unrat. Unerträglich.«

»Wie hieß noch mal der, der seiner hochschwangeren Frau in den Bauch getreten hat, weil sie die Suppe versalzen hatte?«

»Das war Rudy. Der hat seine Frau nicht mal ins Krankenhaus begleitet, als sie das Kind verlor und beinahe verblutet ist.«

»Und wir müssen Tommy auch von dem reichen Sack erzählen, der diese Partys organisierte, bei denen blutjunge Mädels halb zu Tode gequält wurden.«

»Felix? Der zeigte kein bisschen Reue. Nicht mal, als er in den letzten Zügen lag und wir ihn ins Angesicht des Schöpfers blicken ließen.«

»Möchtest du noch ein paar andere Geschichten hören?«

Tommy hielt abwehrend seine Hände vors Gesicht. Er war ganz bleich geworden.

»Don Salvatore predigt jeden Sonntag, dass wir Gutes tun müssen, um die Welt ein Stückchen besser zu machen«, hörte er Titty wie weit aus der Ferne sagen.

»Lass dich nicht vom Bösen überwinden, sondern überwinde das Böse mit dem Guten«, präzisierte Judy.

»Zieht an die Waffenrüstung Gottes, damit ihr bestehen könnt gegen die listigen Anschläge des Teufels«, deklamierte Titty salbungsvoll wie ein Priester in der Kirche.

»Das Antlitz des Herrn steht wider alle, die Böses tun, dass er ihren Namen ausrotte auf der Erde«, fiel Judy ihr ins Wort.

»Stopp, es reicht!« Tommy hielt sich die Ohren zu. »Das muss Gott tun!« Er schrie es förmlich heraus.

»Ach je! Der hat doch so viel um die Ohren, dass er gar nicht hinterherkommt! Schau dich doch mal um!«

Tommy starrte wild von einer zu anderen. Er rang nach Luft, zerrte er an seiner Krawatte und riss sie sich vom Hals. Entgeistert stürmte er nach draußen.

Judy und Titty hörten nur noch seine eiligen Schritte auf dem Kies.

Judy legte Titty leicht die Hand auf den Arm. »Er wird es schon begreifen.«

»Und wenn er zur Polizei geht?« Tittys Hände zitterten leicht.

23

Mann, tat das scheißweh! Dieses blöde Vieh! Bruno biss sich auf die Unterlippe und zerrte an dem Tuch, das er provisorisch um seinen Knöchel gebunden hatte. In der Apotheke hatte er Verbandszeug gekauft, um den Biss zu verarzten. Jetzt saß er hier in dem kleinen Hotelzimmer, das er im Nachbardorf gefunden hatte. Als er das Tuch wegzog, sah er die Löcher, die von den Reißzähnen des fiesen Mops herrührten. Dass so was überhaupt frei rumlaufen durfte! Langsam träufelte er Desinfektionsmittel auf die Wunde und stöhnte auf. Verdammte Hacke! Umständlich pfriemelte er die Mullkompressen aus dem Zellophan und legte sie vorsichtig auf die verletzte Stelle. Dann umwickelte er das Ganze fest mit einer Gazebinde.

Auf einmal schoss ihm ein fürchterlicher Gedanke durch den Kopf. Was, wenn er jetzt Tollwut bekäme? Er wusste, dass das tödlich war. Und er hatte keine Impfung! Er wimmerte bei diesem Gedanken, Tränen der Verzweiflung stiegen ihm in die Augen. Hier so ganz allein in einem fremden Land, ohne die Sprache zu können. Alles nur für dieses Arschloch von Bruder! Wieso hatte der ihm nicht Bescheid geben können, wohin er fuhr?

Einen Moment ließ er sich in die Kissen zurücksinken und atmete mehrmals tief ein und aus. Die Wunde am Fuß puckerte unaufhörlich.

Ich muss los, sagte er sich und richtete sich langsam auf. Ich kann hier nicht ewig liegen bleiben.

Vorsichtig setzte er den Fuß auf. Gott sei Dank ging es. Mit dem Automatikauto würde er fahren können, es war ja sein linker Knöchel.

Leise ächzend hinkte er zu seinem Wagen. Als er sich auf dem schwarzen Sitz niederließ, schrie er auf. Was war das, verdammte Scheiße? Sein ganzer Arsch brannte wie Hölle! In der Sonne hatte sich das Leder auf tausend Grad erhitzt. Er sprang er aus dem Auto und griff sich an den Allerwertesten. Die Hose war glühend heiß. Und um ihn herum roch es ein wenig nach Brathuhn.

»Mann, leck mich doch am Arsch!«, fluchte er und suchte im Kofferraum nach einer Decke, die er auf den Sitz legen konnte.

Auch die Hitze im Wageninneren war unerträglich. Schnell ließ er den Motor an, fuhr die Fensterscheiben kurz herunter, um kurz etwas Fahrtwind hereinzulassen, und drehte die Klimaanlage auf Höchststufe.

Hatte er das Pfefferspray dabei? Er fummelte in seiner Hosentasche und fand es. »Dir werd ich's zeigen, du blöde Löke! Vorhin hast du mich erwischt, aber das war das letzte Mal!«

Bis zur Villa war es nicht weit. Doch er bedauerte, die Schmerzpillen im Zimmer vergessen zu haben. Der Fuß tat höllisch weh!

Mit etwas Anstrengung schaffte er es, das rostige Gatter zu überwinden. Wie schon am Vormittag kämpfte er sich auf dem Weg zur Villa vor. Die Dose mit dem Pfefferspray hielt er wie einen Revolver vor sich. Eine schnelle Reaktion war alles! Sollte der krummbeinige, schnaufende Teufel ruhig auftauchen! Dem würde er schön den Garaus machen!

Dieses Mal hatte er sich auch seinen Feldstecher umgehängt, damit konnte er alles besser in Augenschein nehmen. In dem kleinen Rucksack war außerdem ein Richtmikrofon. Das hatte er sich angeschafft, als er vor Jahren seine Ex gestalkt hatte, um ihr Ehebruch nachzuweisen.

Wieder knackten die Zweige unter seinen Schritten. Und hier war sie, die Stelle, von der aus er gestern einen guten Blick gehabt hatte. Um das Richtmikrofon in Position zu bringen und den Feldstecher vor die Augen zu nehmen, musste er allerdings das Pfefferspray in die Hosentasche stecken. Wenn die Scheißbestie jetzt käme, wäre er aufgeschmissen. Angestrengt lauschte er, ob sich etwas aus dem Unterholz oder dem Gestrüpp näherte.

24

In diesem Haus scheint man dauernd zu essen, dachte Alice, als wieder alle unter der Pergola saßen. Schon das Mittagessen war reichlich gewesen, und jetzt lud Judy ihr eine Riesenportion Auflauf auf den Teller.

»Alice, mein Schatz, das ist *parmigiana di melanzane*.«

»Die bekommst du nirgends so lecker wie bei meiner *mamma*!«, fügte Tommy hinzu, der seine Gabel gleich in das Gemisch aus überbackenen Auberginen, Tomaten, Mozzarella, Mortadella und Parmesan haute. Genießerisch verdrehte er seine Augen.

Alice musste lächeln. Hier zu Hause wirkte er wie ein kleiner Junge, auch wenn er ab und zu unerklärliche Attacken von Nervosität an den Tag legte. Die kannte sie von ihm sonst nicht. Seit sie nach ihrer Ankunft ins Zimmer gekommen waren, hatte sie die immer wieder mal bemerkt. So wie vorhin, als er sie zum Abendessen runtergeholt hatte. Sie hatte ein kleines Nickerchen gemacht und war aufgewacht, als er sich hereingeschlichen hatte. Zuerst hatte sie noch so getan, als ob sie schliefe, und durch den kleinen Spalt zwischen ihren Lidern gesehen, wie er seinen Koffer hochhob, dann den Truhendeckel öffnete, in die Truhe hineinschaute und sie mit einem merkwürdig entsetzten Gesichtsausdruck wieder zumachte. Er war dann merkwürdig angespannt aus dem Zimmer gerannt. Er wirkte verstört. Was mochte in der Truhe sein? Später würde sie in einem unbeobachteten Moment nachsehen.

Jetzt aber freute sie sich erst einmal über den lauen Sommerabend mit dem goldenen Licht der mittlerweile tief stehenden Sonne. Lästig waren nur die vielen Mücken. Mit ihrer zarten englischen Haut war sie vermutlich ein besonderer Leckerbissen für die hiesigen Stechviecher.

Titty zündete ein paar Kerzen an, obwohl es eigentlich noch recht hell war. Aber die Stimmung war wunderbar romantisch. Eigentlich fehlte nur noch italienische Musik.

Stattdessen waren schwere Reifen auf dem Kies hinter der Villa zu hören. Filippo begann sogleich zu knurren. Gott sei Dank hatte Titty ihn angeleint, das war sicher besser nach dem Sexspektakel während des Mittagessens heute.

Um die Ecke kam der nette Carabiniere. Seltsam, dass er immer so ganz zufällig zur Essenszeit auftauchte, dachte Alice schmunzelnd.

»Maresciallo!«, trällerte Judy aufgesetzt fröhlich. »Es geht doch nicht etwa schon wieder um die Tauben?«

»Nur wenn sie gebraten auf dem Tisch stehen würden«, raunte Titty und drückte grinsend einen Zigarettenstummel in einem schmutzigen tönernen Aschenbecher aus, während Rauch aus Nase und Mund entwichen.

Paolino brachte sogleich ein Gedeck herbei, und nun bekam auch Gaetano seine Portion Auberginenauflauf.

»Sie haben hier wirklich ein Paradies!«, bemerkte Alice, während sie ihren Blick bewundernd herumwandern ließ. »Und dieses herrliche Essen!«

»Ach, das ist lieb, dein Kompliment! Vielen Dank! Aber wenn ich meinen hervorragenden Schlachter nicht hätte, wäre ich völlig aufgeschmissen«, bedankte sich Judy bescheiden.

»*Mammas* Thekenverhältnis!«, lachte Tommy. »Das ist geradezu sprichwörtlich hier in der Gegend.« Als er Alices Erstaunen sah, fügte er mit einem Augenzwinkern hinzu: »Natürlich nur im platonischen Sinne! Das sagt man hier so, wenn eine schöne Frau besonders gut bedient wird.«

Während Paolino die leer gegessenen Teller abtrug, tischte Judy eine Schüssel mit dampfenden Spaghetti auf.

»Alice, das sind *spaghetti alla gricia in bianco*, eigentlich ein römisches Rezept, aber sehr lecker«, flötete Judy beim Vorlegen. Wie die Portion zuvor war auch diese riesig. Die Nudeln waren über und über mit einem grob geriebenen Käse und jeder Menge gerösteten Speckstücken bedeckt. Alice war eigentlich nach der Vorspeise schon pappsatt, aber sie hatte irgendwo gehört oder gelesen, dass es sehr unhöflich war, in Italien Essen abzulehnen. Mutig verputzte sie ihre Portion und musste zugeben, dass sie nie so gute Nudeln gegessen hatte wie diese.

Vom anderen Tischende her hörte man den *Maresciallo* schwelgerisch vor sich hinmurmeln. Ihm schmeckte es ganz offensichtlich ebenfalls.

Als Alice gerade die letzte Nudel um ihre Gabel gewickelt hatte, stand Judy auf und legte ihr nach.

Oh, nein! Jetzt platze ich gleich. Wieder so ein Berg! Alice fragte sich leicht resigniert, wie es die beiden alten Damen schafften, so viel zu futtern und trotzdem einigermaßen schlank zu bleiben.

»Schmeckt's dir nicht?«, erkundigte sich Titty sichtlich besorgt von der anderen Tischseite. Hatte sie Alices Gesichtsausdruck bemerkt?

»Und wie! Es schmeckt außerordentlich gut! So gut habe ich noch nie gegessen.«

»Dann wird dir das *coniglio in umido* bestimmt auch schmecken. Kaninchen in Tomatensoße mit schwarzen Oliven.«

Noch mehr zu essen? Noch dazu Gebratenes mit Soße! Alice schwindelte es. Schon jetzt stand ihr alles bis zum Hals. Wie sollte sie noch mehr runterbringen?

»Ah, Judys berühmtes Kaninchen! Wie lange haben Sie das schon nicht mehr gekocht, Verehrteste?« Der Maresciallo kniff seine Augen schwärmerisch zusammen und schien in der Luft zu schnuppern.

Wie sollte sie dieser Tortur entfliehen? Welche Ausrede konnte sie benutzen? Sie wollte ja einen guten Eindruck bei ihrer künftigen Schwiegermutter machen. Kalter Schweiß brach ihr aus. In ihrer Verzweiflung schüttete sie ein ganzes Glas eiskalten Weißwein hinunter. Aber das machte es nur noch schlimmer. Jetzt hatte sie das Gefühl, als stünde ihr der gesamte Mageninhalt direkt hinter der Kehle. Etwas scheu und, wie sie hoffte, von den anderen unbemerkt, führte sie ihre Serviette zum Mund und machte ein leises Bäuerchen. Jetzt ging es ihr ein wenig besser.

»Hast du gehört, dass neulich der Hund von Don Salvatore beinahe an einem Kaninchenknochen erstickt wäre?«, fragte Titty ihre Schwester.

»Oh, Gott, wie schrecklich!«, kommentierte Judy. »Wenn unserem Filippo so etwas passieren würde!«

Entsetzt zog Alice das Kaninchenteil unter dem Tisch zurück, das sie dem Mops heimlich hatte geben wollen. Sie atmete vor Schreck tief ein. Dann begann sie langsam und mit spitzen Zähnen daran zu knabbern. Die in Olivenöl gerösteten Kartoffeln erschienen ihr wie Mühlsteine.

»Ich sehe, dass du über einen guten Appetit verfügst, liebe Alice!«, sagte Judy lächelnd und fügte hinzu: »Dann werden die nächsten Tage ja wunderbar für dich sein! Wir haben Unmengen von Essen in der Speisekammer.«

Alice hatte das Gefühl, dass sich alles um sie herum drehte. Immer schön ein- und ausatmen, sagte sie sich. Es wird schon vorübergehen …

»Hattest wohl keine so italienische *mamma* erwartet, oder?«, raunte Tommy ihr leise zu. Endlich war er wieder etwas entspannter.

»Nein, wirklich nicht …«, war das Einzige, was sie gerade hervorbringen konnte.

»Soooooo! Und jetzt zum krönenden Abschluss ein echtes Tiramisu!«, rief Titty von Weitem, als sie mit der ausladenden Dessertschale ankam. »Tadaa!!! Wer möchte als Erstes?« Elegant stellte sie die Form in die

Mitte des Tisches. Hunderttausend Eier, zehn Kilo Mascarpone und drei Tonnen Kekse und Zucker starrten Alice an. Heute Nacht würde sie sicher die ganze Zeit über der Kloschüssel hängen. Hoffentlich würde Tommy nichts davon merken ...

25

Frustriert packte Bruno seine Sachen zusammen. Die hatten die ganze Zeit gefressen, als ob es kein Morgen gäbe! Der Duft der Speisen war bis zu ihm herübergezogen. Sein Magen knurrte laut. Er verfluchte sich innerlich, dass er weder an Wasser noch an ein Brötchen gedacht hatte.

Was die am Tisch so alles gequatscht hatten, hatte er leider nicht verstehen können, weil sie Englisch oder Italienisch gequasselt hatten. Seine Abhörausstattung hätte er sich auch sparen können. Achtlos steckte er das Zeug weg.

Vor allem aber fragte er sich: Wo war Walter? Aß der in einem klimatisierten Speisesaal im Haus? Es konnte ja sein, dass Familie und Freunde woanders verpflegt wurden als die Gäste. Dieser Typ mit dem Wackelkopp bediente Walter möglicherweise drinnen zusammen mit anderen Gewinnern.

Etwas ratlos kratzte er sich am Kopf und fuhr sich durch seine spärlichen Haare. Das war alles sehr merkwürdig hier. Walters Auto war nirgends zu sehen, aber vielleicht war er auch geflogen …

Wie schon unzählige Male in den letzten Tagen rief er Walters Nummer an. Vielleicht hatte er sein Handy wiedergefunden oder es endlich aufgeladen. Dann würde es womöglich klingeln. Klar, bis hierhin dürfte es wohl nicht zu hören sein, aber versuchen konnte er es schließlich. Wenigstens hätte er ein Lebenszeichen von Walter, wenn er durchkäme. Aber wieder war nur die italienische Ansage zu hören. »Walter, wo steckst du, du Hirni?«, murmelte er. Ihm wurde immer mulmiger bei der ganzen Sache. Die Villa hier war die richtige, da war er sich inzwischen sicher. Wo war sein Bruder dann, verdammt noch mal? Bei diesem schönen Wetter würde er doch bestimmt auch draußen rumhängen. Am Pool oder so ... Ein Mensch verschwand doch nicht einfach so von der Bildfläche? Das alles stank bis zum Himmel!

Gott sei Dank war ihm wenigstens das Mistvieh erspart geblieben. Das hatte er unter dem Tisch angeleint gesehen und innerlich triumphiert. Eigentlich hätte er sich auch etwas näher heranwagen können. Aber lieber abwarten und morgen noch mal schauen. »Diese Blaffkes krieg ick schon noch am Schlafittchen, wenn da wat nich stimmt«, murmelte er vor sich hin.

Als er sein Gewicht auf das verletzte Bein verlagerte, hätte er beinahe aufgeschrien. Unter höllischen Schmerzen kämpfte er sich durch das Gestrüpp zu seinem Wagen zurück. Die Taschenlampe seines Handys beleuchtete ihm den Weg.

26

Hoffentlich waren alle satt geworden heute Abend, sinnierte Paolino. Dieses hübsche englische Mädchen hatte ja ordentlich zugelangt. Sah man ihr gar nicht an, dass sie so verfressen war.

Die Laterne schaukelte bei jedem seiner Schritte. Wahrscheinlich hätte er sie gar nicht gebraucht, denn der helle Vollmond tauchte den Park in ein magisches Licht und glitzerte wie eine silberne Schale auf der glatten Wasseroberfläche des Pools.

Leise schob Paolino die dichten Lorbeerzweige auseinander und blickte sich um. Titty hatte ihm gesagt, er solle sich besonders auf die Ecke mit den Kräutern und den Spezialpflanzen zu konzentrieren. Da sei die Wahrscheinlichkeit, etwas in der Erde zu finden, am größten.

Vor zwei Stunden hatte er den Boden gewässert, der sollte daher nicht allzu hart sein. Und glücklicherweise war die Temperatur in der Nacht erträglich.

Schlag für Schlag arbeitete er sich vor und grub das Erdreich um. Der satte Geruch der fruchtbaren Scholle stieg ihm in die Nase. Er liebte diesen schweren Duft.

Wo war noch mal seine Pulle? Kurz bückte er sich, um die Laterne hochzuhalten. Da sah er es glitzern. Langsam ging er näher heran. Hatte er sich getäuscht? War es vielleicht nur ein wertloses Metallstück?

Er kniete sich hin und begann mit bloßen Händen zu graben. Da! Da war was. Etwas Rundes. Er konnte es nicht fassen. Hastig befreite er seinen Fund vom Erdreich und hielt ihn ins Licht der Laterne. Eine

Goldmünze! Darauf musste er etwas trinken! In Nullkommanichts hatte er den Verschluss abgeschraubt
und nahm zur Feier des bedeutsamen Augenblicks einen extra tiefen Schluck. Wie Feuer brannte das Gesöff
in seiner Kehle. Triumphierend streckte er die Flasche
dem Himmel entgegen. Der Mond schaute gutmütig
auf ihn herunter.

Wie ein Besessener grub er jetzt weiter. Da! Noch
eine! Und da! Noch zwei!!!! Die jahrelang von Judy so
sorgsam umhegten Pflanzen fielen seiner Hacke nach
und nach zum Opfer. Hier war nichts mehr zu retten.
Aber er war glücklich. Er gickelte vor sich hin. Das
Herz in seiner Brust schwoll derart an vor Freude, dass
er das Gefühl hatte, es müsste bersten. Was war das für
ein wundervolles Gefühl!

27

Es war einer jener riesigen amerikanischen Schlitten, die hier in die Toskana passten wie ein rostiger Fiat Duna auf den Sunset Strip. Sein verwaschenes Himmelblau erinnerte eher an einen Babystrampler als an ein Auto, und die Chromteile wirkten wie ein Sammelsurium von Klempnermaterial, das ein zorniges Kind in einem Anfall von infantiler Kreativität rundherum angepappt hatte.

Judy hatte Alice gerade voller Verzweiflung den verwüsteten Kräutergarten gezeigt. Pflanzen können vor uns nicht weglaufen, dachte sie verzagt. Sie sind unserer Willkür ausgeliefert. Ihr stiegen ein paar Tränen in die Augen. In diesem Moment sah sie das wahnwitzige Gefährt ankommen.

»Ach, Judy, das muss schrecklich für Sie sein«, hörte sie das zauberhafte Geschöpf an ihrer Seite das Desaster bedauernd kommentieren, während sie sich fragte, wer das sein mochte, der sie hier in ihrer Abgeschiedenheit stören wollte. Noch dazu so früh am Morgen.

»Das waren bestimmt wieder diese verflixten Wildschweine. Die sind eine echte Plage! Und die Jäger hier sind mittlerweile zu faul, sie abzuknallen. Verdammte Viecher! Was die hier schon alles angerichtet haben!«, schimpfte sie etwas zerstreut und bog ein paar Lorbeerzweige beiseite, um einen besseren Blick auf die Ankömmlinge zu haben. Auch Alice schien sie bemerkt zu haben, denn sie reckte ebenfalls den Hals.

Sie sahen, wie der Beifahrer mit dem Finger auf das Loch im Weinberg zeigte und sichtlich zufrieden war. Am Steuer erkannte Judy zu ihrem großen Entsetzen einen Menschen, den sie lieber nicht mehr hier gesehen hätte: ihren anderen Sohn, Bobby. Er war immer schon die dunkle Seite in ihrem Leben gewesen.

Klapp, klapp machten die Türen, als die zwei Gestalten ausstiegen. Bobby war mit den Jahren noch riesiger und muskulöser geworden. Sein brutales Gesicht war völlig ausdruckslos, als er seinen Blick über die Villa gleiten ließ. Er sagte irgendetwas zu dem aufgeregten Wicht mit dem Frettchengesicht, der wie eine Marionette hinter ihm her trippelte.

Zögerlich trat Judy aus dem Kräutergarten und ging auf die beiden zu.

»Bobby, was machst du hier?«, empfing sie ihn mit leicht brüchiger Stimme.

»*Mamma*, ich war in der Nähe und habe zu meinem Geschäftspartner gesagt: Wie wär's, wenn wir mal bei meinem Muttchen und Tantchen vorbeischauen?«

Ohne sie weiter zu beachten, schritt er zielstrebig auf die Villa zu.

»Und wer ist dieser werte Herr, wenn ich fragen darf?«, fragte Judy verdutzt und versuchte, ihm zu folgen.

»Hm, das ist Carlton«, brummte Bobby, ohne seine Mutter eines Blickes zu würdigen. »Das zumindest behauptet er.«

Der abgebrochene Riese streckte ihr mit einem giftigen Lächeln die Hand entgegen. Irgendwie sah er so aus, als hatte man ihm den Stöpsel gezogen. Er war klein und schrumpelig.

»Doktor Carlton, um genau zu sein«, stellte der sich vor. »Das vergisst mein Partner gerne mal.«

»Ein Arzt?«

»Ja. Nicht mehr regelmäßig praktizierend, aber wenn's sein muss, greife ich schon mal zum Skalpell …« Ein süffisantes Lächeln begleitete seine Worte.

Inzwischen war Bobby in den Salon getreten, Judy eilte ihm hinterher.

»Du?« Judy sah, wie Tommy vom Sofa aufsprang und sich seinem Bruder entgegenstellte. »Was willst du denn hier? Hast du nicht schon genug Unheil angerichtet?«, rief er erregt.

»Hey, hey, mal ganz langsam! Was soll ich denn getan haben?« Bobby packte Tommy am Kragen. Die beiden schauten sich wie zwei wilde Kampfhähne an. Panisch griff Judy sich ans Herz. Dann lief sie rasch in den Keller, um Titty zu suchen. Die musste ihr bei dem Schlamassel beistehen.

»Soll ich dich an dein Vorstrafenregister erinnern?«, knurrte Tommy.

»Nicht nötig …«

»Dann hau ab hier!« Dieser Scheißer hatte ihm schon seine ganze Jugend versaut. Dass er gerade jetzt hier auftauchen musste, wo er Alice in die Familie einführen wollte, brachte ihn in Rage.

»Das ist ja mal ein brüderlicher Empfang«, bemerkte der Zwerg mit seiner unangenehmen Fistelstimme.

»Halt die Fresse«, bellte Bobby und ließ von Tommy ab. »Was ist das da eigentlich für ein Loch?«, raunzte er, während er mit dem Kinn in Richtung Weinberg nickte.

»Das ist von Paolino. Wirst ihn ja noch kennen.«

»*Der* Paolino?«

»Ja.«

»Seit wann hebt der Löcher aus?«

»Keine Ahnung …«

»Der ist auch so ein Weichei wie du.«

Tommy ballte die Fäuste und sprang auf den Bruder zu. »Ich sag's dir nicht noch mal! Verschwinde von hier! Du hast hier nichts zu suchen!«

»Mann, verpiss dich! Wir reden später noch.« Grob schob Bobby den Bruder beiseite und stiefelte mit finsterer Miene hinaus.

28

»Was soll das denn werden?«, schrie Judy und lief wild gestikulierend auf die beiden ungebetenen Gäste zu, die ihre hässliche Rostlaube vor dem Loch im Weinberg geparkt hatten und in den offenen Kofferraum blickten. Filippo rannte schnaufend neben seinem Frauchen her, beinahe wäre sie über ihn gestolpert. Herrgott, wo war Titty?

»Was macht ihr da?«, fragte sie außer Atem, als sie den Wagen erreicht hatte. Um Luft ringend stützte sie ihre Hände auf die Knie.

»Aufräumen, *mammina*«, antwortete Bobby mit einem hämischen Grinsen.

»Was fällt dir ein, du Einfaltspinsel, he?«, rief sie, als ihr Atem wieder ruhiger war und das Herz weniger wild pochte. Wütend ging sie auf den Kofferraum zu, um zu sehen, was er mit »aufräumen« meinte. Entsetzt starrte sie auf die bluttriefende Leiche. Der Schädel war an einer Stelle zertrümmert, sodass man glibberige Hirnmasse erkennen konnte. Was für eine widerliche Angelegenheit! Sie war zutiefst empört und drehte sich hilfesuchend zur Villa um. In die übliche Qualmwolke getaucht näherte sich nun auch Titty und reckte ihren Hals, um einen Blick auf den bedauernswerten Kerl zu werfen. Auch sie drehte sich angewidert weg.

»Wir brauchen Platz im Kofferraum«, sagte der Hänfling an Bobbys Seite.

»Ihr braucht was???« Judy fasste sich ungläubig an die Stirn.

»Dieses Loch hier. Das ist ideal für uns«, meinte Bobby selbstgefällig grinsend und wollte sich schon zu der Leiche herunterbeugen, als Titty ihn entschieden wegstieß. »Das glaubst auch nur du!«, fauchte sie mit heiserer Stimme.

»Das kommt gar nicht in die Tüte«, mischte sich Judy ein. »Das ist unser Loch!«

»*Euer* Loch?« Bobby runzelte ungläubig die Stirn.

»Ja. Für einen unserer Gäste! Den Platz brauchen wir selbst.« Judy stemmte ihre Hände angriffslustig in die Hüften.

Bobby lachte unsicher, der Minimalentwurf einer Kreatur auf zwei Beinen neben ihm kicherte hysterisch auf.

»Ihr wollt hier selbst …?«, fragte er perplex.

»Ja. Und ich weiß nicht, was es da zu lachen gibt.« Mit einem Blick, der Zeus alle Ehre gemacht hätte, schleuderte sie einen Blitz in Richtung des alles andere als vertrauenserweckenden Doktors.

»Ich fasse es nicht …« So verdattert hatten Judy und Titty Bobby noch nie gesehen.

»Wie viele … äh … ich meine … wie viele habt ihr hier schon verbuddelt?«, stammelte er unbeholfen und wischte sich ein paar Schweißperlen von der Stirn.

»Judy? Sind es fünfzehn? Ich erinnere mich nicht so genau. Ihr müsst verzeihen … das Alter …«

»Du vergisst den Ex-Mann von Daniela, diesen widerlichen Stalker, der sie bei Nacht und Nebel überfahren und für den Rest ihres Lebens in den Rollstuhl gebracht hat«, ergänzte Judy.

»Ach, ja, richtig.« Titty schien erleichtert, dass Judy sich an ihn erinnerte. Es waren so viele Mistkerle mittlerweile, die hier das Wurzelgeflecht der Weinreben von unten her düngten und das weithin berühmte Aroma ihres Vin Santo garantierten.

»Dann habt ihr hier sechzehn Leichen rumliegen?« Bobby war merkwürdig bleich geworden.

»Wenn unser Gedächtnis uns keinen Streich spielt … ja, ich denke, das müsste stimmen«, erwiderte Judy mit einigem Stolz.

»Carlton, wie sieht's bei uns aus?«

Bobbys Geschäftspartner dachte nach und begann leise an den Fingern abzuzählen. »Rechnen wir den Typen in Wien mit?«

»Na ja, der war ja schon so gut wie hinüber, als wir ins Zimmer kamen«, bemerkte Bobby.

»Dann gilt der nicht.« Streitlustig streckte Titty ihr Kinn vor. »Nur selbst gemachte Leichen zählen.«

»Dann, befürchte ich, kommen wir nicht ganz ran. Dann fehlt uns in gewisser Weise eine halbe Leiche«, musste der Doktor klein beigeben.

»Wir haben gewonnen!« Tittys Augen funkelten triumphierend. »Also! Ab Marsch mit eurer Leiche! Die hat in unserem Weinberg nix zu suchen! Und sie ist auch wirklich zu abscheulich zugerichtet. So eine Sauerei tolerieren wir hier gar nicht. Los! Bewegt euch!«

Murrend schlug Bobby den Kofferraumdeckel zu und blickte unsicher zu Judy und Titty.

»Kriegen wir wenigstens was zwischen die Kiemen?«, fragte er wie damals, als er ein kleiner Junge war. Wäre sie nicht so aufgebracht gewesen, hätte Judy laut losgelacht.

»Wenn es sein muss ... Paolino ist in der Küche. Lasst euch von ihm ein paar Stullen machen. Aber dann verschwindet ihr! Ich will euch hier nicht mehr sehen! Hab eh schon genug Scherereien.« Sie drehte sich auf dem Absatz um und fasste ihre Schwester unter, die sich umständlich eine neue Fluppe in den Mund steckte.

Bobby fiel die Kinnlade runter.

Carlton versetzte ihm einen Tritt vors Schienenbein. »Wie alt biste eigentlich, dass du dich von deiner Mutter so rumkujonieren lässt, he?«

Sichtlich zerknirscht setzte Bobby sich ins Auto und fuhr auf den Parkplatz der Villa zurück.

29

Der Reifenfritze hatte blöd gegrinst, als Gaetano seine Gazzella aus der Werkstatt abgeholt hatte. Das hatte seine Laune nicht gerade verbessert. Dann war auch noch ein entlaufener Welpe auf der Hauptstraße herumgelaufen und hatte den Verkehr behindert. Seine Versuche, das verschüchterte Tier vor aller Augen einzufangen, waren schweißtreibend gewesen und hatten darüber hinaus zu allgemeiner Heiterkeit bei der Dorfbevölkerung geführt.

Ein leises Knurren in der Magengegend signalisierte ihm, dass Mittagszeit war. Wie von Geisterhand geführt steuerte sein Wagen auf die von Zypressen gesäumte Auffahrt der Villa zu. Obwohl er wegen der tiefen Schlaglöcher langsam fuhr, zog er eine immense Staubwolke hinter sich her. Wie gut, dass die Waschanlage an der Tankstelle repariert worden war. Mit so einem Staubgefährt konnte die Staatsmacht sich schließlich nicht sehen lassen.

Als er neben Judys Jeep parkte, fiel ihm ein amerikanischer Wagen ins Auge, der dahinter stand. Was machte so ein Auto hier? Langsam schritt er um das Fahrzeug herum und beäugte es von allen Seiten. Oft sah man so was nicht mehr auf den Straßen. Der Besitzer musste einen eigenartigen Geschmack haben. Dieses Himmelblau … Nein, das war entsetzlich kitschig und entsprach gar nicht dem ästhetischen Empfinden eines Italieners. Das Nummernschild schien in Ordnung zu sein, nicht gefälscht. Rasch tippte er es in sein iPad ein und erfuhr, dass es auf eine Gesellschaft in Liechtenstein angemeldet war. Auffällig war eine dunkle Pfütze unter dem Kofferraum. Da tropfte etwas Dickflüssiges ganz, ganz langsam auf den Boden. Da ihn heute wieder ein leichter Hexenschuss plagte, sah er davon ab, sich hinunterzubeugen. Bei solchen alten Karren kam das schon mal vor, dass ein Schlauch undicht war. Wenn er den Besitzer in der Villa antraf, würde er ihn darauf aufmerksam machen. Nicht, dass der womöglich nachher irgendwo mit einem Kolbenfresser oder ohne Bremsflüssigkeit dastand.

Neugierig schritt er auf die Villa zu. Um diese Zeit würde Judy wahrscheinlich in der Küche sein. Beim Eintreten vom grellen Sonnenlicht in den dunklen Flur sah er einen Moment lang gar nichts. Er wagte ein paar Schritte ins Innere des Hauses und spürte instinktiv eine seltsame Anwesenheit, konnte jedoch nicht genau definieren, was es war. Angestrengt kniff er die Lider zusammen und führte reflexartig seine Hand zur Pistole. Waren Judy und Titty in Gefahr? War der komische deutsche Vogel, den er angehalten hatte und der nach *Villa Fiorita* gefragt hatte, hierhergekommen? Er hatte ja gleich das Gefühl gehabt, dass der irgendetwas im Schilde führte … Aber der fuhr ein anderes Auto.

»Buongiorno, Maresciallo!«, hörte er eine tiefe Stimme hinter sich. »Was für ein Vergnügen, Sie hier zu treffen!«

Wer zum Teufel war das? Und wer war der andere Typ da, bei dem das Herz zu nah am Hintern war?

»Sie erinnern sich nicht mehr?«, fragte der Hüne und setzte dabei ein so schleimiges Lächeln auf, wie es der Maresciallo zum letzten Mal bei seinem mittlerweile wieder in den Süden versetzten Untergebenen gesehen hatte, der im Dorf nur der böse Schlumpf genannt wurde – ein Spitzname, den er sich vor allem durch das überbordende Ausstellen von Knöllchen auf der Piazza verdient hatte.

»Wir kennen uns?«, fragte Gaetano verwundert. Er hatte nicht den blassesten Schimmer, wen er vor sich hatte. Langsam steckte er seine Waffe wieder ins Holster.

»Aus alten Zeiten.« Mit wenigen Schritten war der Typ bei ihm und streckte ihm seine riesige, behaarte Pratze hin. »Ich bin der Sohn von Judy, der nach Amerika ausgewandert ist. Oder besser gesagt Hollywood.«

Gaetano riss vor Erstaunen seine Augen weit auf. »Hollywood? Das ist ja … *incredibile*!«

Bedächtig zog der Riese eine Zigarre aus seiner Brusttasche, biss ein Ende ab, spuckte es achtlos auf den Boden, schnippte mit dem Finger und ließ sich von dem schmächtigen Giftzwerg an seiner Seite Feuer geben. Die Flamme warf ihr flackerndes Licht auf tiefe Pockennarben. Der Typ war echt spuckehässlich. Vielleicht hatte der in der kürzlich produzierten Neuauflage des Frankenstein-Films mitgespielt, dachte Gaetano.

»Nun …«, begann der Typ langsam, während er mehrfach kräftig an der Zigarre sog und schließlich versonnen der ersten Rauchwolke nachschaute. »Es klingt fast wie ein Klischee, aber ich bin …«

»Sagen Sie es nicht!«, rief Gaetano aufgeregt. Nach dem etwas frustrierenden Beginn schien sich der Tag doch noch zum Guten zu wenden. »In der Filmindustrie!«, platzte es ihm heraus, wobei sich seine Stimme ein wenig überschlug.

»Woher wissen Sie?«, fragte der Sohn von Judy und zog überrascht die Augenbrauen hoch.

Na, da musste einer schon früher aufstehen, um ihn, Maresciallo Gaetano, an der Nase herumzuführen! Seine Kombinationsgabe hatte ihn schon immer ausgezeichnet. Das Auto, die Erwähnung von Hollywood …

»Ich habe nicht umsonst die Akademie für Offiziere der Carabinieri besucht«, verkündete er stolz und kreuzte gewichtig die Arme vor der Brust.

Sein Gegenüber schien beeindruckt. »Alle Achtung, Commandante!«

»Maresciallo. Maresciallo ist völlig ausreichend«, korrigierte Gaetano mit gespielter Bescheidenheit.

»Ja, es ist ein aufregendes Leben. All die hübschen Filmstars, die berühmten Regisseure … Nicht wahr, Carlton?« Wie ein Nickmännchen auf der Hutablage alter französischer Wagen pflichtete der Hänfling ihm bei.

»Regisseure?«, stammelte Gaetano. Er spürte eine gewisse Trockenheit in seinem Mund. »Ich habe da …«

Irgendwie fiel ihm selbst auf, dass er sich hier leicht zum Hampelmann machen konnte. Daher straffte er die Schultern und sagte, als wäre es das Selbstverständlichste auf der Welt: »Ich habe da ein Drehbuch geschrieben. Als Mann meiner Waffengattung kommt man ja viel herum …«

Zufrieden wippte er auf seinen Hacken, nahm die Mütze ab und betrachte das flammende Abzeichen darauf.

»Nun, das klingt ja sehr interessant!«, posaunte der großspurige Mutant. »Vielleicht kann ich etwas für Sie tun?«

»Würden Sie das?« Ein Leuchten blitzte in Gaetanos Augen auf. Er war jetzt hellwach. Das konnte seine Chance sein! Wenn er dann berühmt würde … Tausend Bilder flackerten vor seinem inneren Auge auf. Verführerische Dekolletés in glamourösen Abendkleidern. Ein Meer von Fotografen. Ein roter Teppich unter den Füßen. Teure Parfüms. Von vollen Lippen sehnsüchtig hingehauchte Worte, die ihm das Paradies versprachen. Und dann der winzige Funke eines Zweifels: Standen Drehbuchautoren eigentlich auch im Blitzlichtgewitter der Paparazzi?

»Würden Sie sich wirklich für mich einsetzen?«, hakte er nach. Das wäre ja zu schön, um wahr zu sein!

»Wenn das Drehbuch was hergibt.«

Der Typ schien wirklich interessiert. »Darf ich Ihnen kurz die Handlung erzählen?«, fragte Gaetano und versuchte seine Gedanken zu ordnen.

»Was redet der da?«, entrüstete sich Titty. Auf dem Bildschirm mit den Aufnahmen von den überall installierten Überwachungskameras konnten sie hier im Keller alles mitverfolgen. »Da wird doch der Hund in der Pfanne verrückt!«

»Du immer noch mit deinen 70er-Jahre-Sprüchen«, bemerkte Judy trocken und schüttelte verwundert den Kopf. Was sich da oben abspielte, war einfach surreal.

»Der war doch noch nie in Amerika!« Titty schlug wütend mit der Faust auf den Tisch. Völlig außer sich stierte sie auf den Bildschirm. »Das hätte nie passieren dürfen, dass Gaetano auf Bobby trifft! Wie der ihn da oben zum Besten hält! Unerträglich! Wir hätten den Mistkerl früher wegschicken sollen. Und das alles wegen der Stullen ... Du bist immer viel zu weich mit ihm gewesen!«

»Dass er ein missratenes Subjekt ist, liegt sicher nicht an mir ... Ich habe mein Bestes getan ...«

»Ja, ja, geschenkt! Trotzdem.«

Erschöpft setzte Judy sich auf den Bürostuhl neben Titty und verfolgte die Szene. Was für eine hanebüchene Geschichte Gaetano da oben erzählte! Und überhaupt: Seit wann schrieb der Drehbücher?

»Als Mann, der die Staatsmacht repräsentiert«, hörte sie ihn selbstgefällig schwadronieren, »habe ich ja viel erlebt, und da habe ich mir erlaubt, in meiner knapp bemessenen Freizeit ein Drehbuch für eine Krimiserie zu schreiben ...«

Judy stupste Titty an und nickte mit dem Kinn Richtung Bildschirm. »Wenn dann noch die täglichen gesellschaftlichen Verpflichtungen zum Mittag- und Abendessen in der *Villa Fiorita* dazukommen, bleibt dem Ärmsten in der Tat nicht mehr viel Freizeit …«

»Na, dann bin ich ganz Ohr«, hörten sie Bobby zu ihrer Verblüffung sagen.

»Sie möchten also die Geschichte hören?«

»Aber mit dem größten Vergnügen, Comandante«, ermunterte Bobby ihn mit einer übertrieben einladenden Geste.

»Ich kann doch auf Ihre Verschwiegenheit zählen, nicht wahr?« Gaetano rang etwas verlegen seine Hände. »Ich bin ein bisschen vorsichtig, wissen Sie … Ich möchte nicht, dass mir einer die Geschichte klaut oder so.« Der Maresciallo blickte ehrlich besorgt drein.

»Das verstehe ich natürlich. Ich könnte sie ja einem befreundeten Produzenten stecken und der … könnte einen seiner Spezis damit beauftragen, das Drehbuch zu schreiben.«

»Genau! Das ist meine große Sorge.«

»Maresciallo, Ihre Geschichte ist in meinem Hirn sicher wie in einem Grab.« Theatralisch hob Bobby seine Hand ans Herz. Offensichtlich bestand bei ihm eine gewisse Unklarheit über die Lage der Organe im menschlichen Körper. Carlton warf ihm einen fragenden Seitenblick zu und tat es ihm dann gleich.

»Also … Die Geschichte spielt natürlich hier im Chianti.«

»Selbstverständlich«, kommentierte Bobby, als hätte er sein Lebtag nichts anderes getan, als Drehbücher zu beurteilen.

»Ein paar finstere Gestalten verschaffen sich unrechtmäßig Zugang zu einer leer stehenden Villa. Zumindest meinen sie, dass die leer steht. In Wirklichkeit lebt dort ein Einsiedler, der regelmäßig Frauen anlockt, sie in seinem Keller versteckt und missbraucht.« Gaetano war jetzt ganz in seinem Element. Seine Augen funkelten vor Aufregung.

»Das klingt spannend, Comandante. Eine noch nie da gewesene Story.« Bobby nickte anerkennend und legte übertrieben interessiert Daumen und Zeigefinger an sein Kinn.

»Nicht wahr? Also, jedenfalls versteckt sich der Einsiedler zuerst und tut so, als ob er nicht da wäre. Die Verbrecher entdecken jedoch den Keller und schätzen sich schon überglücklich. Sie denken, dass sie die jungen Frauen als Sexsklavinnen an einen Zigeunerclan verkaufen können. Aber da haben sie die Rechnung ohne den Einsiedler gemacht!«

»Wahnsinn! Erzählen Sie weiter. Ich kann das Ende gar nicht erwarten.« Er klopfte seinem Kompagnon auf die Schulter und deutete mit dem Kinn in Richtung des Maresciallo. »Haste gehört, Kumpel? Solche Filme braucht die Welt!«

»Wie gesagt … Bitte behandeln Sie meine Geschichte so vertraulich wie möglich«, druckste Gaetano sichtlich beunruhigt herum.

»Boss«, meldete sich der Wicht mit der auf links gebügelten Hackfresse zu Wort. »Wir müssen gleich los. Unser Treffen in Cinecittà …«

»Ach, richtig! Gut, dass du mich daran erinnerst!«

Als Bobby sich zum Gehen wandte, war ein leises Kratzen an der Tür zum Korridor zu hören.

Titty unterdrückte ein Grinsen, als sie sah, wie Gaetano hastig auf das bodentiefe Salonfenster zuging und nach draußen flüchtete.

»*Arrivederci, Signori*! Sie wissen ja, wo Sie mich finden, wenn Sie weiteres Material brauchen.«

Hastig schloss er die Tür hinter sich, öffnete sie jedoch noch einmal kurz und sagte durch den Spalt: »Da ist übrigens etwas mit Ihrem Wagen nicht in Ordnung. Sie verlieren Öl oder Bremsflüssigkeit.«

Dann eilte er von dannen.

Bobby verdrehte die Augen. »Was für einen Gimpel hat *mamma* sich denn da angelacht?«

Judy ballte auf ihrem Stuhl im Keller die Fäuste. »Was weiß der von Gimpeln …?«, raunte sie. »Wo hat er das Wort überhaupt her?«

»Boss, es ist besser, wenn wir uns von hier wegmachen. Das scheint ja irgendwie eine Zweigstelle der Carabinieri zu sein.« Er legte die Hand auf Bobbys Arm und wies mit dem Kinn nach draußen.

»Aber was ist mit den Stullen?«

Genervt packte Carlton den leicht belämmert dreinschauenden Koloss am Ärmel und zog ihn hinter sich her. Hinaus in die brüllende Mittagshitze.

31

»Liebes, jetzt haben wir endlich Zeit füreinander!«, flötete Judy und bedeutete Alice, sich zu ihr zu setzen. Unter der Pergola war es schattig, das dichte Grün der Ranken hielt die Hitze in Schach. Ein paar verspätete Jasminblüten erfüllten die Luft mit ihrem betörenden Duft.

»Die Wanderung zu dem Weingut auf dem anderen Hügel war wunderschön! Du hattest ja mit den zwei Leuten aus dem komischen Auto zu tun, da bin ich einfach losgelaufen. Diese endlos lange Zypressenallee, die bis zum Horizont zu führen scheint! Einfach traumhaft! Und das Panorama auf die Hügel, die kleinen Dörfer und das Gebirge in der Ferne!«, schwärmte Alice.

»Ja, ich weiß«, lächelte Judy. »Es war auch eine meiner Lieblingswanderungen, bis Filippos Beine nicht mehr so wollten.«

»Wenn man vom Teufel spricht …«, sagte Alice schelmisch grinsend, als der Maresciallo im Eilschritt um die Ecke bog, gefolgt vom bellenden Filippo.

»Filippo! Filippo! Bei Fuß!«, rief Judy, um den armen Carabiniere aus dieser Bredouille zu erlösen. Seltsam gehorsam trabte der kleine Kerl herbei und legte sich zu Alice Füßen. Zärtlich kraulte sie ihm die Ohren.

»Maresciallo! Wie schön, dass Sie da sind!«, begrüßte Judy den schneidigen Ordnungshüter.

Elegant verbeugte er sich vor den Damen und setzte sich unaufgefordert zu ihnen. Die vor ihm stehende

Keksdose mit den *Cantuccini* war in wenigen Augenblicken beinahe leer. Lächelnd schob Judy ihm ein kleines Kristallglas vor die Nase. »Sonst gehen die trockenen Dinger ja nicht so gut runter …«

Verlegen wie ein ertappter Junge hob Gaetano das Glas und prostete ihr zu.

Manchmal war er schon entzückend, dieser Kerl, dachte Judy und lächelte still in sich hinein.

»Ihr Vin Santo ist einfach himmlisch! Wie gelingt Ihnen das bloß, liebe Judy, jedes Jahr ein solch edles Getränk zu erschaffen?«

»Nun, man braucht sehr viel Hinwendung und Liebe dafür. Und die richtige Bearbeitung des Bodens. Wenn wir unseren Paolino nicht hätten …«

Alice nippte an ihrem Glas und fragte: »Was ist Vin Santo? Der schmeckt wirklich köstlich.«

»Die Leute hier nennen ihn scherzhaft Pippi der Engel«, klärte Judy sie auf. »Es ist eigentlich der Messwein für die Kirche, aber heutzutage trinkt man ihn auch als Willkommenstrunk oder Dessertwein. Wenn du magst, kann ich dir nachher einmal den Weinkeller zeigen. Dann erkläre ich dir, wie wir ihn herstellen.«

Ein plötzliches Grummeln am Himmel ließ die drei verstummen. Über den mächtigen Steineichen dräuten unheilverheißende Wolken. Gerade als Tommy an der Seite von Titty aus der Villa kam und sich zu dem Trio gesellte, bemerkte Judy verzagt: »Ach, dieser Klimawandel! Wie furchtbar …«

»Sie sagen es, meine Gute«, pflichtete Gaetano ihr bei.

»Es ist alles unsere Schuld. Greta Thunberg hat völlig recht! Das geht auf unsere Kappe.« Ein erneutes Grollen am Horizont begleitete Judys Worte.

»Nun, Signora Judy«, sagte Alice und legte ihre Hand auf den Arm ihrer künftigen Schwiegermutter, »sooo streng musst du nun auch nicht mit deiner Generation sein. Auch wir …« Ein Riesenknall ließ alle zusammenzucken. »Ich meine, unsere unzähligen Flüge mit Billigairlines, die zahllosen *Coffees to go*, die wir achtlos geschlürft haben, das Essen in Plastikbehältern vom Lieferservice …«

Die fast pechschwarzen Wolken waren jetzt direkt über ihnen. Ein krachender Blitz schlug mitten im Weinberg ein, dicke Tropfen prasselten von einem Moment auf den anderen auf sie herab. Fluchtartig rannten alle ins Haus, Filippo lief laut bellend hinterher.

»Diese Art Gewitter hat es früher jedenfalls nicht gegeben«, sagte Judy, während sie aus dem Fenster blickte. Gewaltige Wassermassen ergossen sich über alles, was ungeschützt dalag. Die Stühle wurden von heftigen Sturmböen umgestürzt, die Kissen flogen bis an den Rand der Buchsbaumhecke, überall wirbelten abgerissene Blätter und Zweige durch die Luft. Gläser, Teller und Flaschen waren nicht mehr zu retten. Schade, dachte Judy. Es waren edle Teile gewesen.

»So einfach aus dem Nichts heraus«, pflichtete Titty ihr bei.

Tiefes Donnergrollen ließ die Mauern des alten Gebäudes erzittern.

»Und so gewaltig«, gab auch Gaetano seinen Senf dazu.

Keiner hatte Lust, sich zu setzen, zu spektakulär war das Unwetter dort draußen. Keiner spürte die nasse Kleidung auf der Haut. Es war immer noch schwülwarm, das Gewitter würde wahrscheinlich keine heilsame Abkühlung bringen.

Hoffentlich tut es den Weinreben gut, dachte Judy und blickte zu ihrer Schwester.

32

Dieser verdammte Knöchel. Und dieses verflixte Viech! Humpelnd bewegte sich Bruno auf die Villa zu. Dieses Mal wollte er einen neuen Weg ausprobieren, um auch die andere Seite der Villa zu inspizieren. Vielleicht stand da ja Walters Auto.

Ein plötzlicher Wind war aufgekommen, die schwarzen Wolken verhießen nichts Gutes, aber darauf konnte er jetzt keine Rücksicht nehmen. Er hatte schon viel zu viel Zeit verloren, weil der bescheuerte Biss ihm so zu schaffen machte. Gott sei Dank hatte er bisher keine Symptome von Tollwut. Gestern Nacht hatte er sich im Hotelzimmer auf seinem Handy durch alle möglichen Webseiten gewühlt.

Die Erde hier im Weinberg war hart, und mit seinem kaputten Fuß kam er nur mühsam voran. Außerdem ging es ziemlich steil bergauf. Er hielt den Blick gesenkt und konzentrierte sich darauf, wo er hintrat. Da krachte es plötzlich ohrenbetäubend unmittelbar neben ihm. Verdammt! Jetzt hat mich bestimmt der Blitz getroffen! Wie ein Stein ließ er sich zu Boden fallen und verbarg sein Gesicht in den Händen. Was ich nicht sehe, gibt es auch nicht. Das hatte er immer mit Walter gespielt, als sie klein waren. Eine Weile blieb er so liegen. Vorsichtig lugte er zwischen den Fingern hindurch, um zu schauen, was um ihn herum passierte. Der Himmel leuchtete an tausend Stellen gleichzeitig auf und erhellte gespenstisch die beinahe schwarze Wolkendecke.

Er hatte noch nie erlebt, dass so schnell ein Gewitter aufzog. Rings um ihn herum schlugen die Blitze ein wie Artilleriefeuer. Und dann kam der Regen. Er war schwallartig, und die dicken Tropfen trafen ihn wie winzige Geschosse. In Nullkommanichts verwandelte sich alles um ihn herum in Schlamm. Mehrere Minuten blieb er, wo er war. Was sollte man bei Gewitter noch mal tun? Auf keinen Fall unter einen Baum stellen. Und weiter? Ihm fiel nichts weiter dazu ein. Verzweifelt krallte er seine Finger in das nasse Erdreich und bekam ein paar Sachen zu fassen, die Steine oder Zweige oder Ähnliches sein mussten. Angewidert zog er seine Hände zurück. All dieses vom Schlamm verdreckte Zeugs hier.

Der Schauer endete so plötzlich, wie er eingesetzt hatte, fast so, als hätte der liebe Gott den Wasserhahn zugedreht. Langsam rollte Bruno sich auf den Rücken. Er war von Kopf bis Fuß eingesaut. »Verdammte Hacke«, fluchte er leise und setzte sich auf. Seine schönen weißen Turnschuhe, die er neulich zu einem Schnäppchenpreis im Internet gefunden hatte, sahen aus wie die hinterletzten Klotschen von Kanalarbeitern.

Die Blitze zuckten nunmehr in der Ferne. Der gepflegte Weinberg, vorhin noch so staubtrocken und hart wie nur was, war zu einem weichen Matschbad geworden. Die Blätter der Rebstöcke glänzten in sattem Grün, nachdem der Regen den Staub von ihnen abgewaschen hatte. Der saftige Duft der Erde betörte selbst ihn, den waschechten Berliner, der mit Asphalt beinahe ein erotisches Verhältnis hatte. Er stützte er sich mit der Hand auf den Erdboden auf, um aufzustehen. Da war etwas seltsam Glitschiges, das wie ein Zweig mit fünf Auswüchsen aussah. Achtlos warf er es weg. Dann bekam er etwas Rundes, ebenfalls Glitschiges zu fassen. Sah aus wie ein alter Kessel oder so. Merkwürdig waren die Zacken oben am Rand. Musste mal grau oder weiß gewesen sein. Wer weiß, sagte er sich, wer hier alles seine Hinterlassenschaften verloren, verbuddelt oder vergessen hat. Auch das nächste Dingsda schien zu nichts nütze zu sein. Im hohen Bogen schleuderte er es hinter sich.

Beim vierten Versuch spürte er plötzlich etwas Kleines, Flaches, Rundes aus Metall. Mit seinen matschigen Fingern versuchte er es wenigstens ein bisschen abzuwischen. Das war eine ... nee, das konnte nicht sein! Verwundert buddelte er weiter und fand noch zwei andere. Mit einer Ecke seines Hemdes rieb er den gröbsten Schmutz weg. Erstaunt riss er die Augen auf. »Jetzt hol mich der Deubel«, flüsterte er. Tatsächlich Münzen! Aber keine normalen ... Das waren irgendwelche alten ... In einer kleinen Pfütze, die sich in einer Kuhle gebildet hatte, wusch er seine Fundstücke ab, um sie besser betrachten zu können. Auf einer, die aus Silber oder so sein musste, war eine Fratze, die frech die Zunge herausstreckte. Oder zumindest sah das so aus. Auf einer anderen, die golden schimmerte, erkannte er ein Tier mit aufgerissenem Maul und herausgestreckter Zunge. Ein Löwe war das nicht. »Wie heißen die noch mal?«, fragte er sich halblaut, als er plötzlich etwas Hartes, Kaltes im Nacken spürte. Irritiert drehte er sich um.

Eine der beiden Alten aus der Villa, und zwar die mit dem langen blonden Zopf und dem Schlapphut, richtete ein Gewehr auf ihn und betrachtete ihn verächtlich.

»Chimären nennt man die, wenn's genehm ist.«

Hektisch versuchte Bruno sich aufzurichten, rutsche jedoch immer wieder aus.

Die Alte hielt ihm die flache Hand linke Hand hin. Als er dachte, dass sie ihm aufhelfen wollte, zog sie sie zurück und schüttelte den Kopf.

»Die Münzen. Geben Sie sie her! Sie gehören uns. Sie befinden sich auf unserem Grundstück.«

»Aber …«

»Nix aber! Her damit! Aber dalli! Und dann weg hier. Sie haben hier nichts zu suchen.«

Zögernd gab er ihr die dreckigen Fundstücke. »Woher wissen Sie eigentlich, dass ich Deutscher bin?« Er war verdutzt, dass sie einfach deutsch mit ihm sprach.

»Solche Scheißschuhe tragen nur Deutsche. Berlin, nehme ich an.«

»Woher …?«

»Dachte ich's mir doch!«

Mit dem Gewehrlauf zeigte sie in Richtung Straße. »Da geht's lang.«

Immer wieder im Schlamm ausrutschend machte Bruno sich davon. Sein Knöchel tat scheißweh. Aber mit der alten Schachtel wollte er sich vorerst nicht anlegen. Nicht in der Verfassung, in der er jetzt war. Mit dieser Hexe war nicht zu spaßen. Und sie hatte bestimmt auch was mit Walters Verschwinden zu tun. So wie die ihn gerade weggescheucht hatte …

33

Verwundert schaute Judy die Münzen in ihrer Hand an. Es gab sie also doch! Da hatten sie Paolino mit dieser Story an der Nase herumgeführt, und in Wirklichkeit lag hier tatsächlich ein Schatz! Wie schön sie waren! Nachher, wenn sie mehr Zeit hätte und hoffentlich einen Moment allein sein könnte, würde sie sich ihnen widmen. Aber in der Zwischenzeit war es gut zu wissen, dass sie hier waren, und vielleicht auch noch andere. Sie malte sich in der Fantasie schon aus, wie Paolino reagieren würde, und schmunzelte. Dann meinst du sicher, dass die hübsche Lisa aus der Bar an der Piazza in dein Kämmerlein kommt, lachte sie in sich hinein.

Langsam stapfte sie bergauf, um zur Villa zurückzukehren. Glücklicherweise hatte sie ihre Cowboystiefel angezogen. Das war wenigstens noch Qualität! Grinsend erinnerte sie sich an den Typen mit der Elton-John-Brille, der sie ihr verkauft hatte. In den Neunzigern in London. Unzählige Male hatte sie sie vom Schuster neu besohlen lassen, und Paolino wichste sie Tag für Tag, bevor sie aufstand. Sonst wären sie bestimmt schon längst hinüber.

Die Erde war schwer, und durch die vom Regen feuchtigkeitsschwangere warme Luft kam sie ziemlich aus der Puste. Mit leichtem Entsetzen bemerkte sie, dass der starke Regen auch Teile einiger Skelette freigelegt hatte. Hier und da stak eine Hand, eine Schädeldecke oder ein nicht näher definierbarer langer Knochen aus dem Schlamm. Zu dumm, dachte sie. Hoffentlich kommt keiner auf die Idee, sich hier im Weinberg umzusehen. Hatte womöglich auch der deutsche Typ irgendwas davon mitbekommen? Wahrscheinlich eher nicht. Dem ging es nur um die Münzen, die hatten seine ganze Aufmerksamkeit in Anspruch genommen. Anderseits jedoch hatte sie jetzt mit den Münzen eine starke Motivation für Paolino. Der würde heute Nacht hier schon Ordnung schaffen. Manchmal war einem eben doch das Glück hold! Etruskische Münzen im eigenen Weinberg! Wahnsinn!

Plötzlich rutsche ihr rechter Fuß zur Seite. Schuld daran war eine graugelbe, aus dem Schlamm ragende Schädeldecke.

»Hoppla! Wen haben wir denn da?«

Judy bückte sich nach dem Totenschädel.

Auch jetzt noch, nach vier Jahren, erkannte sie ihn, den widerlichen Dreckskerl, der jahrzehntelang kleine Jungs in seinen Wohnwagen gelockt und dort brutal missbraucht hatte. Eine der Mütter war ihm auf die Schliche gekommen und hatte ihn angezeigt. Nach der Durchsuchung seiner Behausung war die Sache dann auf unerklärliche Weise im Sande verlaufen. Hatte er Komplizen in den Ämtern gehabt? Die Netzwerke der Kinderschänder waren weitverzweigt. In ihrer Not hatte sich die Frau im Darknet schließlich an Titty gewandt.

Ziemlich erschöpft kam Judy bei der Villa an, die mittlerweile wieder von strahlender Sonne beschienen wurde. Einerseits war sie immer wieder ein schöner Anblick, aber in diesem Licht sah man auch gnadenlos die Verfallserscheinungen der letzten Jahre. Erleichtert sah sie, dass Paolino die Stühle vor der Villa trocken gerieben und auch frische Kissen aus dem Keller geholt hatte. Alice, Tommy und ihr Maresciallo hatten schon wieder Platz genommen. Titty kam mit einem Tablett voller Leckereien aus einem der bodentiefen Salonfenster, stellte es elegant auf den Tisch und lud das Grüppchen dazu ein, sich doch zu bedienen.

»Wie gut, dass diese Gewitter immer so schnell abziehen«, kommentierte sie lächelnd.

Alice schaute blinzelnd in den strahlend blauen und wieder völlig wolkenlosen Himmel. »In England würde es jetzt tagelang weiterregnen …«

»Ja, mit dem Wetter hier in der Toskana haben wir es schon besser …«, pflichtete Tommy ihr bei und schaute ihr zärtlich in die Augen. Hatte er etwa vor, sich hier mit ihr niederzulassen? Judy sah ihn etwas verblüfft an. Wieso sagte er so etwas? Wollte er das Anwesen hier als künftiges Paradies für die neue Familie anpreisen? Das durfte ja auf gar keinen Fall passieren … bei allem, was hier so herumlag. Noch eine Baustelle, dachte sie.

Gaetano blickte voller Unbehagen in Richtung Weinberg. Von dort kam Filippo mit einem großen Knochen im Maul angelaufen. Wie stolz er war! Beinahe verlor er das Gleichgewicht, der kleine Kerl, so schwer war seine Trophäe. Zu Gaetanos Leidwesen legte Filippo ihm diese zu Füßen. »*Bravo, Filippo! Bravo! Bravo! Dai qua!*« Geschickt ergriff der Maresciallo den

Knochen. Wenngleich Filippo ein recht gut erzogenes und fantastisch abgerichtetes Exemplar von Vierbeiner war, hatte er doch etwas dagegen, dass ihm jemand den Knochen wegnehmen wollte, und schnappte danach.

»Aus, Filippo! Aus!« rief Titty laut, woraufhin ihr Liebling endlich seine Beute freigab. In hohem Bogen warf der Maresciallo den Knochen mehrere Meter weit. Zustimmung heischend blickte er in die Runde.

»Was für ein beachtlicher Wurf, mein Lieber!« Judy funkelte Gaetano begeistert an. »Sie sind eben ein wahres Mannsbild!«

Gaetano erwiderte ihren Blick mit Dankbarkeit. »Da bist du ja wieder, du kleiner Kerl!«, lobte er den mit seinem Stummelschwanz wedelnden Filippo, nahm ihm abermals den Knochen ab und warf ihn in eine andere Richtung.

Niemand hatte bemerkt, wie blass Alice plötzlich geworden war. »Tommy, kann ich dich mal einen Moment sprechen?«, flüsterte sie leise.

»Aber selbstverständlich, mein Täubchen. Lass uns in den Salon gehen.«

Beim Aufstehen riss Alice beinahe ihren Stuhl um. Ein paar Worte stammelnd entschuldigte sie sich. Tommy schaute sie besorgt an. Was hatte sie?

In der weichen Dunkelheit des Raumes hinter den schweren Vorhängen nahm er sie zärtlich in den Arm.

»Du zitterst ja. Ist dir nicht wohl?«

Mit einem hektischen Flackern in den Augen flüsterte sie: »Das war ein Knochen!«

»Ja, natürlich. Das haben wir alle gesehen.«

»Aber kein normaler Knochen!«

»Wie bitte?«

»Das war ein Oberschenkelknochen! Von einem Menschen!«

»Ach, Liebling! Wo soll der denn herkommen? Das war sicher ein Knochen von einem Wildschwein.«

»Ich werde doch noch ein Wildschwein von einem Menschen unterscheiden können! Zumindest anatomisch!«, sagte sie entrüstet.

»Schatz, beruhige dich!«

»Ich habe meinen Anatomieschein mit Auszeichnung bestanden! Und so wahr ich hier stehe: Das war ein menschlicher Oberschenkelknochen!«

Tommy sah sie betroffen an. »Wir sind hier im Haus meiner geschätzten Mutter und meiner geliebten Tante! Das sind zwei wunderbare alte Damen, die nur Gutes tun! Wo soll da ein menschlicher Knochen herkommen?« Er löste sich von Alice und ging nervös auf und ab. Mehrfach strich er sich die Haare aus dem Gesicht. Was sollte er ihr sagen? Sie durfte doch auf keinen Fall auch nur den leisesten Verdacht schöpfen, dass hier etwas nicht mit rechten Dingen zuging.

»Im Zweiten Weltkrieg gab es hier schwere Kämpfe …«, murmelte er nachdenklich und hoffte, dass es nicht allzu sehr an den Haaren herbeigezogen klang.

Mit ausgestreckten Armen ging er wieder auf Alice zu, legte ihr die Hände auf die Schulter und küsste sie sanft auf die Stirn.

»Mach dir keine Gedanken, Liebes. Es wird eine Erklärung aus der Vergangenheit dafür geben. Wie soll

denn sonst ein Oberschenkelknochen hierherkommen?«

»Vielleicht hast du recht ... Du kennst dich hier besser aus«, hörte er sie leise sagen. »Verzeih mir bitte!«

»Komm, Schatz! Lass uns an den Pool gehen und in
die Sonne legen.«

Hastig wischte sich Tommy ein paar Schweißperlen
von der Stirn.

34

»Paolino!«, rief Judy im Treppenhaus. Da sie keine Antwort bekam, ging sie in Richtung Küche. Aber da war niemand. Vielleicht im Park?

Nach ein paar Minuten fand sie ihn im Kräutergarten, wo er dabei war, die Beete wiederherzustellen.

»Ach, Paolino, wie lieb von dir! Dass du daran gedacht hast!«

Wortlos deutete Paolino auf ein paar Holzkisten, in denen kleine Setzlinge dicht beieinanderstanden. Er war wirklich ein Schatz, ihr Paolino. Von sich aus hatte er die für den Herbst vorgesehenen Pflänzchen aus dem Treibhaus geholt, um sie ins Beet zu setzen. Vielleicht war es noch ein bisschen früh dafür, aber das würde sich zeigen. Irgendwie brauchten sie ja ständig Nachschub.

»Ich habe da was für dich ...«, sagte sie schmunzelnd und hielt ihre Arme hinter dem Rücken verschränkt. »Links oder rechts?«

Etwas verstört blickte Paolino unter seinem zerfledderten Strohhut hervor. »Was meinst du damit?«

»Links oder rechts? Nun sag schon!«

Unentschlossen kratzte er sich unter dem Strohhut seine graue Matte, sodass der Hut beinahe herunterfiel. Nachdem er ihn wieder geradegerückt hatte, ging seine Hand zur Grappaflasche, die wie immer in Reichweite war. Ein tiefer Schluck, dann ein kleiner Rülpser. »*Scusa* ...«

Verschmitzt lachte Judy. »Also?«

»Hm … links …«

Schnell schob sie die etruskische Münze von der rechten in die linke Hand und hielt sie ihm hin. Ein Sonnenstrahl ließ sie trotz der Jahrtausende alten Ablagerungen wie ein Juwel erstrahlen.

Entgeistert blickte Paolino auf dieses Wunderwerk und ließ den Spaten fallen. Mit zögernden Schritten kam er näher und beugte sich darüber.

»Wwwas ist das?«, stotterte er.

»Das, wonach du die ganze Zeit suchst! Eine echte etruskische Münze!«

»Und die von neulich Nacht im Kräutergarten?«

»Nun, das waren etwas … ähm … neuere … So was passiert ja auch heutzutage. Hier ein bisschen Kupfer weniger und dort bisschen Silber … Die hier sind besser.« Was für einen Stuss rede ich hier eigentlich, fragte sich Judy. Hoffentlich hörte sonst niemand zu.

»Lieber Herrgott, dir sei Dank!«, murmelte Paolino, während er auf die Knie sank. »Judy … Woher …?«

»Aus dem Weinberg. Insgesamt habe ich drei gefunden.« Umständlich klaubte sie die zwei anderen verdreckten Münzen aus ihrer Tasche.

»Aus dem Weinberg? Dort, wo …?«

»Ja, genau da.«

»Aber wie …?«

»Der gewaltige Regen, weißt du? Der hat eine Menge dort freigelegt. Es gibt bestimmt noch mehr davon. Wenn du da ein bisschen Ordnung schaffst, findest du sicher noch ein paar.«

Judy hatte den guten Paolino seit Langem nicht so schnell wetzen sehen. Ein paarmal fiel ihm beim Laufen der Strohhut runter. Es sah zu komisch aus, und Judy musste ein Lachen unterdrücken. Wer hätte das gedacht? Etruskische Münzen ... hier! Aber Hauptsache war trotzdem, dass Paolino die anderen Spuren wieder beseitigte und alles gut wegbuddelte. Wie gut, dass er spurte, egal, was man ihm sagte. Er fraß ihnen aus der Hand.

35

Heute war Vollmond. Diese Nächte liebte sie besonders, weil sich dann die Himmelsscheibe in der Oberfläche des Pools spiegelte und ihn bis zum Grund erleuchtete. Dann stieg sie nackt hinein und ließ sich auf den winzigen Wellen mit ihren sanften Bewegungen treiben. Das war ihr Moment, in dem sie sich mit dem Universum eins fühlte. Über ihr glitzerten die Sterne auf dem schwarzen Samt des Firmaments. Ihre Mutter hatte sie immer »Diamanten der Armen« genannt.

Schade nur, dass sie diese Nächte lediglich zwei-, höchstens dreimal im Jahr genießen konnte.

Obwohl es ein hektischer Tag gewesen war, wollte sie sich diese Sternstunde nicht nehmen lassen, die ihr so viel bedeutete.

Als dunkle Silhouette lag Titty hingegossen zwischen Kissen auf einer der Liegen. In regelmäßigen Abständen glühte die Spitze ihrer brennenden Zigarette auf.

Die Grillen gaben ihr Bestes und lieferten die musikalische Untermalung zu dieser herrlichen Nacht.

Mit ihrer rauchigen Stimme begann Titty plötzlich zu zitieren.

»Durch mich geht man hinein zur Stadt der Trauer,
Durch mich geht man hinein zum ewigen Schmerze,
Durch mich geht man zu dem verlornen Volke.
Gerechtigkeit trieb meinen hohen Schöpfer,
Geschaffen haben mich die Allmacht Gottes,
Die höchste Weisheit und die erste Liebe
Vor mir ist kein geschaffen Ding gewesen,

Nur ewiges, und ich muss ewig dauern.
Lasst, die Ihr eintretet, alle Hoffnung fahren!«

Kurz schwieg sie. »Wenn du überlegst«, fuhr sie dann fort, »dass bei Dante die Gewalttäter gegen ihre Nächsten in einem Blutstrom schwimmen und jedes Mal, wenn sie dem entsteigen wollen, von Kentauren mit Pfeilen beschossen werden – und das bis in alle Ewigkeit –, dann haben es unsere Gäste doch eigentlich ganz gut.«

»Dante war schon ein spezieller Typ. Wie viele Foltermethoden der sich ausgedacht hat, nur weil er von seinen politischen Gegnern verfolgt wurde ...«

»Na ja, sie wollten ihm ja auch an den Kragen, und er musste dann nach Ravenna fliehen.«

»Bei ihm war es persönliche Rache, nicht neutrale Entsorgung wie bei uns.«

»Wir sind doch wirklich Engel dagegen.«

»Und denk mal, wie berühmt der geworden ist.«

»Ja, wirklich.«

Judy drehte sich vom Rücken auf den Bauch und kraulte ein paar Runden. Eine seltsame Energie durchströmte sie. Sie fühlte sich wie eine junge Frau.

Ausgepumpt setzte sie sich schließlich an den Poolrand. Titty warf ihr ein Handtuch zu, mit dem sie sich abtrocknete.

Langsam ging sie zu der Liege neben der von Titty und streckte sich behaglich aus. Die Feuchtigkeit auf ihrer Haut war wohltuend in dieser noch immer nachhallenden Hitze.

»Heute hatte ich einen heiklen Fall …«, begann Titty.

»Ja?«

»Da hat mich ein junger Mann aus Münster kontaktiert. Seine Zeilen waren so erschütternd, dass ich eine Ausnahme gemacht habe und ihn über eine verschlüsselte Nummer angerufen habe.«

»Was hat dich so erschüttert?«

»Er war jahrelang, seit er zehn war, von einem Priester vergewaltigt worden. Manchmal konnte ich ihn zwischen dem Schluchzen kaum verstehen. Er war völlig am Ende. Durch diesen Missbrauch hatte er jede Menge psychische Probleme, die auch mit diversen Therapien nicht weggingen. Er konnte die Schule nicht abschließen und hat auch keine Ausbildung. Seine Eltern wissen bis heute nichts, aber für sie ist er ein Loser. Du kannst dir vorstellen, was für ein Leben er führt, so ausgehalten von Vater und Mutter, die ihn verachten und am liebsten von den Beinen hätten. Mehrmals hat er versucht, sich das Leben zu nehmen.«

»Armes Schwein … Wie alt ist er?«

»Dreißig.«

»Und was ist mit diesem Drecksack von Pfarrer?«

»Ist irgendwann versetzt worden. Als der junge Mann ihn aufgesucht hat, um ihn mit seinen Schandtaten zu konfrontieren, hat der ihn ausgelacht. Das war vor dem ersten Selbstmordversuch.«

»Und die Kurie?«

»Nun, du weißt, wie das läuft. Hast ja selbst die Zeitungen gelesen.«

154

»Wie viele Menschen wurden dadurch gebrochen … Es ist entsetzlich.«

»Soll ich mir den Namen geben lassen?«

»Willst du wirklich, dass wir es mit einem Gottesdiener aufnehmen?«

Titty zuckte die Schultern.

»Es ist riskant«, meinte Judy.

»Hast du Angst vor göttlicher Strafe?«

»Beileibe nicht, Schwesterlein!«, rief Judy lachend. »Was haben solche Männer mit Gott zu tun? Der wird sie ja selber für missratene Sausäcke halten! Wahrscheinlich würde er uns, sollten wir im Paradies landen, eher noch dafür danken.«

»Warum zögerst du dann?«

»Wenn ein Priester verschwindet, erregt das bestimmt großes Aufsehen und setzt Nachforschungen in Gang.«

»Da hast du recht. Vielleicht sollten wir uns von dieser Sparte fernhalten … Aber was sage ich dem jungen Mann?«

»Gute Frage …« Judy schlang sich das Handtuch um ihre Haare, schlüpfte in ihren Bademantel und stand auf. »Titty, wir können nicht alle Probleme dieser Welt lösen. Ich weiß, es schmerzt. Versuch ihn zu trösten.«

Das Klicken des Feuerzeugs signalisierte, dass Titty sich wieder eine angezündet hatte. »Wir könnten ihm ja ein kleines Päckchen zukommen lassen …«

»Du meinst, aus unserem Garten, mit der entsprechenden Gebrauchsanweisung?«

»Ja.«

»Mach das. Morgen bereite ich dir einen Cocktail in Pulverform vor und schicke Paolino zu dem Postamt in Florenz. Da kann er mit der SITA hinfahren. Dann ist es schwerer nachzurecherchieren. Im Fall der Fälle.«

»Okay, Schatz. Und danke …«

»Wofür?«

»Dass du da bist.«

36

Noch mit geschlossenen Augen hob Judy leicht ihre Hand von der Bettdecke. »Geh noch nicht«, wollte sie dem hübschen jungen Mann in dem blauen Wintermantel mit dem hochgeschlagenen Kragen zurufen, der sich mehr und mehr in Luft auflöste. Sie hatte mal wieder einen ihrer schönen Träume gehabt, die vor allem in den Morgenstunden auftauchten. Darin war sie mit einer Gruppe junger Leute unterwegs gewesen, hatte mit einem von ihnen Sex gehabt, aber im Grunde den anderen mit dem blauen Mantel viel netter gefunden. Offensichtlich ging es ihm auch so, denn sie verabredeten sich für den Abend. Und dann wachte sie auf, und er entschwand. Wie schade! Mit der erhobenen Hand wollte sie in festhalten, griff jedoch ins Leere.

In letzter Zeit träumte sie oft davon, mit jemandem zu schlafen. Seltsam. Sie hatte bestimmt schon seit mehr als zehn Jahren nichts mehr mit einem Mann gehabt. Irgendwann verlor man als Frau ja den Mut, sich von jemandem anschauen zu lassen, der nicht bereits ein langjähriger Lebenspartner oder Ehemann war, selbst wenn man noch ganz gut erhalten war. Aber der Po war halt nicht mehr straff, die Haut nicht mehr seidenweich, der Busen trotz Gymnastik nicht mehr so prall wie einst. Und dann die Scheidentrockenheit. Sie hatte es mit Zäpfchen versucht, aber ihre letzten Liebesakte waren eher schmerzhaft als angenehm gewesen. Der Lack ist ab, hatte sie sich gesagt und im übertragenen Sinne Ladenschluss verhängt. Aber offensichtlich gab es da doch noch etwas in ihr, das sie zu diesen Träumen veranlasste.

Sich innerlich sträubend öffnete sie langsam ihre Augen. »Guten Morgen«, flüsterte sie wie immer ihrer Zypresse zu und dankte dem Herrn dafür, dass er ihr einen neuen Tag schenkte. Wie würde der wohl werden?, fragte sie sich. Nach den letzten Ereignissen hier in der Villa hatte sie ein ungutes Gefühl. Tommy war so abweisend, aber wer konnte es ihm nach dem Fund in der Truhe verdenken? Er konnte und wollte ihren Standpunkt offensichtlich nicht verstehen. Und die Sache mit Bobby war auch heftig gewesen. Die Brüder hatten sich noch nie gut verstanden, und jetzt, in dem Moment, wo Tommy sein Liebesglück auskosten und mit einer Hochzeit krönen wollte, tauchte sein Peiniger wieder auf. Hoffentlich war er jetzt für immer aus ihrem Leben verschwunden.

Alice wollte mit ihr über die Organisation der Hochzeit reden. Schließlich war sie ja die Spezialistin! Hätte das liebe Geschöpf geahnt, wie sehr ihr all dieses Brimborium ums Heiraten auf den Keks ging, wäre sie wahrscheinlich verwundert gewesen. So aber musste sie gute Miene zum bösen Spiel machen. Nur Titty wusste, wie es um sie bestellt war. Sie kannte all die alten Geschichten von Paaren, die sich unmöglich aufgeführt und keinerlei Dank für ihren aufopfernden Einsatz als Wedding Planner gezeigt hatten; von den Knickstiebeln, die um jeden Cent gefeilscht hatten; von der riesigen Verantwortung und allem, was schieflaufen konnte, dazu zählten selbst der tollpatschige Kellner und das manchmal ungnädige Wetter; von dem Sklavendasein, das Judy dermaßen zugesetzt hatte, dass sie oft heimlich geweint und schlaflose Nächte verbracht hatte. Und dann war da auch noch dieser komische Kauz aus Berlin, der hier um die Villa herumschlich. Wie sie aus der Nummer rauskommen sollten, war ihr überhaupt nicht klar. Irgendwie würden sie da improvisieren müssen. Aber das Glück war ja normalerweise den Tüchtigen hold. Auch der Maresciallo bereitete ihr nicht wenig Kopfzerbrechen. Mittlerweile tauchte er hier tagtäglich auf, setzte sich wie selbstverständlich an den gedeckten Tisch und gebärdete sich Alice gegenüber wie ein Familienmitglied. Die Einzigen, die noch in der Spur waren, waren Titty und Paolino.

Leise stöhnend hievte sie sich aus dem Bett hoch. Irgendwie musste sie im Schlaf eine falsche Bewegung gemacht haben. Hatte wohl mit dem vielen Sex in ihrem Traum zu tun, dachte sie lächelnd. Der rote Terrakottaboden war die Nacht über warm geblieben und fühlte sich angenehm an den Füßen an. Gemächlich ging sie ins Bad und drehte das Wasser in der Dusche auf. Hier würde Paolino mal wieder den Brausekopf entkalken müssen, dachte sie und stieg unter den spärlichen Strahl. Der Duft ihres Chanel-Duschgels umschmeichelte ihre Nase. Ein bisschen Luxus musste sein.

Sie zog ein weißes Baumwollkleid über die noch feuchte Haut, flocht ihren Zopf, legte etwas hellrosa Lippenstift auf und tuschte sich kurz die Wimpern. In der Nacht hatte der brave Paolino ihre Stiefel wieder sauberbekommen. Schnell schlüpfte sie hinein und setzte den Schlapphut auf. Heute Morgen war ihr irgendwie nach ihren Pappkameraden.

In der Stille des Hauses hallten ihre Schritte wider. Die Morgenluft draußen war schwanger von allen möglichen Aromen des Sommers. Die Rosen raubten ihr fast den Atem, die Pinien schienen mit ihnen wetteifern zu wollen, das Harz der Zypressen roch intensiv und mystisch, von der Auffahrt her brachte ein lauer Windhauch den zarten Geruch der Oleandersträuche.

Mit großen Schritten ging sie auf den Pinienhain zu. Das Gewehr hatte sie sich quer über den Nacken gelegt. Schade eigentlich, dass sie nachher mit ihrer Knallerei das ohrenbetäubende Konzert der Singvögel stören würde, aber schließlich musste sie sich auch einmal abreagieren. Zu viel brach gerade über sie herein. Zu viele Sorgen machten sich in ihrer Brust breit und verursachten ihr Beklemmungen.

Sie war schon fast beim *paretaio*, als sie eine Bewegung wahrnahm. Scheiße, sie hatte ihre Brille nicht mitgenommen. Verdammt auch! War das ein Reh oder was? Beim Näherkommen erkannte sie, dass es sich um ein menschliches Wesen handelte. Da saß doch tatsächlich dieser bekloppte Deutsche zusammengekauert neben dem steinernen Unterstand. Unsicher lächelnd schaute er zu ihr hoch.

»Ich hatte Ihnen doch gesagt, Sie sollen von meinem Grundstück verschwinden!«

»Entschuldigung …«, stammelte er und zeigte auf seinen Knöchel, der wirklich übel aussah. »Ihr Hund hat mich vor ein paar Tagen gebissen, gestern ist Dreck in die Wunde gekommen, und alles hat sich entzündet … Ich habe die ganze Nacht hier verbracht … Konnte nicht mal zurück zu meinem Auto …« Sein Gesicht verzerrte sich zu einer Grimasse des Schmerzes.

Auch das noch, stöhnte Judy innerlich auf. Jetzt habe ich zusätzlich einen »Kriegsverletzten« an der Backe. Was sollte sie tun? Umständlich nestelte sie ihr Handy hervor.

»Titty? Hier ist dieser Berliner … Was? Nee! Kein Gebäckstück … Ich meine diesen Unbekannten von gestern, den ich in unserem Weinberg aufgescheucht habe. Jetzt liegt der hier mit einer entzündeten Wunde. Was mache ich mit dem?«

Wie immer wusste Titty Rat. Mit dem Gewehr im Anschlag bedeute Judy ihm aufzustehen. »Zur Villa werden Sie es doch schaffen, oder?« knurrte sie.

Unbeholfen rappelte er sich hoch, sank aber wieder in sich zusammen. Da blieb ihr wohl nichts anderes übrig, als ihn zu stützen. Auch das noch …

37

Erst vor ein paar Minuten war sie durch Filippos Bellen aufgewacht und hatte Tommys Bettseite leer vorgefunden. Wo mochte er sein? Normalerweise stand er nie allein auf. Immer wartete er, bis auch sie wach war, dann umarmten sie sich und schmusten noch eine Weile. Das war ihr *golden moment*, der den kommenden Tag mit seinen guten oder auch unangenehmen Dingen in ein weiches Licht tauchte.

Irgendetwas musste passiert sein. Etwas zögerlich ging sie die Treppe hinunter. Noch war es früh, und das Treppenhaus und die Korridore lagen im Halbdunkel. Und so richtig kannte sie sich hier ja nicht aus. Trotz der schon jetzt herrschenden Hitze fröstelte es sie. Wo war Tommy? Langsam ging sie von Raum zu Raum.

In seinem ehemaligen Zimmer war trotz des bei Tag und Nacht offenen Fensters wirklich ein furchtbarer Gestank! Ein merkwürdiges Gemisch von … Sie konnte es gar nicht beschreiben. Wie gut, dass sie da nicht mehr übernachten mussten und Judy ihnen für die zweite Nacht in der Villa ein anderes Zimmer gegeben hatte. Vielleicht waren tote Mäuse in dieser Truhe gewesen? Da lag immer noch so etwas von Verwesung in der Luft, aber nicht nur … Alte Villen hatten oft seltsame Gerüche. Eigentlich hatte sie ja schon längst nachschauen wollen, nachdem Tommy neulich so ein entsetztes Gesicht gemacht hatte, als er, während sie noch so tat, als schliefe sie, den Deckel aufgemacht und wieder zugeschlagen hatte. Aber dann waren so viele Sachen passiert, dass sie nicht mehr dazu gekommen war. Und im Grunde hatte sie auch keine Lust auf irgendwelche ekelhaften Sachen. Davon hatte sie schließlich bei der Arbeit genug ... Hier war sie in Ferien und wollte sie genießen. Außerdem hätte Tommy sie sicher eingeweiht, wenn es wirklich wichtig wäre. Sie konnte ihm vertrauen, das wusste sie.

Sie setzte ihre Suche fort, doch nirgendwo in diesem Stockwerk war etwas von Tommy zu sehen. Ratlos wendete sie sich hin und her.

Vielleicht war er draußen? Sie ging die Treppe hinunter, öffnete im Salon eins der bodentiefen Fenster und schaute hinaus. Wie schön es auch um diese Zeit war! Ihr Blick schweifte hinüber zu den Oleandersträuchern, und da sah sie ihn. Ihr Tommy lag auf einer Bank, sein Kopf ging hin und her, und sein Mund bewegte sich, als würde er etwas brabbeln. Schnell lief sie mit nackten Füßen über die Kieselsteine. Es tat ihr weh, aber sie musste zu ihm.

»Was ist mit dir?«, fragte sie besorgt, während sie sich zu ihm hinabbeugte. Eine Art Entsetzen hatte sich auf seinem Gesicht breitgemacht. Er hyperventilierte. Routiniert griff sie nach seinem Handgelenk. Sein Puls raste.

»Ist dir irgendwann einmal etwas komisch an mir vorgekommen?«, fragte er mit gepresster Stimme.

»Liebling, was meinst du?«

»Rede ich manchmal im Schlaf?«

»Ach Gott, wenn du so fragst ...«

»Habe ich sonst irgendwelche Macken? Oder Zuckungen?« Hektisch bewegte er seine Glieder. Wäre Alice nicht so besorgt gewesen, hätte sie beim Anblick der komischen Verrenkungen laut losgelacht.

»Tommy, du machst mir Angst! Was ist in dich gefahren? Haben wir heute Nacht zu viel rumgemacht?«

»*Oh, come on*! Aber antworte mir: Sage ich manchmal wirre Dinge?«

»Nein! Natürlich nicht! Tommy! Was soll das???«

Mit einem Ruck richtete er sich auf, packte sie bei den Schultern und starrte sie mit irren Augen an. Erschrocken wich sie zurück.

»Also doch!« Kraftlos sank er zurück und blickte in den Himmel, wobei er den Kopf wie ein jammerndes Kind hin und her drehte. Dann sprang er auf, schob Alice zur Seite und rannte ohne ein weiteres Wort auf die Villa zu. So hatte Alice ihren Tommy noch nie gesehen. Er war völlig von Sinnen!

38

Ich bin genauso wahnsinnig wie meine Mutter, schoss es ihm durch den Kopf. Kalter Schweiß bedeckte seinen ganzen Körper. Ich trage ihre kranken Gene in mir! Wie kann ich da Alice heiraten und mich womöglich auch noch fortpflanzen! Ausgeschlossen! Panisch pumpte er Luft in seine Lunge. Bobby fiel ihm ein. Der war ja auch so ein verbrecherisches Subjekt! Wie sollte er, Tommy, da anders sein? Es war wohl nur später bei ihm ausgebrochen. Vielleicht war der Hang zu Verbrechen bei ihm auf ein anderes psychisches »Immunsystem« getroffen ... Wild riss er die bodentiefe Tür zum Salon auf, sodass sie in den Angeln ächzte und die Scheiben klirrten. Er musste kalt duschen, um wieder klar zu werden. Für Alice würde es ein Schock sein. Und wie sollte er es ihr erklären? Etwa, indem er ihr von den Verbrechen seiner Mutter und seiner Tante erzählte?

Schnell durchquerte er den Salon, als sein Blick auf einen gefesselten Typen fiel, der geknebelt auf dem Sofa lag und um Hilfe wimmerte. Wer war das? Mit wenigen Schritten war er bei ihm und zog ihm den Knebel aus dem Hund.

»Darf ich fragen, wer Sie sind?«

Der Typ schaute ihn verwirrt an: »Nun, das würde mich auch interessieren!«

»Was? Wer *Sie* sind?«

»Ja ... Nein ...«, stammelte der Typ. »Wer *Sie* sind natürlich! Und dieses irre Weib mit dem Schlapphut!«

»Passen Sie auf, wie Sie über meine Mutter reden!«, entgegnete Tommy entrüstet.

»Äh... Ihre Frau Mutter?«

Konnte der überhaupt komplette Sätze bilden, dieser Fatzke?, wunderte sich Tommy. Was sollte er tun? Vielleicht wäre es besser, ihn nicht loszubinden. Irgendwie wirkte der so, als hätte er sie nicht alle. Und dann fielen ihm seine Selbstzweifel wieder ein ... Vielleicht sind wir hier schon zwei, bei denen ein paar Schrauben locker sind. Unschlüssig stand er da und starrte auf den unwillkommenen Gast.

Zu Tommys Erleichterung ging die Tür auf und Judy kam herein. Sie würde sicher alles aufklären.

»Ach, Tommylein, dass du das alles mitbekommen musst ...«

Von wegen Aufklärung!

»*Mamma*! Wer ist das?«

Judy blickte unsicher von einem zum anderen.

»So, jetzt mal schön der Reihe nach ...« Tommy holte tief Luft.

»Könnte mal einer ...?«, jammerte der komische Kauz und hielt Tommy seine Fesseln hin.

»Oh, Verzeihung ...« Tommy schritt energisch auf ihn zu und löste mühsam die Strippen. Der war gut verschnürt gewesen, *mamma* schien Übung darin haben, die Knoten waren richtig fachmännisch gebunden. Alle Achtung! Für eine alte Dame wie sie ...

Schwer ächzend rieb sich der Typ die Handgelenke. Als Tommy an sein Fußgelenk kam, schrie er auf und zog das Hosenbein hoch. Das sah gar nicht gut aus!

166

Woher hatte der diese Verletzung? Frisch war die Wunde nicht, also konnte sie ihm nicht von *mamma* zugefügt worden sein. Immerhin.

»Nun, darf ich Sie fragen, wer Sie sind?« Tommy war in die Hocke gegangen, um auf Augenhöhe mit dem Unbekannten zu sein. Der nestelte ungeschickt an seiner Hemdtasche herum.

»Mein Name ist Bruno und ich suche …« Endlich hatte er das Gesuchte gefunden und hielt Tommy und Judy ein Foto unter die Nase. Es war das Bild eines Mannes, der ihm vage ähnelte. »Das ist mein Bruder Walter.«

»Ach ja?«, kommentierte Judy trocken. Obwohl sie Tommys Blick zu vermeiden suchte, sah sie aus dem Augenwinkel seinen fragenden Blick und das kaum merkliche Nicken nach oben. Kommentarlos schlug sie die Augen nieder.

»Er hat eine Reise in die Toskana gewonnen. Seitdem haben wir nichts mehr von ihm gehört.« Jetzt klaubte er einen Prospekt aus der Hosentasche und entfaltete ihn. »Hier«, sagte er und zeigte mit dem Finger auf die *Villa Fiorita*. »Hier soll er einen Urlaub gewonnen haben. Aber seitdem ist er wie vom Erdboden verschluckt.«

Tommy sah verblüfft, wie Judy die Schultern straffte und charmant entgegnete: »Na, so ein attraktiver und faszinierender Mann kann doch seine Gründe haben, mal für eine Weile unterzutauchen, meinen Sie nicht?«

Verschämt lächelte der Typ über das indirekte Kompliment.

»Schauen Sie sich doch mal an!«, fuhr sie mit ihren verlogenen Worten fort. Tommy traute seinen Augen und Ohren nicht! Was redete die da? Seine Mutter!

»*Mamma*, was …?«, stammelte er.

»Wissen Sie was, guter Mann?« Langsam ging sie auf den Unglücksraben zu und reichte ihm beide Hände, damit er aufstehen konnte. »Betrachten Sie sich doch bitte als unser Gast! Wir haben Ihnen einige Unannehmlichkeiten bereitet. Unser Hund … und dass ich dachte, Sie wären ein Dieb … Da ist das Mindeste, was wir zur Wiedergutmachung tun können …« Das sagte sie so zuckersüß, dass jeder Pariser Patissier stante pede sein Handwerk aufgegeben hätte. Tommy hatte sie noch nie so reden hören, außer vielleicht mit Don Salvatore, aber bei dem schleimten sich eh immer alle ein, denn ein Segen oder eine Fürsprache bei dem da ganz oben konnte ja nie von Schaden sein. Er überlegte. Hatte er irgendeine Krankheit verpasst, von der sie ihm nicht erzählt hatte? Woher kam diese Verstellungskunst? War sie schizophren? Oder hatte sie eine multiple Persönlichkeit? Er kannte sich in diesen Dingen nicht so gut aus.

Dann überfiel ihn ein fürchterlicher Gedanke: Was, wenn der Typ die Einladung annahm, hier in der Villa blieb und womöglich rumschnüffelte … Im wahrsten Sinne des Wortes!

»Das geht auf gar keinen Fall!«, schrie er deshalb beinahe hysterisch und wedelte mit den Armen. »Heute Abend kommen meine Schwiegereltern aus England!

Und auch deren Kinder und Kindeskinder … und deren Brüder und Schwestern …!«

»Davon hast du mir ja gar nichts gesagt, Tommylein.«

»Es sollte eine Überraschung sein. Alice …« Er brach mitten im Satz ab.

»*Lupus in fabula*«, bemerkte Judy, als Alice in den Salon kam. »Was ist mit ihr?«

Mit einem Satz war Tommy bei Alice und griff sie entschlossen am Arm. »Schatz … kann ich dir helfen? Suchst du was?« Mit diesen Worten schob er seine Verlobte aus dem Raum, die ihrerseits leicht verwirrt auf Judy und Bruno blickte.

Nachdem die beiden allein im Salon zurückgeblieben waren, richtete Judy ihr Augenmerk wieder auf Bruno. »Wie Sie sehen, ist die Villa ja sehr groß und hat unzählige Zimmer, wir bekommen also viele Gäste unter. Setzen Sie sich ruhig wieder. Ich sage Paolino gleich Bescheid, dass er Ihnen ein Zimmer herrichtet. Und auch, dass er sich um ihren Knöchel kümmert. Das sieht ja gar nicht gut aus. Wenn Sie dann verarztet sind, können Sie in aller Ruhe nach Ihrem Bruder suchen. Wir kümmern uns wirklich *sehr* gern um Sie! Vielleicht möchten Sie erst einmal ein Gläschen von unserem hausgemachten Vin Santo? Sie werden sehen, danach fühlen Sie sich wie neugeboren!« Mit schnellen Schritten ging sie auf die Vitrine zu. Wie gut, dass sie vorgesorgt hatte in den letzten Wochen. Mit einem leisen Quietschen öffnete sich die Glastür. Sollte sie die guten

Kristallgläser oder lieber nur die einfachen nehmen? Besonders kultiviert sah der Typ ja nicht aus. Kristall war bei dem wahrscheinlich wie Perlen vor die Säue werfen. Dennoch griff sie zu einem der edleren Kelche, die sie vor Jahren auf dem Flohmarkt von Sant'Ambrogio erstanden hatte. Sei nicht so ein Snob, ermahnte sie sich. Wie Gold floss der Wein in das feine Gefäß und wurde von einem einzelnen Sonnenstrahl, der durch einen Spalt zwischen den Vorhängen ins Zimmer fiel, zum Leuchten gebracht. »Das ist Messwein, den wir hier selbst herstellen. So etwas bekommen Sie in keinem Laden.«

Sie wollte ihm gerade das Glas reichen, als Tommy wiederkam.

»Was war mit Alice?«, erkundigte sich Judy.

»Ach, nichts Wichtiges. Sie konnte ihre Sonnencreme nicht finden …«, murmelte er und wandte sich Bruno zu.

»Sie können auf keinen Fall hierbleiben«, sagte er forsch und fuhr sich nervös mit der Hand durch die Haare. Sein Blick irrte durch den Raum, dann schritt er wie geistesabwesend auf die Vitrine zu und goss sich selbst ein Glas Vin Santo ein. Da er die Flaschen mit seinem breiten Kreuz verdeckte, konnte Judy nicht sehen, aus welcher er sich bediente. Vergeblich reckte sie den Hals.

Sie spürte, wie ihre Knie weich wurden. Was jetzt? Er wusste doch nichts über die Kapseln … Entgeistert verfolgte sie, wie Tommy das Glas an die Lippen führte. Nein! Nein! Nein!, schrie alles in ihr. Du nicht! Vier

Meter trennten sie von ihm, zu viel, um ihn rechtzeitig zu erreichen. Er setzte bereits an, einen Schluck zu nehmen, als er das Glas wieder von sich streckte und es versonnen anschaute.

»Großartiges Bukett …«

»Jaaa …«, stammelte Judy und rang ihre Hände. Herrgott noch mal!

Wieder führte Tommy das Glas zum Mund.

»Tommy?« Das war Alice im Korridor. Ihre Stimme hörte sich seltsam zittrig an. »Kannst du bitte mal kommen? Ich muss dir was zeigen …«

Achtlos stellte Tommy das Glas auf den kleinen Beistelltisch und rannte hinaus.

Judy holte tief Luft. Sie merkte, dass sie völlig durchgeschwitzt war und trotzdem Eiseskälte in ihrem Bauch verspürte. Auch wenn sie nicht wusste, was da draußen los war und warum Alice dauernd nach Tommy rief, war das hier gerade noch mal gut gegangen. Du musst dich jetzt fangen, ermahnte sie sich.

»Verzeihen Sie das Benehmen meines Sohnes. Er ist zurzeit etwas unter Stress. Die bevorstehende Hochzeit … Sie wissen wahrscheinlich, wie das ist …«

Gerade als sie Bruno sein Glas reichen wollte, kam Paolino herein und ließ sie nochmals in der Bewegung innehalten. War hier eigentlich ein Taubenschlag, oder was? Etwas irritiert schaute sie auf ihren treuen Helfer, fasste sich dann aber sofort.

»Paolino, das ist Signor Bruno.« Ihre Worte fielen nun wieder geschmeidig wie Perlen aus ihrem Mund. »Er ist unser Gast. Bring ihn doch bitte in einem der hinteren Zimmer unter. Ich würde sagen, im blauen. Und dann schau dir am besten auch mal seinen Knöchel an. Versuch es vielleicht mit der Lorbeersalbe, die ich neulich frisch gemacht habe.«

Während Paolino dem stöhnenden Bruno aufhalf, flötete Judy: »Ich bin sicher, Ihr Bruder wird früher oder später wieder auftauchen. Seine Frau erwartet ihn zweifellos schon sehnlichst!«

Als Paolino und Bruno draußen waren, drückte sie die Tür ins Schloss und atmete auf.

Ich muss zu Titty runter, dachte sie. Auf deren Anraten hin hatte sie schließlich den Typen in die Villa geschleift, und statt sie zu unterstützen, saß das liebe Schwesterlein wahrscheinlich wieder mal gemütlich schmauchend in ihrem Keller. Immer musste sie allein die Kartoffeln aus dem Feuer holen! Judy wandte sich zum Gehen. Doch … halt stopp! Die Gläser! Die sollte sie besser erst noch schnell aus dem Verkehr ziehen. Für die dem lieben Bruno zugedachte Kostprobe würde sich sicher noch eine passende Gelegenheit bieten …

39

Alice zitterte am ganzen Leib. Besorgt schloss Tommy sie in die Arme. »Was ist mit dir?«

»Ich wollte mich einen Moment hinlegen, da habe ich ihn gesehen ...«

»Wen, mein Liebling?«

»Na, den da ... Sie deutete auf das Bett. »Ist das normal hier?«

Tommy ging in die Richtung, in die sie gezeigt hatte und zog mit einem Ruck das Laken weg. Auch er erschrak etwas, denn bisher hatte er erst einmal mit dieser Spezies Bekanntschaft gemacht. Und das war sehr lange her: Sein »Bruderherz« Bobby hatte ihn eines Morgens damit geweckt. Er hatte den zappelnden Skorpion in dem Kescher, den sie für den Pool benutzten, über seiner Nase hin und her geschwenkt und sich dabei kaputtgelacht. Blödes Arschloch!

Was tun? Paolino rufen? Dann hätte er wie die letzte Memme dagestanden, das war keine Option. Wohl oder übel musste er selbst zur Tat schreiten ...

Angriffslustig hob das Tier seinen Stachel. Einem Reflex folgend warf Tommy das Betttuch wieder über den kleinen Widersacher.

»Können wir ihn fangen?«, fragte Alice mit einer noch immer leicht zittrigen Stimme.

»Aber natürlich. Lass mich nur machen.« Er musste unbedingt Sicherheit ausstrahlen. Allerdings war er gar nicht so überzeugt, dass er der Sache gewachsen war. Was machte man mit so einem Stechvieh?

»Aber nicht totmachen!«, rief Alice aufgeregt und starrte wie gebannt auf das Bett.

»Wo denkst du hin! Ich trage ihn raus und setze ihn in den Weinberg. Wo er hingehört.«

Behände griff er die Enden des Lakens und band sie so zusammen, dass er nicht gebissen werden konnte. Mit ausgestreckten Arm hielt er das Bündel von sich weg. Hoffentlich konnte das Tier da nicht raus ...

Als er aus dem Zimmer ging, sah Alice ihn erleichtert an.

»Dank dir, Schatz. *You are my hero*!« Sie hauchte ihm einen zarten Kuss auf die Wange, passte aber auch auf, ihm und seiner Beute nicht zu nah zu kommen.

Nachdem er den Skorpion weit entfernt vom Haus ausgesetzt hatte, spurtete er zur Villa zurück. Was Judy wohl in der Zwischenzeit mit dem merkwürdigen Typen angestellt hatte? Alice hatte ihn völlig aus dem Konzept gebracht. Eigentlich wollte er doch dafür sorgen, dass dieser Deutsche so schnell wie möglich verschwand. Hoffentlich hatte Judy ihn nicht wirklich einquartiert. Wenn der womöglich seinen Bruder in der Truhe fand ... Die Ähnlichkeit mit der Leiche war unbestreitbar. Die hatte er zwar nur kurz gesehen, aber die wesentlichen Elemente stimmten überein: die spärlichen blonden Haare, die dicke Knubbelnase, die buschigen Augenbrauen, die kräftige, untersetzte Statur ...

Er musste seine Mutter so schnell wie möglich davon abhalten, weiteres Unheil anzurichten. Zerstreut legte er das Laken auf einen der Gartenstühle.

Warum war *mamma* eigentlich so scheißfreundlich zu diesem Bruno gewesen? Hatte sie etwas Bestimmtes vor? Tommy konnte sich keinen Reim darauf machen. Sie musste doch wissen, welches Risiko sie einging. Dass sie ihm einen Vin Santo angeboten hatte, war ja noch normal. Das machte man hier so. Aber ihn als Gast ins Haus lassen? Unter diesen Umständen?

Wo war sie? Im Salon konnte er sie nicht finden. Auch nicht in der Küche. Da standen nur die zwei leeren Kristallgläser in der Spüle. Schade um das herrliche Getränk, dachte er, was für eine Verschwendung! Aber vielleicht hatte Bruno seinen Vin Santo ja genossen.

In Flur sah er die Kellertür offen stehen. War sie etwa dort unten? Da war er schon ewig nicht mehr gewesen. Wo war noch mal der Lichtschalter? Ach ja, da! Ein diffuses Licht erleuchtete die grauen Stufen aus *pietra serena*. Sie waren sauber gefegt. Im Keller angekommen, sah er entlang des Korridors jede Menge Gerümpel aufgestapelt: alte Korbstühle, die bessere Zeiten gesehen hatten; verstaubte *damigiane*, in denen sie früher den Wein lose verkauften; geborstene *orci* aus Terrakotta, in denen sie einstmals das Olivenöl aufbewahrt hatten; ein paar alte Schränke, in denen Wer-weiß-nicht-Was aufgehoben wurde. Sollte er hineinschauen? Allein bei dem Gedanken lief ihm ein Schauer über den Rücken. Wenn dort nun auch Leichen drin waren? Vorsichtig schnupperte er. Zu riechen war hier nichts. Nur Staub und Muffiges.

Langsam ging er weiter in Richtung des Weinkellers, da traf etwas Unangenehmes auf seine Geruchsrezeptoren. Etwas sehr Bekanntes: Tittys unverkennbares Markenzeichen. Aber woher kam der Gestank? Es war kein kalter Qualm, sondern frischer. Vorsichtig taste er die mit krümeligem Putz bedeckten Wände ab. Dann sah er es: In etwa zwei Metern Entfernung quoll Rauch aus einer Ritze hervor. Leise klopfte er an der Stelle und vernahm ein hohles Geräusch. Dann ertasteten seine Finger eine Art Knopf. Tommy holte tief Luft, bevor er draufdrückte. Er wusste nicht, ob er sehen wollte, was dort womöglich zum Vorschein kam.

Mit einer leichten Vibration öffnete sich ein Spalt in der Mauer, gerade so breit, dass ein Mensch hindurchpasste. Nur mit Mühe gewöhnten sich seine Augen an die hier herrschende Dunkelheit. Und dann berührte etwas seine Füße. Er blickte nach unten und sah Filippo, der an ihm schnüffelte.

Der Anblick, der sich ihm eröffnete, war geradezu grotesk. Mehrfach blinzelte er mit den Augen.

Flackernde Bildschirme überall. Auf einigen bewegten sich geometrische Formen, auf anderen sah er grauenhafte Fotos von gemarterten Frauen und Kindern. Ein Monitor zeigte Aufnahmen aus den Räumen der Villa und von der Zufahrt. In einem Nebenraum befand sich eine Art Labor mit allerlei Gerätschaften. Judy hantierte dort mit einer Art Ampulle.

»Komm ruhig näher«, sagte Titty, während sie sich langsam zu ihm umdrehte. »Wir hatten uns schon gedacht, dass du früher oder später hierherkommen würdest.«

Zögerlich setzte Tommy einen Fuß vor den anderen und schaute sich verwundert um. Zumindest war keine Leiche zu sehen, das war immerhin etwas.

»Woher habt ihr das alles hier?« Ungläubig betrachtete er die hochwertige Hightech-Ausstattung. »Wieso kennst du dich mit so was aus?«

»Das Drama eurer Generation ist, dass ihr uns Alten dauernd unterschätzt«, antwortete Titty und wandte sich wieder ihren Bildschirmen zu. »Kannst gerne mithelfen …«

»Also, das ist …«, begann Tommy entrüstet, aber dann fehlten ihm die Worte. Das durfte ja wohl nicht wahr sein! Was bildeten sich die beiden eigentlich ein? Er ein Komplize? Kurz verharrte sein Blick auf Titty, die auf der Tastatur herumhämmerte, dann drehte er sich um und rannte hinaus. Filippo bellend hinterher.

40

Das Zimmer war wirklich gemütlich, anders konnte man das nicht sagen. Viel besser als das Zimmer in dem kleinen Gasthof. Und dass die Alte jetzt auf einmal so scheißfreundlich zu ihm war, hatte ja auch sein Gutes. So konnte er sich in aller Ruhe in der Villa und auf dem Anwesen umschauen. Walter musste hier irgendwo stecken, und sei es in einem der Kellerverliese, die es sicherlich gab. Überhaupt blickte er nicht so richtig durch. Weswegen hätten die beiden Nachteulen ihm diesen Aufenthalt als Gewinn zuteilwerden lassen sollen? Okay, Walter hatte überall Schulden. Steckten die womöglich mit einem der Blutsauger in Berlin unter einer Decke und hielten ihn hier fest, bis …? Ja, bis was? Bis einer der Profis aus Berlin kam, um ihn kaltzumachen? Aber das hätten sie doch auch dort erledigen können. Oder hatten die Verbindungen mit der Mafia? Na ja, bei Italien wusste man ja gleich, was abging … In Neapel oder Palermo gab's bestimmt so Auftragskiller, die einen armen Sack für ein paar Euro umlegten … Aber, nein, das war denn doch zu aufwendig. Soooo viele Schulden hatte Walter nun doch nicht. Und so richtig mafiamäßig sahen die hier wirklich nicht aus. Irgendwie musste es eine andere Erklärung geben, warum die Walter hierhergelockt hatten.

Er kratzte sich nachdenklich am Kopf. Alles hier war merkwürdig.

Aber abgesehen davon, diese Blonde mit dem Zopf hatte schon einen gewissen Charme. Alt zwar, aber dennoch … In ihrer Jugend war sie sicher mal ein ganz heißer Feger gewesen. Und dann hatte sie ihm ja auch ein nettes Kompliment gemacht.

Er stellte sich vor den langen Spiegel, zog seinen Bauch ein und betrachtete sich von allen Seiten. Nach der Dusche hatte er nur ein Handtuch um die Hüften. Jaaaa, so übel war er gar nicht. Und für so eine Olle konnte er schon noch gut genug sein. Wie sein Kumpel Egon immer sagte: Kommt dat Hemd drüber …

Auf dem Waschtisch im Badezimmer hatte er Rasierzeug und Toilettenartikel gefunden. Die waren hier wirklich gut aufgestellt, das musste man ihnen lassen. Mit der Hand fuhr er sich übers Kinn. Eine Rasur wäre eigentlich nicht verkehrt. Reichlich quoll der Rasierschaum aus der Spraydose. So teures Zeug hatte er noch nie gehabt. Genüsslich verteilte er den Schaum auf Wangen, Kinn und Hals. Das Zeug roch wirklich verflucht gut. Wo waren noch mal die Rasierklingen? Ah ja, da neben dem Zahnputzbecher.

Sorgfältig zog er die Klingen über die Haut.

»Autsch!« Da hatte er sich doch tatsächlich beim Ohr geschnitten. Sofort färbte sich der Schaum rot. Er tastete nach einem kleinen Tuch, das gleich bei der Hand war. Nachdem er sich den Schaum vom Gesicht gewischt hatte, sah er, dass der Schnitt ziemlich tief war und heftig blutete. »Verdammt«, knurrte er. Da hatte man mal was Gutes, und dann das …

Die hatten hier sicher irgendwo Desinfektionsmittel und Verbandszeug. Vielleicht in dem Schränkchen unter dem Waschbecken? Tatsächlich, da stand eine kleine Plastikflasche mit einer italienischen Beschriftung. Das war eindeutig Alkohol, soweit konnte er es verstehen. Auch der Schnuppertest bewies ihm das.

Schnell zupfte er etwas Watte aus dem danebenliegenden Beutel, gab reichlich Alkohol darauf und betupfte die Wunde. Heja! Wie das brannte! Gerade hatte er doch auch Pflaster gesehen. Eilig klebte er eins auf die blutende Stelle.

Da er ein ordentlicher Mensch war, klaubte er das verwendete Material zusammen und warf es ins Klo. So, nach diesem Malheur erst einmal ein kleines Zigarettchen. Wo hatte er die gleich? Ach ja, in der Hosentasche.

Irgendwie war ihm die ganze Chose auf die Verdauung geschlagen. Er verspürte so ein seltsames Rumoren im Bauch. Wahrscheinlich von der ganzen Aufregung und dem Schreck über den Schnitt.

Mit einem Stoßseufzer machte er es sich auf der altmodischen Toilettenbrille bequem. Hell flammte das Streichholz auf, das er an seinem Gemächt vorbei in die Schüssel warf.

Sein gellender Schrei war bis in das letzte Zimmer der Villa zu hören.

41

»Jetzt haben wir auch noch die Sanitäter im Haus«, stöhnte Judy resigniert und suchte Halt an Tittys Arm. Sie fühlte sich wirklich schwach nach all den Ereignissen der letzten Tage. Erst die Auseinandersetzung mit Tommy, dann die in panischer Angst schwebende Alice, weil sie einen Skorpion im Bett gefunden hatte, später Tommys Besuch im Keller und jetzt dieser Trottel hier. Wie hatte der das bloß geschafft?

Unter großem Gepolter kamen die Sanitäter mit Bruno auf der Trage die Treppe herunter. Irgendwie konnten die wohl ein bisschen Deutsch, denn Bruno war dabei, ihnen die Dynamik des Geschehens zu erklären.

»Erst die Watte mit Alkohol … und dann ich werfen Feuer in Klo … und dann WUMM!«

Die beiden jungen Männer brachen in lautes Gelächter aus.

»Wer den Schaden hat, braucht für den Spott nicht zu sorgen«, murmelte Titty.

»Tja, Rauchen ist halt schädlich«, bemerkte Judy süffisant.

»Flambierte Eier!«, grölte der vordere Sanitäter.

»*Troppo bello*! Das muss ich nachher in der Bar erzählen!«, platzte der hintere heraus.

Beide schüttelten sich so vor Lachen, dass die Trage in eine gefährliche Schieflage geriet.

»Hey, hey! Achtung!«, rief Bruno, der das alles gar nicht lustig fand.

»*Signora! Ha sentito questo? Che storia pazzesca*!« Der Vordermann konnte sich gar nicht mehr einkriegen. Betroffen verfolgten Judy und Titty das Geschehen. Wo fand das Rote Kreuz eigentlich seine Freiwilligen?

»*State attenti, ragazzi! Mi raccomando*«, sagte Judy besorgt.

Aber da war es auch schon zu spät. Der Hintermann kam ins Stolpern, glitt auf der Stufe aus und ließ die Trage fallen. Dieser zweite Schrei von Bruno war noch schlimmer als der erste vorhin. Selbst Judy und Titty hörten, wie der Knochen brach. Es war ein Geräusch, das durch Mark und Bein ging.

»Mein Arm! Scheiße! Mein Arm!«

Gott sei Dank stand Titty neben ihr, denn jetzt haute es Judy tatsächlich von den Beinen.

42

Gut gelaunt stieg Gaetano aus seiner Gazzella. Flüchtig schaute er auf seine Uhr. Fürs Abendessen war es noch zu früh, aber einen kleinen Plausch mit seinen beiden Damen wollte er jetzt doch sehr gerne halten. Der Appetit würde dann schon noch kommen.

Neben der Villa hörte er Schritte mehrerer Personen. Und dann kamen sie auch schon um die Ecke. Es waren zwei junge Männer in der Uniform der Rotkreuz-Sanitäter, die einen jammernden, nur mit einem von Brandspuren gezeichneten Handtuch bedeckten Mann mit Pflaster im Gesicht auf einer Trage transportierten. Mit der einen Hand hielt er sich seine Geschlechtsteile, während der Arm auf der anderen Seite irgendwie so merkwürdig herabhing, wie es der himmlische Schöpfer ursprünglich nicht gedacht hatte.

Die aufgeregte Titty lief dem Trio hinterher.

»Was macht der denn hier?«, fragte Gaetano verwundert. »Das war der komische Vogel, von dem ich …«

»Ach, der hatte sich verlaufen, der Arme. Wenn man die Sprache nicht kann …«

Wieso war er dann nackt? Seit wann hatte das mit mangelnden Sprachkenntnissen zu tun? Und warum war er verletzt? Gaetano konnte sich keinen Reim darauf machen. Verdutzt schaute er dem Abtransport zu.

Mit einem lauten Knall gingen die hinteren Türen der Ambulanz zu. Mit schuldbewusst gesenkten Augen, aber immer noch unterdrückt lachend, verabschiedeten sich die jungen Männer und fuhren los.

Titty atmete erleichtert auf, hakte sich beim Maresciallo unter und führte ihn in die Villa. »Kommen Sie, mein Teuerster! Vorhin habe ich einen Kuchen gebacken. Spezialrezept! Sie werden es mögen.«

Das konnte ja nur Gutes bedeuten, freute sich Gaetano. Er wusste, dass Titty eine begnadete Bäckerin war.

In der Küche trafen sie auf Paolino, der eifrig seine etruskischen Münzen mit einem weichen Tuch und Silberputzmittel bearbeitete. Wie gut, dass jetzt kein Archäologe hier in der Nähe ist, schoss es Titty durch den Kopf. Der hätte glatt Harakiri gemacht oder den treuen Paolino direkt in eine etruskische Grabkammer gesteckt.

»Magst du auch ein Stück, Paolino?«, fragte sie. Das Zucken des Kopfes war wohl als Zustimmung zu werten. Rasch schnitt sie ein paar Stücke ab und stellte die Teller vor die beiden Herren. »Wohl bekomm's.«

Paolino schnüffelte an seinem Stück und schaute sie fragend an. Titty zwinkerte ihm zu. »Vin Santo gefällig?«

»Oh, das wäre reizend!«, bemerkte Gaetano lächelnd und biss genüsslich in das Gebäck, während Titty die Kapsel von der Flasche drehte. Eine goldene natürlich.

Vor dem Küchenfenster hörte sie Tommy mit Alice reden.

»Mein Täubchen, meine *mamma* hatte eine großartige Idee!«

»Und die wäre?«

»Ähm, also, *mamma* meinte, du solltest dich ruhig etwas umschauen, um auch wirklich die Hochzeitslocation zu finden, die dir am besten gefällt.«

»Wenn du meinst...«, sagte Alice, und es klang ein wenig zweifelnd.

»Sie kann ein paar Termine für dich in Locations in Rom machen. Du schaust dir alles in Ruhe an, und ich komme dann nach.«

Tommy will Alice wohl aus fürs Erste aus der Villa haben, dachte Titty. Vielleicht ist das keine schlechte Idee. Sie mussten dringend mit Tommy reden. Und auch ein paar Dinge erledigen, die unbedingt nötig waren.

»Aber wollten wir nicht hier ...?«, hörte sie Alice einwenden und konnte sich voller Mitgefühl vorstellen, wie es der jungen Braut ging. So begeistert, wie sie von der *Villa Fiorita* war, hatte sie sich ihre Hochzeit bestimmt schon in allen Einzelheiten ausgemalt. Armes Ding ...

»Nun, *Villa Fiorita* läuft uns ja nicht weg. Und du solltest auf alle Fälle auch andere Optionen in Betracht ziehen. Damit du wirklich sicher bist, dass wir in deiner Traumlocation heiraten. Es soll ja der Tag unseres Lebens werden.«

»Aber ...«

»Rom ist unvergleichlich schön, du wirst sehen! Da kennt meine Mutter wundervolle Orte zum Feiern, so richtig romantisch. Fahr du erst einmal hin, dann sehen wir weiter. Vielleicht verliebst du dich ja sofort in eine der Villen dort.«

»Oder in einen schicken Römer.«

»Wehe dir!«, sagte Tommy lachend. Dann entfernten sich die beiden.

»Jung verliebt«, seufzte Titty, räumte das Kuchenmesser weg und machte sich auf den Weg in ihr Reich.

43

Müde schleppte sich Judy die Kellertreppe hinunter. Wo war ihre sonst so sprühende Energie geblieben? Irgendwie ging das alles hier über ihre Kräfte. Sie sehnte sich nach dem ruhigen Leben vor all diesen Ereignissen zurück: Sie hatten ihre »Gäste« gefunden, hatten sich um sie gekümmert und schließlich entsorgt – und dann war die Welt wieder ein bisschen besser geworden. Aber so? Vor ein paar Jahren hätte sie das vielleicht eher weggesteckt, aber jetzt spürte sie, wie die Jahre ihr Denken und Handeln verlangsamt hatten.

Leise ruckelte die Tür zu Tittys Reich auf, und wie immer kam ihr der Zigarettenqualm wie eine Welle entgegen. Genervt wedelte sie ihn weg.

Titty war offenbar wieder in ihrem Element. Judy musste grinsen. Wie unterschiedlich so doch waren! Ihre Schwester der Technologie-Freak, sie die Naturliebhaberin. Oft lachten die beiden darüber, dass WWW für Judy im Gegensatz zu Titty *Wood Wide Web* bedeutete. Dieses für den Menschen zum größten Teil noch unbekannte Geflecht, das sich über den gesamten Planeten hinweg auf unfassbare Weise mit Informationen, Nährstoffen und Energie versorgte, hatte Judy vor allem in den letzten Jahren sehr beschäftigt. Ab und zu kroch sie auf den Knien im Pinienwald herum und buddelte nach Myzelien und Wurzeln, um deren rätselhafte Wege zu erkennen. »Hey, haste mal ein bisschen Zucker für mich?« – »Ja, krieg ich dann deinen Phosphor?«, kicherte sie dann albern vor sich hin und stellte sich die »Gespräche« zwischen Pflanzen und anderen Organismen vor. Auch in der Natur gab es Handel, gab es Geben und Nehmen. Sie hatte sich ausgiebig mit Pilzen befasst, die ja weder Pflanze noch Tier waren, um in ihrem Labor neue Rezepturen zu finden. Man konnte die lebensverkürzenden Elixiere schließlich immer noch verbessern.

Jetzt beim Näherkommen sah sie, dass Titty genauso abgespannt zu sein schien wie sie selbst. Ihre von den Bildschirmen schwach erleuchteten Falten waren noch tiefer als sonst. Sie wirkte abwesend.

»Ist was Bestimmtes?«, fragte Judy besorgt. Titty zuckte mit den Schultern. »Habe nur an früher gedacht … Wenn ich Tommy und Alice so sehe … so glücklich und jung verliebt.«

»Ist lange her bei uns.«

»Ja und nein, das weißt du selbst. Wie oft holen einen die Geister von früher ein!«

Sanft streichelte Judy ihr über die Schulter.

Ein Rauchzünglein verlor sich in Tittys Auge, sodass es anfing zu tränen. »Ich dachte, ich hätte das große Los gezogen. Weißt du noch, wie fesch der John damals war?«

»Vielleicht zu fesch …«

»Ja, vermutlich. Alle Weiber waren hinter dem her. Hatte Geld wie Heu, war charmant und konnte jede um den Finger wickeln.«

Nachdem sie die Kippe auf ihre markante Art im Aschenbecher ausgedrückt hatte, verbarg sie ihr Gesicht in den Händen. »Weißt du eigentlich, wie das damals mit meiner Schwangerschaft war?«

»Nur vage …« Judy spürte instinktiv, was jetzt bevorstand. Lange hatte sie darauf gewartet, wenngleich mit einer gewissen Furcht. »Du hast es mir nie richtig erzählt«, sagte sie zögerlich. Ihr Blick ging in die Ferne. War es nicht seltsam, dass man mit den Menschen, die einem am nächsten standen, über die schrecklichsten Erlebnisse nicht reden konnte, während man es in gewissen Situationen mit Außenstehenden durchaus schaffte? Wie lange hatte sie selbst gebraucht, um Titty von Onkel Manfred zu erzählen? »Ich habe nicht nachgefragt, weil ich keine Türen zu nie verheilenden Wunden öffnen wollte.«

Titty ließ die Hände sinken und starrte auf einen unbestimmten Punkt in der Dunkelheit hinter den Bildschirmen.

»Noch am Morgen hatte ich ihn daran erinnert, dass ich die Ultraschalluntersuchung hatte. Er stand unter der Dusche, und ich konnte die tiefen Striemen sehen, die ihm irgendeine seiner Nutten mit ihren Fingernägeln auf den Rücken gekratzt hatte. Er drehte sich nicht einmal um, damit ich sie nicht sehen musste. Alte Drecksau.« Ihr Atem beschleunigte sich bei der Erinnerung daran. »Ich war ja eine dickbäuchige fette Kuh, die ihn abtörnte. Daraus machte er nicht mal einen Hehl. Ich sah nicht mehr wie die perfekt gebaute Titty mit den riesigen Titten und den langen Beinen aus, die er geheiratet hatte. Statt wie andere werdende Väter liebevoll meinen Bauch zu streicheln, wenn das Kleine darin strampelte, wendete er den Blick ab, um mich ja nicht anschauen zu müssen.«

»Aber er hatte sich doch auch ein Kind gewünscht.«

»Ich weiß nicht, manchmal glaube ich, dass es ihm völlig egal war. Er hatte diese innere Kälte, das wurde mir erst im Nachhinein so richtig bewusst. Nach seinem Tod habe ich viel über ihn nachgedacht. Er hatte keine wirkliche Empathie. Er war wie seine Mutter: ichbezogen und gierig nach Leben. Es war alles immer nur Show für die anderen. Die Fassade der angeblich heilen Familie war günstig für seine Geschäfte. Die Tochter aus gutem Hause war ein hervorragendes Aushängeschild.«

Das Feuerzeug klickte und erleuchtete ihr runzeliges Gesicht mit den tränenfeuchten Augen. »Als ich im Wartezimmer der Gynäkologin saß, habe ich ihn bestimmt hundertmal angerufen. Immer nur der Anrufbeantworter. Der kleine Charles in meinem Bauch schien ihn nicht zu interessieren ...«

»Und ich dachte, er war so stolz, dass es ein Junge war!«

Titty schnaubte verächtlich. »Wer so untreu ist wie er, der glaubt nie hundertprozentig, dass das Kind im Leib der Mutter auch wirklich von ihm ist. Gut, ich habe ihm anfangs, als ich hinter seine Seitensprünge kam und mich so unsäglich erniedrigt fühlte, mit ein paar Lovern einiges heimgezahlt, aber in der Zeit, als ich schwanger wurde, hatte ich schon lange keinen anderen Mann mehr gehabt.«

Tief sog sie den seelenheilenden Rauch ein. »Als ich nach der Untersuchung an einer Ampel stand, war plötzlich sein Auto neben mir. Da saß er, der schicke John, und neben ihm die heiße Betty, über die halb London hinweggerutscht war! Die Ampel stand ewig auf Rot, und aus den Augenwinkeln sah ich, wie sie sich in seinen Schoß runterbeugte und er sich vor Lust aufbäumte. *Fucking bitch*!«

Judy legte ihre Hand sanft auf die von Titty.

»Ich machte ihm zu Hause eine Szene. Es war das erste Mal, dass ich wirklich ausgeflippt bin. Ich habe mit allem Möglichen nach ihm geworfen und Worte gebrüllt, die ich in meinem Leben nie zuvor benutzt hatte. Es kam alles raus, was sich über Jahre in mir aufgestaut hatte. Und dann …« Titty bewegte die Lippen, aber es kamen keine Worte heraus, nur unartikulierte Laute. Alles schien erneut vor ihrem inneren Auge abzulaufen.

Judy fühlte sich hilflos, sie wusste nicht, was sie tun sollte. Sie hatte ihre Schwester noch nie so erlebt.

»Irgendwann hat er mich gepackt …«, fuhr sie mit brüchiger Stimme fort, »mich wie ein Irrer angestarrt und …«, ihre Worte waren nur noch ein Flüstern, »dann hat er mich gestoßen. Von ganz oben.«

Judy erinnerte sich an die steilen Stufen mit dem protzigen Läufer und dem hölzernen Geländer.

»Es ging alles so schnell, plötzlich lag ich am Fuß der Treppe, alles tat mir weh … ich wusste gar nicht … ich glaube, ich war auch einen Moment bewusstlos … und dann war da das Blut …«, Titty begann heftig zu zittern. »Dieses Schwein ist einfach weggegangen …« Tränen liefen über ihr Gesicht. »Er hat unser Kind umgebracht, verstehst du?!« Die letzten Worte schrie sie unter Schluchzern heraus. Ihre Schultern bebten.

Judy spürte, wie sich alles in ihrer Brust zusammenkrampfte. Für ein paar Schläge setzte ihr Herz aus. Sie konnte es nicht fassen, dass Titty ihr nie etwas davon gesagt hatte. Zumindest nach ihrer Ankunft hier in der Villa hätte sie sich ihr öffnen können, sie hatten doch so viel geredet damals. Anderseits gab es Schmerz und Verzweiflung, die so groß waren, dass sie jede Faser des Seins durchdrangen und alle Worte erstickten. Judy kannte es, wenn ein Sonnenstrahl geradezu körperlich wehtat und blühende Blumen einen anschrien. Welches Recht hatte die Welt, sich weiterzudrehen, während man selbst im Dunkel versank? Dann war nur Schweigen möglich. Jedes Wort wäre lediglich ein blasser Abklatsch der wahren Empfindungen. Dass Titty einen großen Schmerz in sich trug, der sie auf den Weg der Kämpferin gegen das Böse geführt hatte, hatte Judy geahnt. Aber eben nur geahnt. Judy hatte Tittys Schweigen respektiert. Nun war alles klar. Gewalt durch einen geliebten Menschen zu erfahren, der einem das Teuerste raubte und in die Hölle der ewigen Pein hinabstieß, war das schlimmste Verbrechen, das einem angetan werden konnte.

»Es war alles kaputt da unten … sie haben mir alles rausgeschnitten …« Mit der linken Hand wischte sie etwas Rotz von der Nase. Dann holte sie mit zittrigen Fingern etwas ganz hinten aus der Schublade hervor.

Es war ein verblichenes Foto, das Judy noch nie gesehen hatte, darauf ein winziges Grab mit einem schlichten Kreuz, auf dem nur »Charles« stand.

Titty strich mit ihren Fingern darüber und begann so heftig zu schluchzen, dass ihr ganzer Körper bebte. »Hinterher hat er behauptet, es sei alles meine Schuld gewesen. Weil *ich* ihm die Szene gemacht hätte!« Sie tippte sich an die Brust und starrte mit ihrem verheulten Gesicht ins Leere. »Und ich habe das auch noch geglaubt!«, flüsterte sie. »Verstehst du, wie irre ich selber war? Genauso wie die armen Mädels hier …« Sie machte eine vage Handbewegung zu den Bildschirmen. »Wie sehr manche Menschen andere manipulieren können, habe ich erst nach seinem Tod kapiert …«

Judy suchte nach Worten. Wie ungeheuerlich das alles war, konnte sie erst jetzt ermessen. »Ich habe dich damals allein gelassen …« Auf einmal kam ihr die eigene, ja, wie sollte sie es nennen, gewisse Teilnahmslosigkeit, unentschuldbar vor. Sie erinnerte sich dunkel an die Zeit. Sie hatte mit der gerade gekauften Villa so viel um die Ohren, als Titty sie anrief. Sie erzählte ihr von einer Ohnmacht, einem Sturz auf der Treppe über den Hund, einer mittelschweren Gehirnerschütterung, einem Armbruch und dem Verlust des Kindes in ihrem Bauch. Sie weinte ein bisschen, schien aber sehr gefasst. Was für eine Willenskraft hatte sie dafür aufbringen müssen, dachte Judy. »Warum hast du mir nicht die Wahrheit gesagt? Mir? Deiner Schwester?«

»Du hättest es Mama erzählt, und von ihr hätte es Papa erfahren. Ich glaubte ja damals, selbst schuld zu sein. Und ich habe mich auch geschämt zuzugeben, was John für ein Mistkerl war. Papa mussten wir doch immer die heile Welt vorgaukeln. Der hätte das nie verstanden, wenn ich mich getrennt hätte. Oder scheiden lassen.«

»In seine preußische Welt hätte das in der Tat nicht reingepasst.«

»Und du bist doch auch total auf ihn abgefahren! John hier und John da …«

Judy dachte an den Annäherungsversuch ihres Schwagers, den sie mit einer Ohrfeige abgewehrt hatte. Sie hatte sich weiter keine Gedanken gemacht deswegen. Die Zeiten waren anders gewesen, liberaler. Klar, John war danach in ihrem Ansehen gesunken, aber um Titty und die Eltern nicht zu beunruhigen, hatte sie das Theater mit der Bewunderungskiste für John weitergespielt. Von dessen Affären hatte Titty ihr ab und zu leidenschaftslos oder ironisch berichtet, schien sich aber nicht besonders darüber aufzuregen. Judy kannte einige ihrer Lover, mit denen sie es John heimzahlte. Es waren oberflächliche Abenteuer gewesen. Jetzt, nach Tittys Beichte, ergriff sie ein Schaudern beim Gedanken an das Leben ihrer Schwester an der Seite dieses Monstrums. Wie hatte sie das bloß ausgehalten? Nur, um die Fassade aufrechtzuerhalten? Oder hatte sie ihm wirklich geglaubt? War sie ihm sexuell hörig gewesen? Warum hatte sie das alles mit sich machen lassen? Sie hatte einen guten Job und war finanziell unabhängig gewesen.

Auf einmal stiegen Bilder aus der Kindheit in Judy auf. Der Vater war streng gewesen. Sie hatten mit geradem Rücken am Tisch sitzen müssen, durften nur sprechen, wenn sie gefragt wurden, die Teller mussten stets leer gegessen werden, selbst wenn es Graupensuppe mit wabbeligem Bauchspeck oder ähnlich Brechreißerregendes gab; um sieben war Bettzeit, bis sie zehn Jahre alt waren. Die härteste Maßnahme, die er ansonsten getroffen hatte, war, dass Titty die neu erworbene Platte ihrer heißgeliebten *Rolling Stones* nicht zu Hause abspielen durfte und dafür zu einer Freundin gehen musste. Und natürlich, dass er ihr das Rauchen verboten hatte, als er sie mit vierzehn am Badezimmerfenster erwischt hatte. Judy hatte eigentlich Schmiere stehen sollen, aber ihre Mutter rief sie unglücklicherweise in die Küche. Davon abgesehen hatten sie mehr oder weniger dieselben Freiheiten und Regeln gehabt wie ihre Freunde. Beide waren sie selbstbewusste junge Frauen geworden, die sich sogar eine Existenz im Ausland aufgebaut hatten.

Judy schob diese Gedanken beiseite. Stattdessen sagte sie: »Ich war hier, und du warst so weit weg. Und was eine Schwangerschaft bedeutet, konnte ich nicht verstehen. Das kann man doch nur, wenn man es selbst erlebt hat.«

Etwas ungeschickt versuchte sie, die Tränen von Tittys Gesicht wegzustreichen. »Ich war so dämlich damals. Wirst du mir jemals verzeihen können?«

»Mama hat ja noch nicht mal richtig gewusst, wie wir beide entstanden sind.« Bitter lachend wischte sich Titty die letzten Tränen von den Wangen. Nun musste auch Judy lachen und sagte: »Weißt du noch, als *du* mich aufklären musstest, weil Papa und Mama keine Traute oder so gut wie keine Ahnung hatten?«

Jetzt lachten die Schwestern unter Schluchzern beim Gedanken an sie beide auf der braunen Teddydecke in Judys Kinderzimmer. »Diese Abbildungen mit Gebärmuttern und hängenden Penissen, die du da aus der PH hattest, werde ich nie vergessen!« Schniefend umarmten sich die Schwestern. Sie waren so unterschiedlich und dennoch ein einziges Herz.

Filippo wollte diesen Moment der Innigkeit nicht verpassen und hüpfte Titty auf den Schoß. »Ach, du kleiner Kerl! Du hast diese Probleme nicht!«

»Ich glaube, der muss mal raus«, bemerkte Judy und griff nach der Leine.

Trotz der dramatischen Erzählung hatte dieser Moment der Verbundenheit mit Titty ihr wieder etwas Kraft geschenkt. Wie gut, dass sie beide hier in der *Villa Fiorita* zusammen waren und ihre Aufgabe hatten. Blut war halt doch dicker als Wasser – oder Vin Santo. Was hatte Don Salvatore eigentlich gesagt, wann er ein paar neue Flaschen abholen wollte?

Filippo konnte es kaum erwarten, seine Lieblingszypressen zu begießen, und zerrte heftig an der Leine. Doch als Judy aus der Villa trat, erwartete sie ein ungewöhnlicher Anblick. Beinahe hätte sie laut losgeprustet, aber das durfte sie natürlich nicht. *Contenance, Madame,* ermahnte sie sich und schritt aufrecht und leichtfüßig ins Freie.

Unter den Pinien tanzten der Maresciallo und Paolino gemeinsam eine Tarantella! Einer von ihnen hatte sein Handy angemacht, aus dem laute Musik dudelte. Gaetano hatte sich seinen Schlips um den Kopf gebunden und Paolino klatschte singend in die Hände. »Ahhh, meine Heimat!«, rief der Maresciallo mit glänzenden Augen und schwenkte fröhlich die Beine zu dem flotten Rhythmus. Er hatte seine Uniformjacke ausgezogen und die Hemdsärmel aufgekrempelt. »Der Süden! Apulien! Nirgendwo ist das Leben so schön wie dort!«

»Da hat Titty mal wieder ein steifes Handgelenk gehabt«, murmelte Judy im Vorbeigehen und winkte den beiden Männern übertrieben fröhlich zu. »Juhuuuu! Viel Spaaaaaß!«, rief sie laut, um bei dem Getöse gehört zu werden. Die beiden Herren waren allerdings viel zu sehr auf ihr Tun konzentriert, um sie zu bemerken.

Als Filippo sein Geschäft erledigt hatte, ging Judy in die Küche. Hier war beim Spezialkuchen ihrer Schwester ordentlich zugelangt worden, wie man in jeder Hinsicht erkennen konnte. Hier drinnen – und da draußen.

Mit einem Putztuch wischte sie über den Tisch, als ihr Blick auf ein Schriftstück fiel, das hier nicht hingehörte. War es von Gaetano? Neugierig schaute sie drauf.

»*Magistratura della Repubblica Italiana*?«, murmelte sie und überflog die Zeilen. Als sie die Namen und die Adresse las, flimmerte es ihr plötzlich vor den Augen. Mit pochendem Herzen stürzte sie die Treppe hinunter.

»Titty! Wir müssen dringend etwas unternehmen!«, flüsterte sie aufgeregt und klatschte das Dokument auf den Schreibtisch.

Titty warf einen kurzen Blick darauf, ihr war sofort alles klar. »Denkst du, Tommy hat …?«

»Nein, Tommy würde das nie tun!«

»Dann hat uns dieses Arschloch von Deutschem angezeigt. Wir hätten ihn sofort entsorgen sollen!«

»Da war doch aber Tommy im Wege! Ich konnte ihn doch nicht vor seinen Augen ins Jenseits befördern! Wie hätte das denn ausgesehen?«

»Der Fettsack da oben in der Truhe muss weg!«

»Paolino ist gerade außer Gefecht!« Verzweifelt rang Judy ihre Hände. »Wieso übertreibst du es auch immer so beim Backen?«

»Meine Brille war hier unten …«

»Was machen wir jetzt?«

44

»Nein, *mamma*, das geht zu weit!« Tommys Stimme klang gepresst. »Ich habe bisher ja gute Miene zum bösen Spiel gemacht. Weil ich keine Lust hatte, meiner Mutter Apfelsinen in den Knast zu bringen!« Seine Augen funkelten zornig im Halbdunkel der Küche.

Judy legte sich dramatisch die Hand an die Stirn. »Kriege ich eh immer Migräne von.«

Tommy verdrehte die Augen. Die hatte vielleicht Nerven! Hier noch einen auf Eleonora Duse machen, während die Hütte brennt! »*Mamma*, versteh doch endlich! Ihr seid Verbrecherinnen! Ihr seid Mörderinnen!«, fauchte er.

»Schschsch!!! Nicht so laut!«

Hastig ging Tommy zum Fenster und schaute hinaus. Seine Fäuste waren tief in seine Hosentaschen vergraben, seine Kiefer mahlten vor Wut. Sein ganzes bisheriges Leben schien in sich zusammenzustürzen, alle Gewissheiten waren dahin. Die zärtliche Mutter, die in Wahrheit ein Ungeheuer war und sich jetzt sogar erdreistete, ihn zum Komplizen zu machen! Er sollte sich die Hände zu besudeln mit *ihrer* Tat! Wie skrupellos und abgebrüht musste man sein, den eigenen Sohn in die Welt des Verbrechens zu zerren? Nur um selbst heil davonzukommen? Sein Herz pochte so rasend, dass es unerträglich war.

Judy stand in der Mitte des Zimmers und kommentierte Tommys Ausbruch mit unerhörter Gelassenheit:

»Ach, das siehst du jetzt wirklich zu eng! Wir haben doch schon darüber gesprochen.«

»Hör mal! Das hier ist ein Durchsuchungsbeschluss!! Ich hoffe, du weißt, was das bedeutet!« Grimmig drehte er sich zu ihr um und fuchtelte mit dem Dokument vor ihrem Gesicht herum.

»Ja und?«

»Scheiße! Scheiße! Scheiße! Was ist bloß los mit euch?«

»Bitte, Tommy, tu jetzt, was ich sage … oder … willst du etwa, dass dein Obsthändler bald blühende Geschäfte mit dir macht?«

Tommy war auf hundertachtzig. Fuchsteufelswild funkelte er seine Mutter an. Die schaffte es in dieser Situation sogar noch, Witze zu machen! Das war doch nicht zu fassen! Völlig außer sich stürmte er aus der Küche.

»Maresciallo!«, entfuhr es Judy, als wenige Augenblicke später Gaetano vor ihr stand. *Santo cielo*! Hoffentlich hatte er die Auseinandersetzung mit Tommy nicht mitbekommen!

»*Adorata mia*!«, hörte sie ihn stattdessen säuseln, und gäbe es tatsächlich Steine, die von Herzen fallen, dann hätte das Seismologische Institut in Florenz in diesem Moment ein mittleres Erdbeben verzeichnet.

Der Gute sah wieder normal aus, die Krawatte saß korrekt an ihrem Platz und die Jacke wie immer perfekt.

»Der Kuchen … *mamma mia!* Der hatte es in sich! Puuh! Titty ist wirklich eine begnadete Bäckerin!«

»Na, na, na, jetzt machen Sie mich aber nicht eifersüchtig«, flötete Judy und fuhr neckisch mit den Händen an den Biesen seines Uniformkragens entlang. »Ach, was ist das bloß, dass keine Frau einer Uniform widerstehen kann …?« Schelmisch lachend setzte sie sich die Mütze des Maresciallo auf, hüpfte auf den Küchentisch und umfing ihn mit ihren Schenkeln.

Von oben hörte man Rumoren und Poltern.

Leidenschaftlich umarmte sie den mittlerweile stark erregten Gaetano und küsste ihn auf die Art und Weise, mit der sie schon früher ihre Liebhaber verrückt gemacht hatte. Zart legte sie ihre Hände über seine Ohren und massierte sie behutsam. Hoffentlich bekam er in seiner Ekstase nicht mit, was im Haus vor sich ging.

Mit schweren Schritten kam Tommy die Treppe herunter, er ächzte leise unter dem Gewicht. Hatte sie ihm eigentlich gesagt, wo er Walter hinbringen sollte?

Ach, Gaetano, dachte sie, als er sanft in sie eindrang. Warum habe ich dich eigentlich so lange hingehalten? Ihre Körper bewegten sich in einem gleichmäßigen Rhythmus, wie bei einem Tanz, dann wurde es schneller und heftiger. Judy spürte, wie die Lust sie zum Höhepunkt brachte, und auch Gaetano schien bereit zu sein. Ein leises, aber tiefes Stöhnen gab ihr zu verstehen, dass er gekommen war. Schnell atmend löste er sich von ihr und schaute ihr in die Augen. »Judy …«, flüsterte er und drückte seine Stirn an ihre Brust.

»Gaetano …«, erwiderte sie und seufzte glücklich. Er küsste sie noch einmal gefühlvoll.

Da wurden sie von lauten Geräuschen unterbrochen. Draußen kamen Autos angerast und Türen klappten. Was hatte das zu bedeuten? Mit einem Satz war Judy auf den Beinen und lief zum Küchenfenster.

»Darf ich, meine Liebste?«, fragte Gaetano, der hastig seine Kleidung geordnet hatte und ihr gefolgt war. Lächelnd nahm er ihr die Mütze vom Kopf.

»Oh, natürlich!«, sagte Judy verschmitzt.

Er glättete sein silbernes, weiches Haar und verwandelte sich mit einer schwungvollen Geste wieder in einen Mann der Staatsmacht.

»Ich hatte hier ein Dokument liegen …«, murmelte er. »Hast du es zufällig gesehen?«

»Ein Dokument?« Sie schien die Unschuld in Person zu sein. »Dann lass uns doch mal nachsehen …«

Eifrig schaute sie unter die Küchenmöbel, den großen Holztisch, auf dem sich gerade ihr Akt der Leidenschaft vollzogen hatte, in den Kühlschrank, in die Spülmaschine und in diverse Schränkchen. »Hoppla, rief sie!«, und zog es zwischen ihren Gewürzen hervor. »Wie kommt es denn dahin?«

»Vielleicht Paolino?«

»Mag sein …«

Etwas zögerlich reichte sie ihm das Dokument, während man die schweren Stiefel von Unbekannten im Flur hörte.

»Da hat sicher wieder einer in der *Magistratura* Mist gebaut. Immer das Gleiche in dem Sauladen! Kann ja nur ein Missverständnis sein! Eine Hausdurchsuchung! Ha!« Mit durchgedrücktem Kreuz und in strammer Haltung ging er in den Korridor. Judy vernahm Stimmengewirr und knallende Hacken.

Heiße Wallungen überfluteten sie, ihr wurde schwindelig. Mit letzter Kraft schaffte sie es zum Stuhl, bevor ihr Kopf nach vorne fiel und sie auf die Tischplatte sank.

45

»Judy! Judy! Was ist mit dir?« Titty tätschelte ihr die Wangen und schaute besorgt drein.

Benommen schaute Judy um sich. Was war passiert? Wo war sie? Nur langsam lichtete sich der graue Nebel, aus dem sie auftauchte. Da war ein eigenartiges Summen in ihren Ohren, das kurz darauf verebbte.

»Sie sind tatsächlich gekommen ... schneller als ich dachte«, stammelte sie und richtete sich auf. »Ich muss in den Pinienhain!« Mit beiden Armen stützte sie sich auf dem Tisch ab und stand wackelig auf. Kurz schwankte sie bei dem Schwindel, der sie erfasste.

»Schaffst du das?«

»Denke schon ... Was ist eigentlich mit den Zwiebeln?«

»Hatte die nicht Paolino reingebracht? Wo sind die von der Spurensicherung jetzt?«

»Den Geräuschen nach würde ich sagen, in unseren Zimmern.«

Auf Beinen, die sich wie Watte anfühlten, wankte Judy hinaus. Sie musste sich zusammenreißen. Dann fiel ihr noch etwas ein. »Ist unten alles zu?«

»Ich glaube schon ...«

Es war so verdammt heiß! Und sie so erschöpft. Ich bräuchte ein Bidet, dachte Judy, als sie die Feuchtigkeit zwischen ihren Beinen spürte. Es war schön mit ihm gewesen, sie hatte keinerlei Schmerzen gehabt. Vielleicht hatte ihre Gynäkologin recht gehabt, als sie ihr damals sagte, dass die Schmerzen, die sie bei ihren letzten Partnern gespürt hatte, womöglich psychisch bedingt waren. Es mussten dann wohl Männer gewesen sein, mit denen sie es eigentlich gar nicht hatte treiben wollen. Aber Gaetano … Schluss jetzt!, wies sie sich selbst zurecht und beschleunigte ihren Schritt.

Die Hitze der vergangenen Tage hatte das Gras sogar hier unter den Pinien braun werden lassen. Der Gewitterschauer hatte noch keinerlei Wirkung gezeigt. Tiefe Risse zogen sich durch den Boden. Ab und zu wandte Judy sich um, Gott sei Dank folgte ihr niemand. Als sie bei ihren Pappkameraden war, sammelte sie sie hektisch ein. Die durfte niemand finden! Wie würde sie dastehen? Und wenn Gaetano davon erführe? Von wegen Taubenschießen!

Blitzschnell versteckte sie sie unter Erde, Moos, Laub und Piniennadeln. Das musste fürs Erste reichen. Kräftig schlug sie ihre Kleidung ab, damit keine Schmutzreste an ihr haften blieben. So, das war erledigt. Was jetzt?

Mit neu erwachender Tatkraft stapfte sie auf ihrem Pfad zur Villa zurück, da brach plötzlich etwas seitlich aus dem Gebüsch. Ein Wildschwein? Zum Weglaufen wäre es zu spät. Wie hatte ihr alter Freund Gianni, der mittlerweile bekehrte Jäger, gesagt: »Mach dich so groß wie möglich und schrei, so laut du kannst!«

Sie holte gerade tief Luft, um seinem Rat zu folgen, als sie sah, wer sich dort fluchend aus dem Gestrüpp kämpfte.

»Tommy! Was machst du denn hier?«

»Was machst du denn hier?«, äffte er sie nach. »Für dich und Titty aufräumen!«, brüllte er wütend und klaubte trockene Blätter und dünne Zweige aus den Haaren.

»Sei still! Schrei nicht so laut!«, flüsterte sie beschwichtigend.

»Klar doch! Hier wird ja Verbrechen unter dem Mantel des Guten versteckt! Wusste ich gar nicht mehr! Wie blöd von mir!« Wütend starrte er sie an und streckte ihr drohend den Zeigefinger entgegen. »Wir sind noch nicht fertig miteinander!«

Erschrocken wich Judy vor ihm zurück. Dann löste sie sich aus ihrer kurzen Starre und lief hinter ihm her. »So bleib doch stehen, Herrgott noch mal!« Vergeblich versuchte sie ihn am Arm zu fassen. Zornig stieß er sie weg. So kannte sie ihn gar nicht. Mit offenem Mund schaute sie ihm hinterher. Verzweiflung stieg in ihr auf. Sie wollte seine Liebe auf keinen Fall verlieren.

Mit kraftlos herabhängenden Schultern ging sie zur Villa zurück. Schon von Weitem hörte sie laute Stimmen, die aus den Fenstern drangen. Gaetano gab zackig Anweisungen, andere antworteten ihm. In weiße Schutzanzüge gekleidete Leute trugen offene Kartons zu den Wagen draußen. Judy versuchte zu erkennen, was darin war, konnte es aber nicht sehen.

Im Salon angekommen stellte sie voller Entsetzen fest, dass sich nichts mehr an seinem Platz befand. Es sah aus, als hätte ein Tsunami gewütet. Überall waren Markierungen an die Wände gemalt und Klebestreifen angebracht. Von den weißen Pulverspuren ganz zu schweigen. Sie schienen sehr gründlich zu sein, diese Leute … Allerdings bemerkte sie voller Erleichterung, dass die Vin-Santo-Flaschen vollständig vorhanden und auch nicht verrückt worden waren. Offensichtlich besaßen diese Weißmänner doch noch einen Funken Pietät …

46

Bruno wusste nicht, was ihm mehr wehtat: sein Fuß
oder sein Arm. Sie hatten ihn hier im Krankenhaus
zwar mit allen möglichen Schmerzmitteln und Antibio-
tika vollgestopft, aber so richtig funktionierten die
nicht. Ewig lange hatte er in der Notaufnahme warten
müssen, nachdem die beiden Helden unter tausend
Entschuldigungen in radebrechendem Deutsch mit ihrer Ambulanz weggefahren waren. Als ein paar Grün-
kittel ihm den Arm gerichtet hatten und er wie am
Spieß geschrien hatte, war eine junge Ärztin vom
Oberarzt zusammengeschissen worden, weil die ihm
kein Morphium gegeben hatte. Hinterher hatte sie ihren Frust an ihm abgelassen. Warum er sich nicht be-
klagt und nach Schmerzmittel gefragt hätte. Woher hätte er denn wissen sollen, was die hier mit ihm veranstal-
teten?

Das Zimmer war modern und sauber, aber die anderen drei Männer gingen ihm ganz schön auf den Keks.
Der gleich neben ihm streckte die ganze Zeit seinen
rechten Arm aus, rief »Heil Hitler!« und zwinkerte ihm
verschwörerisch zu. Dann brabbelte er irgendein Zeugs
von Mussolini, das er nicht verstand. Ein Bett weiter
lag ein Greis, der in einem fort lautstark rumkrakelte.
Auch wenn Bruno kein Italienisch konnte, waren ihm
»merda«, »puttana« und »diavolo« schon klar. Wenn
Schwestern oder Ärzte kamen, schlug der Alte auf sie
ein oder bespuckte sie. Arme Schweine. Was die so alles mitmachen mussten … Der Mann ihm gegenüber

pennte so gut wie immer und schnarchte dabei wie ein verschnupftes Walross. Schnarchten Walrosse eigentlich? Egal, heute Nacht würde er bestimmt kein Auge zu tun. Und der Gips am Arm war echt scheiße. Wie sollte er damit denn liegen? Außerdem juckte die Haut darunter wie verrückt.

Würde er die in der Villa auf Schadensersatz verklagen können? Höchstens wegen dem Biss. Vielleicht würde er so seine Reisekosten wieder reinkriegen. Blöd nur, dass er erst kürzlich seine Rechtschutzversicherung gekündigt hatte ... Verdammt! Alles lief im Moment schief! Und nur wegen Walter! Wäre diese Dumpfbacke zu Hause geblieben, läge er jetzt nicht hier und müsste sich Sorgen um ihn und die Werkstatt machen.

Wenigstens hatte er den alten Schachteln die Polizei auf den Hals gehetzt. Das hatte er gleich gemacht, als sie ihn vergipst hatten. Glücklicherweise war da einer am Telefon gewesen, der richtig gut Deutsch sprach. Walters Handy war immer noch tot. Der letzte Ort, an dem er sich aufhielt, musste die Villa gewesen sein. Kein Zweifel. Und wenn er da gewesen war, mussten seine Sachen noch irgendwo sein. Oder zumindest irgendwelche Spuren. Es sei denn, die hatten ihn gleich in ein Verlies im Keller gesperrt. Womöglich folterten die ihn sogar ... Die alte Blonde sah ganz danach aus, als wäre bei der was im Oberstübchen nicht ganz in Ordnung. Und die qualmende Hexe mit den Zottelhaaren war auch nicht ganz koscher.

Er musste hier raus! Was konnten die ihm schon tun, wenn er einfach hier rausspazierte? Nix!

Die ganze Nacht hatte er nicht gut schlafen können –
auch, weil Alice ihm fehlte. Was sie wohl in Rom gerade machte? Sie hatte ihm ein paar WhatsApp geschickt,
aber seit ein einigen Stunden hatte er keine Nachricht
mehr von ihr. Dass er sich einmal so mutterseelenallein
fühlen würde, hätte er sich nie vorstellen können.

Das Wegschleppen von Walter hatte ihm den Rest
gegeben. Wie hatte Judy das von ihm verlangen können? Er ein Totengräber? Er, der sonst in maßge-
schneiderten Anzügen Anlagen verkaufte und nicht
einmal in seiner Kindheit einen Kaugummi geklaut hatte!

Und dann waren diese Wagen angekommen. Mit jeder Menge Polizisten an Bord und Leuten von der *RIS
dei Carabinieri* in ihren weißen Anzügen.

Nein, ihnen zu begegnen, das würde er sich jetzt
nicht antun. Was mit Judy und Titty geschah, war ihm
im Moment völlig egal. Sollten die ihre Missetaten ruhig selbst ausbaden! Er brauchte Rat.

Aber an wen konnte er sich wenden? Vielleicht an
Don Salvatore? Sonst fiel ihm niemand ein.

Es war schon lange her, dass er die schmale Straße
zur Kirche hinuntergegangen war. Es hatte sich so gut
wie nichts verändert, sie war noch genauso hässlich wie
früher. Komisch eigentlich in diesem sonst so hübschen Dorf. Nur der Friedhof war etwas erweitert worden. Einige alte Frauen wechselten das Wasser in den
kleinen Vasen vor den Steinplatten und steckten frische

Blumen hinein. Manche Wandgräber – es waren die billigeren – waren so hoch, dass sie auf einer Art Leiter zu ihren Liebsten hinaufklettern mussten. Ziemlich gefährlich eigentlich, dachte Tommy, es sei denn der Staat wollte die Rentenkasse erleichtern … Zwei Müllmänner leerten die Tonnen mit den vergammelnden Pflanzenresten. Diesen Geruch hatte er schon immer gehasst. Damals, als er Woche für Woche zum Katechismus gegangen war, hatte er sich beim Vorbeigehen jedes Mal die Nase zugehalten.

Die alte *perpetua* öffnete die Tür zur Wohnung des Pfarrers schon nach wenigen Sekunden, fast so, als hätte sie ihn erwartet. Don Salvatore saß an einem mit Papieren übersäten alten Schreibtisch, der schon bessere Zeiten gesehen hatte.

»Nun, *figliolo*, was führt dich zu mir?«, fragte der Priester, ohne von den Papieren aufzusehen.

Tommy räusperte sich. Er war mehr als verlegen. »Ich weiß nicht recht, wo ich anfangen soll …«

»Geht es um deine Hochzeit? Ich habe davon gehört. Hier im Dorf spricht sich so etwas ja schnell herum.«

»Nein, nein, das ist ja noch etwas hin. Das Problem ist …« Tommy wurde immer unsicherer. War es eine gute Idee gewesen hierherzukommen? Vielleicht nicht die beste … Aber allein hatte er sich keinen Rat mehr gewusst. Don Salvatore schien ihm der einzige geeignete Ansprechpartner zu sein.

»Geht es um deine Mutter?« Zum ersten Mal schaute Don Salvatore zu ihm hoch.

»Woher wissen Sie das?«

»Sie ist eine so gute Seele. Und ihre Schwester auch.«

Vor seiner nächsten Frage zögerte Tommy ein wenig, aber er musste sie loswerden. »Kann es sein, dass meine Mutter verrückt ist? Oder schizophren?«

Das schallende Lachen des Gottesmannes erfüllte den ganzen Raum. »Deine Mutter? Niemals!«

»Ist Ihnen also nie etwas an ihr aufgefallen?«

»Was soll mir aufgefallen sein? Höchstens, dass sie mir seit drei Tagen kein frisches Obst und Gemüse gebracht hat …«

»Ich weiß nicht … Seltsame Verhaltensweisen …«

»Absolut nichts, mein Guter«, sagte Don Salvatore und erhob sich. »Judy und Titty sind einfach *sante donne*. Hätte der Herrgott doch nur mehr von ihnen erschaffen!« Bei diesen Worten legte er Tommy väterlich einen Arm um die Schulter.

Tommy wollte schon sagen: »Da sei Gott vor!«, verkniff es sich dann jedoch im letzten Moment und sagte stattdessen: »Verzeihung, *padre*! Ich wollte Ihnen Ihre Zeit nicht stehlen. Ich weiß, wie viel sie mit der Gemeinde zu tun haben.«

»Ich bin immer für dich und deine Familie da, das weißt du. Und wenn du mich für deine Hochzeit brauchst, steht dir meine Tür jederzeit offen. Ich freue mich schon darauf, deine hübsche Braut kennenzulernen.«

Tommy reichte ihm die Hand. »Danke, *padre*. Sie sind immer ein guter Ratgeber und Seelsorger für uns gewesen.«

»Grüß mir deine Frau Mama. Und deine Tante natürlich auch. Geh mit Gott, *figliolo*!«

Erleichtert über den Segen, den ihm Don Salvatore vor dem Hinausgehen gespendet hatte, machte Tommy sich auf den Rückweg. Was sind das für hässliche, struppige Bäume?, fragte er sich, als er die Piazza überquerte. Wo waren die schönen Pinien, die hier früher standen? Welcher Idiot hatte denn diesen Frevel angeordnet?

In der Bar trank er einen Eistee, bevor er zur Villa zurückschlenderte. Don Salvatore hatte ihm kein bisschen weitergeholfen, der war genauso ein Opfer von Judys und Tittys verlogenem Gehabe. Wie geschickt sie darin waren, Menschen an der Nase herumzuführen! Er hätte das bei den beiden nie vermutet. Woher hatten sie das? Und jetzt war er auch noch selbst Teil ihrer Machenschaften geworden. Ein Aufräumer! Wieder stieg diese grenzenlose Wut in ihm hoch. Mit einem Tritt beförderte einen herumliegenden Ast an den Straßenrand. Was würde er Alice sagen können, wenn das alles hier auffliog? Nein, er musste ganz einfach die Klappe halten. Wie Paolino auch. Wie viel bekam der eigentlich von den Geschehnissen um ihn herum mit? Der Ärmste musste Löcher buddeln, um Münzen zu finden, und nebenbei Kadaver entsorgen. Tommy wurde nicht schlau aus ihm. Früher war er doch ein fantastischer Mitarbeiter von *mamma* gewesen … Und jetzt, nach so wenigen Jahren, ein derartiges Wrack? Er machte alles, was ihm aufgetragen wurde, hielt die Villa und den

Garten in Schuss, kochte hervorragend – und dann kapierte er nicht, was hier lief? Nun, er sagte kaum ein Wort. Und seine Augen waren fast immer glasig. Sonderbar ...

Tommys Handy piepste und zeigte eine Textnachricht von Alice an. *Hier drei Villen gesehen. Erzähle dir davon, wenn ich zurückkomme. Habe eine Überraschung für dich! Bis morgen! Love you!!!! XXX*

Morgen schon? Ach, du heilige Scheiße! In dieses Durcheinander hinein! Wie sollte er ihr das alles erklären? Mit einem Justizirrtum? Er beschleunigte seine Schritte und langte völlig durchgeschwitzt bei der Villa an.

Schon von Weitem sah er den humpelnden Deutschen kommen. Sein Arm war eingegipst und sein Gesicht ziemlich verpflastert.

Der hatte ihm gerade noch gefehlt! Unbemerkt schlich er sich zur Hintertür, lief durch die Küche und in den Keller. Er wollte wirklich niemandem begegnen!

Offensichtlich waren die von der Spurensicherung bislang nicht bis hierher vorgedrungen. Was für Idioten! Fassungslos schüttelte er den Kopf. Zum Teufel auch! Mit energischen Schritten ging er auf den verborgenen Raum zu, öffnete ihn mittels des geheimen Mechanismus und trat ein. Er war ebenso verlassen wie das Labor daneben. Klar, *mamma* und Titty waren ja auch oben beschäftigt. Wieder überkam ihn ein unbändiger Zorn. Mit diesem Morden musste ein für alle Mal Schluss sein! In einer Ecke sah er einen großen Knüppel. Der kam ihm gerade recht. Er ergriff ihn mit beiden Händen und schlug auf alles ein, was herumstand. Die Bildschirme zerbarsten klirrend, winzige Splitter stoben in alle Richtungen und verbreiteten sich über Tische und Boden, die Tastaturen der Geräte zerbrachen scheppernd unter seinen Schlägen. Dann kam das Labor dran. Destillierkolben, Erlenmeyerkolben, Petrischalen, Laborgläser, Analysewaagen, Rotationsverdampfer und andere, ihm unbekannte Dinge, flogen durch die Gegend und zersprangen am Boden und an den Wänden. Flüssigkeiten in verschiedenen Farben ergossen sich über die Tische, hinterließen Spritzer an den Wänden und bildeten Flecken auf dem alten zerschlissenen Perserteppich, den *mamma* vor Jahrzehnten in Istanbul erstanden hatte und der eins ihrer Lieblingsstücke war. Ein beißender Geruch stieg ihm in die Nase. Jetzt besser schnell weg von hier! Eilig verschloss er alles und achtete darauf, dass von außen nichts zu sehen war. Vielleicht – hoffentlich – würde die Spurensicherung diese Räume nicht finden, aber zumindest hatte er den beiden »*sante donne*« das Handwerk gelegt!

Ein Jammer nur, dass er Filippo nicht bemerkt hatte, der ihm gefolgt war und den Flüssigkeiten am Boden nicht hatte widerstehen können …

48

Zwei Stufen auf einmal nehmend stürmte er die Treppe in den ersten Stock hinauf. Diffuses Stimmengewirr kam vom hinteren Flur. Außer Atem stand er in der Tür seines ehemaligen Kinderzimmers. Oh Gott, nur das nicht! Da waren bestimmt noch Spuren von der Leiche in der Truhe! Und wo war eigentlich das Handy von dem Typen, *porca miseria?* Der hatte doch bestimmt eins dabeigehabt! Und der Gestank hatte sich auch noch nicht verzogen. Auch wenn der ein bisschen anders war als vorher. Da war ein Hauch von … es war schwer zu definieren. Judys teures Parfum, mit dem sie sich heute entgegen ihrer sonstigen Gewohnheit offensichtlich überschüttet hatte, waberte über allem und ließ ein eigenartiges Potpourri aus abartigen und betörenden Düften entstehen. Seine Mutter stand seltsam teilnahmslos neben Titty, die ihrerseits mit einem eigentümlichen Leidensgesicht auf der Truhe saß. Sie wirkte glatt zehn Jahre älter, als sie war. Was hatte das zu bedeuten? Und warum stützte sich sein Tantchen auf einen altmodischen Gehstock, den er noch nie bei ihr gesehen hatte? Auf einen außenstehenden Betrachter wirkte es so, als könnte diese klapprige alte Dame kein Wässerchen trüben. Vermeintlich desinteressiert schaute sie den Experten zu, wie sie hier und da mit Pinselchen wedelten, Fotos schossen, an Sachen herumkratzten und Proben in Plastiksäckchen sammelten. Gaetano stand in der Badezimmertür und beobachtete ebenfalls das Tun seiner Leute.

»*Signora*? Darf ich?«, fragte einer der Spurensucher und bat Titty höflich darum, ihn an die Truhe zu lassen. Tommy spürte, wie die Beine unter ihm nachgaben. Irgendwo in seinem Kopf schwirrte das nervenzerreißende musikalische Motiv von »Psycho« in seinem Kopf herum. Die schrillen Klänge der auf Geigensaiten schrammenden Bögen bohrten sich in seinen Kopf. Unwillkürlich hielt er sich die Ohren zu, als kämen sie von außen – aber sie waren drinnen! In ihm! Nur mit letzter Anstrengung konnte er es sich verkneifen, hier vor versammelter Mannschaft loszuschreien.

»Ich muss mich vorhin irgendwie verhoben haben«, krächzte Titty und fasste sich stöhnend ans Kreuz. Sie konnte als uralte Greisin durchgehen. Was für eine grandiose Schauspielerin!

»Muss das sein?«, fragte Gaetano den jungen Mann.

»Sie sehen doch, die Dame …«

Da sprang Bruno plötzlich ins Zimmer. Wie hatte er es geschafft, in die Villa zu kommen? Offensichtlich hatten ihn die Leute von der Spurensicherung durchgelassen. Alle Anwesenden schauten ihn fragend an.

»Da! Die Truhe! Schauen Sie da rein! Riechen Sie denn nichts?«, schrie er wie ein Geistesgestörter.

Verwundert schaute Gaetano erst Judy, dann Titty und dann Bruno an.

»Was meinen Sie damit?«

»Glauben Sie diesen beiden alten Schachteln kein Wort! Hier gehen ungute Dinge vor sich!«

»Wie bitte?«, fragte Judy entrüstet. »Wir haben Sie aufs Höflichste behandelt und Sie sogar als Gast in unserer Villa aufgenommen!«

»Und wo ist dann mein Bruder Walter?«

»Was weiß denn ich?« Judy öffnete theatralisch ihre Arme. »Der wird sich sicher irgendwo vergnügen. Das hatten wir doch schon!«

»Und wieso ist dann sein Handy abgeschaltet? Können Sie mir das mal erklären?«

Jetzt wurde es dem Maresciallo zu bunt. »Was erlauben Sie sich eigentlich?« Er schien zutiefst empört über das Verhalten dieses Eindringlings. »Das sind feine ältere Damen!« Sobald ihm aufging, was er da gesagt hatte, überlief ein tiefes Rot sein Gesicht. »*Scusate, signore* …«

Judy signalisierte ihm mit einem verhaltenen Zwinkern, dass sie ihm diesen Fauxpas verzieh.

»So können Sie nicht mit diesen Damen reden, *Signore*!«, fuhr Gaetano daher mit der Zurechtweisung fort und straffte gebieterisch seine Schultern.

Das schien Bruno jedoch nicht zu beeindrucken. Ziemlich ruppig schob er den Maresciallo beiseite und gab dem Mann von der Spurensicherung Zeichen, sich endlich der Truhe zu widmen. Der zuckte bedauernd mit den Schultern. »Tut mir leid, *Signora*, aber ich muss da dran.«

»Nun, wenn es sein muss …« Galant streckte der Maresciallo Titty den Arm hin und half ihr aufzustehen.

»*Oh, mio Dio, che dolore!*«, entfuhr es ihr. Humpelnd ließ sie sich zum Bett führen, wo sie sich vorsichtig hinsetzte.

Langsam hob der Mann von der Spurensicherung den Deckel der Truhe und ließ ihn gleich wieder zufallen. Angewidert hielt er sich einen Arm vor die Nase und probierte es ein zweites Mal. In Sekundenschnelle verbreitete sich ein pestilenzialischer Gestank. Mit ein paar Schritten war Bruno bei der Truhe und öffnete sie. Er erstarrte.

»Wir pflegen dort unsere Zwiebeln aufzubewahren«, erklärte Titty seelenruhig. »Dieses Zimmer ist das abgelegenste von allen und gut von der Küche aus zu erreichen. Verzeihen Sie den strengen Geruch …«

Bruno schaute von Truhe zu Tür und von Tür zu Truhe, als würde er die Welt nicht mehr verstehen!

»Wenn die Herrschaften nichts dagegen haben und hier fertig sind, würde ich darum bitten, jetzt in die Küche gehen zu dürfen. Es ist ja beinahe Abendessenszeit.« Geschmeidig löste Judy sich aus der Stellung, die sie die ganze Zeit innegehabt hatte, um den Ereignissen zu folgen, und funkelte Gaetano belustigt an. »Maresciallo, werden Sie heute Abend wieder unser Gast sein?«

Das ließ Gaetano sich nicht zweimal sagen und forderte den Trupp der Weißmänner mit ausladenden Gesten dazu auf, das Zimmer zu verlassen.

Mit einer geschickten Handbewegung holte Judy drei große Zwiebeln aus der Truhe und ließ den Deckel theatralisch zuknallen.

»Wie wäre es mit venezianischer Leber?«

Ihre Stimme war warm und verheißungsvoll.

49

Ein frischer Wind hatte am Nachmittag die brütende Hitze vertrieben. Das war zwar angenehm, aber ein bisschen hatten Judy und Titty jetzt am Abend auch angefangen zu frösteln. Daher hatten sie Paolino gebeten, die zwei Feuerschalen anzumachen. Nachdenklich legte Tommy ein paar Scheite nach. Der Schein der züngelnden Flammen spielte auf seinem hübschen Gesicht und warf bizarre Schatten darauf. Man sah, dass er innerlich aufgewühlt war.

Nachdem der Tross der Spurensucher und Carabinieri abgerückt war und Gaetano hier zu Abend gegessen hatte, war dies der erste ruhige Moment des Tages.

Judy hatte sich neben ihre Schwester gesetzt. Sie brauchte jetzt deren Nähe. Dankbar spürte sie Tittys Hand in ihrer.

Es war Judy, die als Erste das Wort ergriff: »Tommylein, ich glaube, wir haben dir etwas zu sagen ...«

»Etwas?«, erwiderte Tommy und richtete sich langsam auf. »Ich würde eher meinen, eine ganze Menge!«

»Nun, das meiste weißt du ja schon ...«, begann Titty.

»Und das ist nicht gerade erbaulich!« Tommy starrte in das Feuer, als könnte er dort den Leibhaftigen ausmachen. »Wie seid ihr bloß auf diesen Gedanken gekommen, Herrgott?«

Judy legte Nachdruck in ihre Stimme. »Das haben wir dir doch schon erklärt. Es gibt Leute, die kümmern sich um die Erhaltung der Natur, und andere um die Gesundheit der Menschheit.«

»Und wie passt ihr da rein? So als Massenmörderinnen?«

Judy beugte sich ein wenig vor. »Wir haben im Kleinen die Welt ein bisschen besser gemacht. Weißt du, wie viele Frauen und Männer Anzeige gegen ihre gewalttätigen Partner erstatten?«

»Wenn sie überhaupt den Mut dazu finden«, fiel ihr Titty ins Wort.

»Und dann geschieht nichts«, fuhr Judy fort, »bis die armen Geschöpfe irgendwann erstochen, erdrosselt, erschossen oder sonst wie abgemurkst werden. Oder permanente Schäden an Leib und Seele davontragen. Nur die wenigsten Fälle kommen in die Presse. Und viele schämen sich sogar so sehr, dass sie weder zur Polizei gehen, noch Institutionen, Angehörige oder Freunde um Hilfe bitten.«

»Es gibt so viele Scheißkerle«, sagte Titty gepresst, »denen nix passiert. Im besten Falle kriegen sie ein paar Jahre Gefängnis! Aber dann sind sie wieder draußen.«

»So wie dieser widerliche Immobilienhändler in Mailand.«

»Corrado … Der hat der jungen Frau bei der Wohnungsbesichtigung K.-o.-Tropfen in den Aperitif gegossen und sie dann vor ihrem zweijährigen Kind und dem gefesselten Ehemann aufs Brutalste vergewaltigt.«

»Erst ist er zu vier Jahren verurteilt worden – als ob das eine Strafe wäre!«

»Und ist dann nach zwei Jahren rausgelassen worden, das Schwein.«

»Der Ehemann hat uns zum Glück gefunden …«

»Kannst du dir vorstellen, wie das für das Kind war? Für den Mann?«

»Apropos Kind …« Tommy blickte sie beinahe hasserfüllt an, er kochte vor Wut.

»Ich weiß, was du jetzt wissen willst«, entgegnete Judy. »Noch sind wir ja nicht verblödet. Auch wenn wir gelegentlich so tun …«

»Werde ich auch eines Tages …? Bei diesen Genen?« Er machte mit der flachen Hand vor seiner Kehle die typische Geste der »Sense«.

»Nein, du wirst niemanden töten«, versuchte Judy ihn zu beruhigen.

»Was macht dich da so sicher?«

Nun ergriff Titty das Wort. »Du wirst niemanden ins Jenseits befördern, weil das Blut in deinen Adern nicht dasselbe ist wie unseres und du auch nicht die gleichen biologischen Anlagen wie Bobby hast.«

Tommy riss erstaunt die Augen auf. »Was meinst du damit?«

»Erzählst du es, Titty, oder soll ich?«

»Mach du's.«

»Nun, es ist eine längere Geschichte …« Judy zog den warmen Schal enger um ihre Schultern. »Wir waren vor vielen Jahren in Apulien. Da saßen wir am Strand in der Sonne und genossen unsere Ferien. Es war eine einsame Bucht, die man nur nach einiger Kraxelei erreichen konnte. Und dann hörten wir plötzlich Babygeschrei. Erst dachten wir, dass eine junge Familie in der Nähe war … irgendwo versteckt hinter einem der Felsen. Aber als das Baby immer weiter schrie und sich niemand zu kümmern schien, gingen wir nachschauen.« Judy schluckte und schaute traurig in Richtung Weinberg. Der betörende Gesang der Nachtigallen, der von dort kam, passte so gar nicht zu ihrer Geschichte. Sie holte tief Luft, um fortzufahren. »Da lag eine Frau in den Dünen. Es war eindeutig eine illegale Einwanderin, das erkannte man an der Kleidung. In dem Gewirr aus Stoff erblickten wir ein kleines Baby, vielleicht zwei Monate alt, auf keinen Fall älter. Es schrie sich die Seele aus dem Leib.«

Tommy blickte sie fassungslos an, dann ließ er sich auf die Knie fallen. »Sag jetzt nicht, dass das meine Mutter war.«

In der Erinnerung an die herzzerreißende Szene von damals schossen Tränen in Judys Augen. Ganz leise flüsterte sie: »Sie war tot …«

»Dann bin ich nicht …?«

»Nein, du bist nicht mein leiblicher Sohn. Und dennoch mein Sohn.«

»Und mein Neffe.«

Tommy blickte von einer zur anderen.

»Wir wissen nicht, wer deine Mutter war. Sie hatte keine Papiere bei sich. Sie war nur ein Häufchen Mensch, das keinen mehr interessierte. Zu diesem abgelegenen Strand kamen lediglich ab und zu ein paar Fischer, sonst niemand. Wir haben überlegt, ob wir die Behörden einschalten sollten, aber dann haben wir uns dagegen entschieden. Die hätten dich in ein Heim gesteckt …«

»Oder in eine Familie, die dich vielleicht nicht liebgehabt hätte.«

»Und du warst so süß, obwohl du so geschrien hast. Und außerdem …«

»Und außerdem?«

Judy schaute Titty fragend an. »Soll ich es ihm sagen?«

Titty nickte fast unmerklich.

»Titty hatte ein paar Jahre davor ein Kind verloren und konnte keine weiteren mehr bekommen.«

»Und da kam ich gerade recht?« Wütend sprang er auf und lief wieder zur Feuerschale zurück.

»Sei bitte nicht ungerecht …«

»Aber wie habt ihr das mit den Papieren gemacht, hä? Ich meine …«.

»Anfang der 90er-Jahre war alles noch nicht so fürchterlich digitalisiert. Da konnte man mit langen blonden Haaren und blauen Augen noch was erreichen«, sagte Judy und konnte sich ein Augenzwinkern nicht verkneifen, das in dieser nicht nur von den Feuerschalen aufgeheizten Stimmung etwas unangebracht sein mochte. Aber vielleicht war es besser, die Dramatik etwas zu durchbrechen.

»Erinnerst du dich an den ältlichen Beamten in der Gemeinde?«, fragte Titty. Auch sie hatte verstanden, dass Tommy jetzt von der Palme heruntergeholt werden musste.

»Ach ja, die graue Beamtenmaus! Der war völlig von den Socken! Wie der dich angehimmelt hat!«

»Allerdings hat er auch den schwarzen Haarschopf und die dunkle Haut bemerkt, obwohl ich dich kleines Ding so versteckt wie möglich in den Tüchern hielt.«

»Und er wunderte sich auch über deine Größe.«

»Du hast das auch ein bisschen übertrieben, meine Liebe. Einfach zu behaupten, er sei erst drei Tage alt.«

»Ja, ja, ja, im Nachhinein weiß man immer alles besser! Ich stand halt unter Stress.«

Tommy war ein Stück nähergekommen. »Da bin ich aber jetzt gespannt, wie du dich da wieder rausgeredet hast!«, sagte er höhnisch.

Judy lächelte etwas verschämt, während Titty in schallendes Gelächter ausbrach. »Weißt du, was sie gesagt hat?«

»Ich bin ganz Ohr!«

»In der Familie sind wir alle Wikinger.«

Nun musste auch Judy lachen.

»Und der Beamte meinte trocken, dass dein Baby aber so gar nicht wie ein Wikinger aussähe!«

»Und dann«, unterbrach Tommy zornig ihr Gelächter, »hast du bestimmt behauptet, ich hätte nur ein bisschen zu lange in der Sonne gebrutzelt!«

»Woher weißt du …?«, fragte Judy verblüfft und war auf einen Schlag wieder ernst.

Wütend trat Tommy einen kleinen Stein weg und blickte mit vorgerecktem Kinn in Richtung Weinberg. »Und Bobby? Wie kommt der in die Geschichte?«

»Er war ein Streuner. Lief hier immer rum. Wusste nicht mal seinen Namen und konnte auch sonst kaum reden. War voller blauer Flecke und total verdreckt, das arme Ding. Muss einen Dreckskerl von Vater gehabt haben«, erklärte Titty.

»Dann habt ihr den auch illegal adoptiert?«

»Sollten wir ihn etwa der Jugendbehörde übergeben? Die ihn dann womöglich wieder in seine sogenannte Familie zurückgebracht hätte? Oder in ein Kinderheim?«, erwiderte Judy empört.

»Ihr habt sie wirklich nicht alle!« Langsam ging ihm auf, wie tief die Wurzeln ihres »Gerechtigkeitssinns« reichten und wie ihr Verständnis von »Rechtsordnung« beschaffen war. Fassungslos stand er vor den beiden Frauen, die er einmal abgöttisch geliebt und verehrt hatte. Ein ganzes Gebäude aus Gefühlen und vermeintlichen Gewissheiten stürzte in sich zusammen. Ihm fielen die unbeschwerten Sommertage seiner Kindheit ein, wie Flashbacks tauchten die Bilder vor seinem inneren Auge auf. Er erinnerte sich an die weichen und duftenden Arme von Judy, die ihn gehätschelt und geschmust hatte, wie jede liebevolle Mutter das mit ihrem Kind tat. Und dann kamen Szenen mit Bobby an die Oberfläche, und die Qualen, die er durch ihn erlitten hatte, obwohl er gar nicht sein Bruder war, sondern nur ein Fremder.

»Ihr meint wohl, ihr könnt das Recht einfach in eure Hände nehmen?«, fragte er mit bebender Stimme.

Titty stand auf und stellte sich vor ihn. Sie schaute ihm direkt in die Augen. Ihre Stimme war fest und ernst: »Wir füllen lediglich, nennen wir es ... Lücken. Mehr nicht.«

50

»Das werden wir wohl keiner Versicherung melden können«, bemerkte Titty trocken, als sie den Joint anzündete, einen tiefen Zug nahm und ihn Judy reichte. Das sie umgebende Chaos aus Trümmerteilen der technischen Geräte und der Gestank der verschütteten Flüssigkeiten war entsetzlich. Ihnen war klar, dass ihr Lebenswerk im wahrsten Sinne des Wortes in Scherben lag. Nichts war mehr so wie vorher. An einem einzigen Tag war alles wie ein Kartenhaus eingestürzt.

»Weißt du noch, das Monster aus der Steiermark?«, fragte Judy, während sie den Rauch ausatmete.

»Der, der seine Kinder in seinem Haus wie Gefangene hielt, sie wie Sklaven behandelte und pausenlos missbrauchte?«

»Was für ein Stück Dreck.«

»Und der verfluchte Mistkerl, der seine Kinder tagelang ohne Essen und Trinken in den Keller sperrte, wenn sie nicht parierten?«

Judy nickte. »Was hat der in unserem Keller um Wasser und Brot gebettelt! Bis wir ihm was gegeben haben, gewürzt mit unserer Spezialmixtur!«

Sie klopften sich gegenseitig auf die Schulter und verfielen in einen Lachrausch. Der Joint begann zu wirken. Als sie sich wieder etwas gefangen hatte, bemerkte Judy: »Scheiße, dass mein Labor im Eimer ist. Aber jetzt ist es sowieso egal. *Les jeux sont faits.*«

Grinsend zog Titty eine Ampulle aus der Jackentasche. »Dann sparen wir uns das Treppensteigen. Und pur geht es schneller. Sagst du doch immer.«

»Schmeckt allerdings scheußlich.«

Judy umarmte die geliebte Schwester, mit der sie mehr als ein halbes Leben geteilt hatte. »Ach, du Kluge! Ist eigentlich richtig schade um dich!«

»Na, und was ist mit dir?«

Sorgfältig schraubte Titty die Ampulle auf. Kein Tropfen durfte verloren gehen. Es musste für beide reichen.

Eine Träne lief Judys Wange hinunter. »Ach, die Welt ist schlecht ...«

Sie hielt Ausschau nach einem noch heilen Gefäß zwischen all den zerbrochenen. Hinten in der Ecke lagen zwei Erlenmeyerkolben, die waren noch leidlich intakt. Judy stand auf und holte sie, spülte sie kurz am Waschbecken ab, bevor Titty gewissenhaft jeweils die Hälfte des Trunks in die Gefäße goss.

»Prost, meine Liebe! War schön mit dir!«

»Mit dir auch!«

»Stirb wohl!«

»Du auch! Hab dich lieb!«

»Und ich dich! Wir sehen uns auf der anderen Seite!«

Judy und Titty prosteten sich zu, hielten dann aber inne.

»Was machen wir mit Paolino? Den können wir nicht in der Klapse oder im Knast verfaulen lassen. Stell dir vor, was die mit dem Ärmsten dort anstellen ...

Das sind doch alles welche, die wir nicht haben entsorgen können ...«

Titty lächelte. »Ich habe seinen Grappa heute Morgen präpariert.«

»Auf dich ist doch immer Verlass!« Wieder setzte Judy zum Trinken an. Dann hielt sie wieder inne. »Und Filippo?«

»Um den könnte sich doch Gaetano kümmern.«

»Wie kommst du denn auf die Idee?« kicherte Judy. »Stell dir vor: der Maresciallo und sein Mops!«

»Dann hätte er ein Andenken an dich.«

»Na hör mal! Ich leide doch nicht an Blähungen!«

»Das liebe ich an dir: Selbst in der letzten Minute noch einen kessen Spruch auf den Lippen. *I will miss you, sis!*«

Beide schauten auf ihre halb kaputten Erlenmeyerkolben. Dass sie nicht ganz sauber waren, machte jetzt auch nichts mehr aus.

51

»Er stirbt!!!! *Mio Dio*! Er stirbt!«

Paolinos Stimme gellte durch den Keller und hallte in den hohen Gewölben wider.

Die Schwestern schauten sich fragend an und setzten ihre Gefäße ab. Neugierig gingen sie in den Flur, von wo der Schrei gekommen war.

Paolino hockte auf dem Boden und hielt Filippo in seinen Armen. Sein schmerzverzerrtes Gesicht war von Tränen überströmt.

»Paolino! Was ist los?« Titty eilte herbei und hockte sich neben ihn.

»Ich habe ihn hier leblos gefunden. Vielleicht hat er etwas von dem aufgeschlabbert, was hier so rumfließt …« Als würde er ein Kind wiegen, bewegte er seinen Oberkörper hin und her und schaute verzweifelt auf den leblosen Tierkörper in seinen Armen.

»Mein Gott! Das wäre entsetzlich! Da sind üble Substanzen dabei!«, rief Judy. Sie war plötzlich wieder hellwach.

»So hilf ihm doch, Paolino!«, schrie Titty hysterisch.

Vorsichtig legte Paolino den Hund auf die Erde und begann seinen Leib zu massieren und auf den Brustkorb zu drücken. Ein gewaltiges Grummeln im Bauch des Tieres kündigte den Ausbruch von etwas Entsetzlichem an. Der Gestank dieser Eruption war derart widerlich, dass Judy sich am Regal festhalten musste, Titty erbrach sich nach einigem Würgen direkt neben dem Tier.

Ungeschickt versuchte Paolino es mit Mund-zu-Mund-Beatmung, aber bei Filippos breiter Schnauze war das ein aussichtsloses Unterfangen. Daher schnappte er die Hinterbeine, hielt das Tier hoch in die Luft und schüttelte es. Nichts. Leblos hing der kleine Schatz an seinen Händen.

»Ich schwör's bei Gott! Wenn du wieder lebendig wirst, rühre ich keinen Tropfen Grappa mehr an!«, schrie Paolino. »Bitte! Bitte! Bitte! Komm wieder zu dir!!!«

Da ergoss sich plötzlich ein blauer, scharf riechender Schwall aus dem schlabberigen Maul über den Helfer. Ein leichtes Zucken durchbebte den Hundekörper. Dann war ein feines Jaulen zu vernehmen.

»Komm schon! Komm schon!«, rief Paolino, und sein trauriges verwandelte sich in ein strahlendes Gesicht. »Du lebst!«, schluchzte er und schloss den Hund wieder in seine Arme. Titty und Judy taten es ihm gleich. Es war ein eigenartiges Trio, das da im funzeligen Licht des Kellergewölbes verschlungen beisammenkniete. Lachen und Weinen vermischten sich. »*My boy! I knew you wouldn't ever leave me!*«, murmelte Titty gerührt. Dann löste sie sich sanft aus der gemeinsamen Umarmung, strich Filippo beruhigend über die Stirn und dankte Paolino. Umständlich angelte sie in ihrer Rocktasche nach dem zerknüllten Paket Zigaretten. Zu nervenaufreibend war das alles gewesen!

Sie wollten gerade nach oben an die frische Luft gehen, da kam Tommy herbeigestürmt. Etwas überrascht schaute er auf das bizarre Knäuel aus Menschen und

Tier und das von ihm selbst angerichtete Durcheinander. Dann hob er den Arm vor Mund und Nase.

»Was ist denn hier passiert? Habt ihr euch jetzt auf die Produktion von Stinkbomben verlegt?«

»Lass gut sein«, sagte Judy matt. Im Grunde war sie furchtbar sauer auf ihn. Hätte er hier nicht alles kurz und klein geschlagen, dann wäre das mit Filippo nicht passiert. Aber sie hatte im Augenblick keine Lust mehr auf Zoff.

»Was gibt's?«, fragte sie kühl.

Tommys Miene verwandelte sich vom Ausdruck des Ekels zu strahlender Freude. »Alice ist zurückgekommen. Sie möchte mit dir über die Hochzeit reden, *mamma*.«

Wenigstens nennt er mich noch *mamma*, dachte Judy und folgte ihm zusammen mit den anderen nach oben. Und er will nach wie vor, dass ich seine Hochzeit organisiere. Im Moment hätte sie allerdings lieber den Grand Canyon auf einem Hochseil überquert.

Alice war hübscher denn je. Sie trug ein geblümtes Sommerkleid, dazu leichte Sandalen. Ihr Haar war zu einem raffinierten Dutt geflochten, und die italienische Sonne hatte ihrem Teint eine zarte Goldnote verliehen. Sie sah hinreißend aus. Ein gewisses Leuchten ging von ihr aus, das Judy nach den letzten Ereignissen im Keller als Geschenk Gottes empfand. Die Betrachtung des Schönen war für sie schon immer ein Born gewesen, aus dem sie Kraft schöpfte. Vielleicht war sie aus diesem Grund auch Wedding Planner geworden.

»Wonach riecht es denn hier?«, fragte sie in der Luft schnuppernd.

»Ach nichts …«, sagte Judy. »Nur ein kleines Malheur mit Filippo. Er kommt ja langsam in die Jahre …«

»Ah, senile Inkontinenz. Verstehe.«

»Genau.« Liebevoll schob Judy sie in Richtung Garten. »Kann uns ja alle erwischen.«

Mit den Augen bedeutete sie Paolino, dass er im Keller Klarschiff machen sollte. Etwas angefressen trottete er davon. Haben wir ihm vielleicht nicht genug gedankt?, fragte sich Judy. Sie lief ihm hinterher und flüsterte ihm etwas ins Ohr. Sofort hellte sich seine Miene auf.

»Nun«, begann Alice, als sich alle in die Gartensessel gesetzt hatten. »Ich habe zwei Nachrichten. Die eine ist, dass ich keine Villa in Rom gefunden habe, die mir für unsere Hochzeit gefällt. Die sind alle wunderschön und prunkvoll, aber viel zu protzig. Ich möchte lieber hier ein richtig schönes Familienfest feiern.«

»Sehr gerne«, entgegnete Judy und schaute in die Runde. »Das wird uns allen ein Vergnügen sein.«

»Und zweitens …«, Alice zog ein kleines Schächtelchen aus ihrer Tasche. Judy erkannte mit ihrem Expertenblick, dass es das Logo eines berühmten Geschäftes in Rom trug. Ihr schwante schon etwas …

»Tommy, eigentlich wollte ich mit dir allein darüber sprechen. Aber jetzt …« Mit einem Augenaufschlag, der selbst Bambi vor Neid hätte erblassen lassen, überreichte sie Tommy das Geschenk und hauchte ihm einen Kuss hinters Ohr. Ungeschickt öffnete der die Schleife. Männer haben wirklich immer zwei unegale Hände bei so was, dachte Judy. In ihrer ganzen Zeit als Wedding Planner hatte sie nie einen Mann vernünftig ein Geschenk auspacken sehen. Und wenn man sich an einem Bräutigam rächen wollte, knüpfte man den Trauring mit einer besonders festen Schleife an das Ringkissen.

Titty beugte sich vor, um besser sehen zu können, und ergriff dabei Judys Hand. Offensichtlich hatte auch sie ein Vorgefühl. Ein schneller Seitenblick, und alles war klar.

Wie vom Donner gerührt ließ Tommy die Schachtel in den Schoß fallen und starrte Alice entgeistert an. »Echt jetzt?«

»Ja«, hauchte sie und lächelte verschmitzt.

Titty war die Erste, die sich wieder fing. »Aber das ist ja großartig, meine Liebe! Herzlichen Glückwunsch!«

»Wie wundervoll!«, flötete Judy aufgesetzt fröhlich. »Ich werde Großmutter!« Und im nächsten Moment lief auch schon ein Film vor ihrem inneren Auge ab. Sie sah bereits die Schlagzeilen in Zeitungen und Zeitschriften:

Gift-Oma enttarnt!

Killer-Oma, was nun?

Einen Nachrichtensprecher hörte sie verkünden: »Heute erfolgte die Festnahme zweier älterer Damen in einer toskanischen Villa. Die als Gift-Oma bekannte

Judy Neumann und ihre Schwester und Komplizin Titty Bowles …«

Tommy ging es ähnlich, wenn auch seine inneren Bilder etwas anders gelagert waren. Im Geiste sah er Wednesday Addams, die mit Oma Judy Gift anmischte.

Erst Alice riss die beiden aus ihren Visionen. »Aber Tommy! Freust du dich denn gar nicht?«

Bei ihren Worten rappelte er sich auf, umarmte und küsste sie. »Natürlich, Liebes! Das ist eine wundervolle Nachricht!«

Auch Judy und Titty rissen sich zusammen und drückten das Liebespaar.

Dann ergriff Alice erneut das Wort: »Judy, liebe Schwiegermama – ich hoffe, ich darf dich so nennen –, wir müssten dann wirklich umgehend mit den Vorbereitungen für die Hochzeit beginnen.«

»Aber …«, stotterte Judy verstört. »Wie stellst du dir das vor? So schnell geht das nicht…«

»Ich fürchte, es muss«, sagte Alice und blickte verschämt zu Boden. »Meine Familie ist stockkatholisch … Die haben mehr die Betstühle geküsst als ihre Kinder …«

Eine Erinnerung aus ihrer Kindheit stieg in Judy auf. Was hatte ihre ostfriesische Großmutter immer gesagt? »Watt mutt, datt mutt.« Nun denn, dann blieb er wohl nichts anderes übrig als loszulegen. Tausend Dinge schossen ihr gleichzeitig durch den Kopf, aber sie durfte jetzt nicht die Kontrolle verlieren. Sie würde diese Hochzeit über die Bühne bringen, dann würde sie weitersehen. Hauptsache, Tommy und Alice kamen so

bald wie möglich von hier weg. Dass jetzt alles holter-
diepolter gehen sollte, hatte auch sein Gutes.

52

Paolino trug den immer noch schwachen Filippo auf seinen Armen.

»Wie geht es ihm?«, fragte Judy im Vorbeigehen und kitzelte den kleinen Burschen unter dem Kinn.

»Wir werden sehen«, antwortete Paolino und stieg mit schleppenden Schritten die Treppe hinauf. Vorsichtig legte er den Hund auf sein Bett und kniete mit gefalteten Händen davor nieder. »Lieber Gott«, betete er, »mach, dass Filippo wieder gesund wird. Er trägt doch keine Schuld!«

Reflexartig streckte er seine Hand nach der Grappaflasche auf dem Nachttisch aus. Er schraubte den Deckel ab und sog das von ihm so geliebte Aroma ein. Er wollte schon zum Trinken ansetzen, als ihm sein Gelübde im Keller wieder einfiel. »Für dich, mein lieber Kerl!« Mit einem Satz sprang er auf und schüttete den Grappa ins Klo.

Judy hörte vom Korridor aus, wie Paolino die Spülung betätigte.

Auf dem Weg in ihr Zimmer kam sie an einem der großen antiken Spiegel vorbei, blieb stehen und betrachte sich.

»Ich *Oma*?«, flüsterte sie leise. Sie näherte ihr Gesicht dem Spiegel und zog mit ihren Fingern die Linien ihrer Falten nach. Sie betrachtete die von Männern so charmant »Barcode« genannten senkrechten Linien oberhalb ihrer Lippen, zog die leicht hängende Haut unterhalb der Mundwinkel hoch, straffte mit den Händen ihre Wangen und betrachtete ihre Halspartie, wo die Haut etwas Ähnlichkeit mit der eines Elefantenohres hatte. Resigniert seufzte sie: »Oma …«

Sie war so in ihre Betrachtungen versunken gewesen, dass sie gar nicht gehört hatte, wie Titty die Treppe heraufgekommen war.

»Hast du meine Fags gesehen?«

Etwas genervt zog Judy ihre Augenbrauen hoch und antwortete zerstreut: »Die wird sich wohl Filippo geschnappt haben …«

»Red keinen Stuss! Wo ist der eigentlich?«

Filippo musste ihre Stimmen wohl im Korridor gehört haben, denn er begann zu winseln.

»Filippo! Filippo!«, riefen sie und stürmten in Paolinos Zimmer. Als Erstes sah Titty die leere Grappaflasche auf dem Nachttisch stehen. Entsetzt ging ihr Blick von der Flasche zu Paolino und von Paolino zur Flasche. Hatte er etwa …? Aber nein, dann wäre er nicht so munter. Die Dosis hatte sie gut berechnet.

»Er hat's geschafft! Er hat's geschafft!«, flüsterte die treue Seele leise, während er das Tier zärtlich streichelte. Judy und Titty setzten sich zu ihm und taten dasselbe.

»My stubborn old rogue! Where did you hide my fags? Bloody hell!«

Da war ihr Liebling gerade noch einmal dem Tod von der Schippe gesprungen, und woran dachte sie? Paolino und Judy schauten sich verwundert an und schüttelten den Kopf.

53

Die nächsten Tage verliefen hektisch. Judy hatte ein paar Gärtner auftreiben können, die den Garten ums Haus auf Vordermann bringen sollten. »Aber nur hier!«, hatte sie ihnen eingeschärft. »Auf keinen Fall in meinem Gemüsegarten und auch nicht im Weinberg. Verlieren Sie damit bitte keine Zeit.«

Die Eltern von Alice hatten ein schönes Sümmchen für Blumendekoration und einen guten Catering-Service überwiesen, daher konnte Judy aus dem Vollen schöpfen. Zwar fühlte sie sich etwas eingerostet, und sie musste sich alles immer gleich aufschreiben, damit sie nichts vergaß, aber ein paar ehemalige Lieferanten zeigten sich erkenntlich für die einstige gute Zusammenarbeit und zauberten Unglaubliches. Alice lief wie eine Fee hin und her und stieß dauernd enthusiastische Freudenschreie aus. Die alte Villa begann plötzlich wieder zu strahlen. Überall standen Blumenkübel mit herrlichen Sommerblumen. An der Hauswand hatten die Gärtner üppig blühende Rankengewächse hochgezogen, um die schäbige Fassade zu verdecken.

Judy war mehr als zufrieden. »Ist mal wieder wie Hollywood«, murmelte sie beim Anblick dieser Verwandlung und erinnerte sich an alte Zeiten, wenn sie bei Luxushochzeiten nicht auf den Pfennig hatte schauen müssen. Ab und zu umarmte Alice ihre Schwiegermutter und überschüttete sie mit überschwänglichen Dankesbezeigungen. Das hatte Judy an den Briten immer so gemocht: Sie hatten unglaublich viel Stil, eine hervorragende Erziehung und achteten die Leistung der anderen. Sie dachte an die unzähligen entzückenden Dankesbriefe die sie vor allem von der Insel bekommen hatte.

Sie mochte Alice wirklich. Ihre Intelligenz, ihre Schönheit, ihr fröhliches Wesen und ihre Fähigkeit, sich in diesen verrückten Haushalt in einem ihr fremden Land einzufügen, waren beachtenswert. Es tat Titty und Judy gut, sich einmal nicht mit dem Bösen auseinanderzusetzen, sondern ihr Engagement auf die Sonnenseite des Lebens und der Liebe auszurichten und sich am Glück der jungen Leute zu freuen. Titty rauchte sogar etwas weniger, und Filippo war so gut auf den Beinen wie selten zuvor. Gaetano schaute regelmäßig zur Essenszeit vorbei und ließ seinen männlichen, italienischen Charme spielen. Um ebenfalls seinen Teil zur Hochzeit beizutragen, versprach er, die Musikkapelle der *Marescialli e Brigadieri dei Carabinieri di Firenze* für jenen festlichen Moment aufmarschieren zu lassen, wenn das Brautpaar aus der Kirche kam.

Don Salvatore war angesichts des erlesenen Rahmens (er hatte die Renderings der Kirchendekoration gesehen) und in Erwartung einer sicherlich großzügigen Spende hocherfreut, die Hochzeit in seiner kleinen Kirche zelebrieren zu dürfen.

Lediglich Tommy schien ab und zu etwas abwesend zu sein. Manchmal schaute er Judy und Titty bei ihrem Schaffen zu und wirkte nachdenklich. Sein sonst so überschäumendes Naturell war zu Judys großem Bedauern nahezu unsichtbar geworden. Nie hatte er für sie oder Titty eine Umarmung oder ein nettes Wort übrig. An Paolino ging er vorbei und sprach mit ihm nur das Nötigste. Nur mit Alice war er so liebevoll wie eh und je.

Zwei Tage vor der Hochzeit traf das Kleid ein. Alice tanzte herum wie ein kleines Mädchen, ihr Strahlen kannte keine Grenzen. Natürlich halfen Judy und Titty ihr bei der Anprobe, weil der Vater, die Mutter und die übrige Familie erst am Vortag der Hochzeit eintreffen würden. Was auch gut war, denn es hatte Judy und Titty ziemlich viel Arbeit gekostet, die ganzen Zimmer so herzurichten, dass sie Gäste aufnehmen konnten. Die Spuren der Hausdurchsuchung zu entfernen war kein leichtes Unterfangen gewesen. Ein bisschen schade war es um die Truhe aus Tommys Zimmer, die hatte Paolino diskret zur Müllkippe gefahren. Es war ein altes Stück, das immer recht praktisch als Zwischenlager gewesen war, aber den Gestank nach Zwiebeln und dem vergammelnden Walter hätte man nun wirklich keinem Gast zumuten können.

»Aber warum kann dein Vater dich nicht zum Traualtar führen?«, fragte Judy, während sie die lange Schleppe hinter der künftigen Braut ausbreitete. »Das ist doch Tradition so.«

»Auf gar keinen Fall!«, hatte Alice heftig geantwortet und wie ein trotziges Kind mit dem Fuß aufgestampft. »Niemals!«

Angesichts dieser so nachdrücklich verkündeten Entscheidung blieb nichts anderes übrig, als an einen Ersatz zu denken.

54

Sie waren alle gekommen. Einige aus echter Freundschaft, andere aus Neugier. Die kleine Kirche platzte aus allen Nähten. Der Eingang war mit einem üppigen Bogen aus herrlichen weißen Rosen geschmückt. Darunter standen Schalen mit unterschiedlich großen Kerzen, die in der lauen Sommerbrise flackerten. Die Kirchenbänke waren entlang des Gangs mit langen Gebinden aus weißen Rosen und Efeu geschmückt. Vor dem Altar standen beiderseits des Brautpaares zwei Schalen auf antik wirkenden Säulen, in denen lange weiße Delphinium diesen sonst etwas düsteren Teil der Kirche erhellten. Der Altar war mit unzähligen Kerzen bedeckt, die den nicht besonders schönen, aus grauem Metall geschaffenen Heiland am Kreuz erleuchteten. In den ersten Reihen saßen auf der Seite der Braut die englischen Angehörigen, die gestern mit viel Tamtam angekommen waren und bereits den halben Weinvorrat weggesoffen hatten, der eigentlich für heute vorgesehen war. Eilig hatte Judy beim Catering noch nachbestellen müssen.

Die Brautmutter war in dem altrosa Seidenkostüm sehr elegant und trug den in angelsächsischen Ländern üblichen extravaganten Hut, der bei keiner Hochzeit fehlen durfte. Um den Mund hatte sie etwas Verbittertes, wie Titty gleich nach der Ankunft leise festgestellt hatte. Judy hatte bei genauerem Hinsehen ihren Eindruck bestätigt. Die von Judy bestellte Hochzeitsfriseurin hatte das von einzelnen grauen Strähnen durchzogene Haar der Dame zu einer eleganten Steckfrisur gestylt und der Make-up-Artist hatte sie dezent geschminkt. Auf wundersame Weise hatte er es geschafft, die etwas aufgedunsene Augenpartie zu glätten.

Der Vater hatte sich in einen für die italienischen Sommertemperaturen überhaupt nicht geeigneten Cut gezwängt. Man sah ihm an, dass er litt. Immer wieder zog er ein weißes Taschentuch hervor und wischte sein rötlich schimmerndes, verschwitztes Gesicht ab. Judy hatte ihn von Anfang an nicht besonders sympathisch gefunden. Er schien herrisch und leicht erregbar zu sein, auch wenn er das unter guten Manieren zu verbergen suchte. Die sehr viel jüngere Schwester im Teenageralter schien ein absoluter Gegenentwurf der Natur zu der hübschen Alice zu sein. Sie war klein, entsetzlich mager, hatte lange dünne schwarze Haare und wollte entweder ein Schreck in der Abendstunde sein oder war ein Fehltritt der Mutter. »*Mater certa est, pater numquam*«, hatte Titty bei ihrem Anblick gemurmelt und damit die letzten Reste ihrer einst vorhandenen Lateinkenntnisse hervorgekramt.

Der Anblick von Tommy am Altar rührte Judy zutiefst. Bei den unzähligen Hochzeiten, die sie organisiert hatte, hatte sie keine einzige Träne vergossen, bei ihm jedoch gab es kein Halten. Für sie war er ihr Sohn, ob leiblich oder nicht. Sie hatte ihn als winzigen Säugling an sich gepresst, ihn genährt, ihn geliebt, ihn erzogen, ihm tausend Dinge beigebracht, mit ihm gespielt und ihn beschützt, als wäre er ihrem eigenen Körper entsprungen. Für ihn hätte sie sogar ihr Leben gegeben.

Sie bereute, dass Titty und sie ihn nicht früher aufgeklärt und ihn dem Schock von neulich ausgesetzt hatten. Hätten sie ihm früher gesagt, wie er zu ihnen gekommen war, hätte er sich langsam daran gewöhnen können. Aber sie waren beide zu feige gewesen.

Judy erinnerte sich noch gut an einen Tag, an dem ihr Vater ihr geradeheraus ins Gesicht gesagt hatte, dass Titty seine Lieblingstochter sei. Obwohl sie schon erwachsen war, traf sie diese Bemerkung zutiefst. Sie hatte danach ziemlich daran zu knapsen gehabt. Man wurde nie alt genug, wenn es um die Beziehung zwischen Mutter, Vater und Kind ging. Bestimmte Dinge, selbst wenn man sie erst spät erfuhr, schmerzten heftig und lange.

Und nun stand dieser so geliebte Mensch vorne am Altar und wartete auf seine Braut. Er sah nachdenklich aus, aber Judy hatte diesen Blick bei vielen Bräutigamen bemerkt. Diese Zeit des Wartens war ein Moment der Reflexion. So viele Gedanken gingen einem dort durch den Kopf! Und je länger die Braut ihre Ankunft verzögerte, desto mehr wurden es …

55

Judy hatte ihm gesagt, er solle hier am Altar stehen. Langsam ließ er seinen Blick über die herrlichen Blumen, die flackernden Kerzen und die hässliche Jesusfigur am Kreuz schweifen. Wie sehr hatte er diesen Tag herbeigesehnt. Und jetzt? Er spürte, wie seine Hände zitterten. Dass er von Gefühlen überwältigt sein würde, war ihm schon seit Langem klar, aber jetzt war alles aus den Fugen geraten. Hier ging es nicht nur darum, ob er bereit war, Alice ein Leben lang zu lieben und für sie da zu sein. Allein das hätte ja schon genügt, um nervös zu sein. Doch all die tausend Fragen, die sich wohl jeder Bräutigam vor dem Jawort stellte, kamen ihm auf einmal unwichtig vor.

Er drehte sich um und betrachte Judy, die hinter ihm in der ersten Bankreihe saß. Sie sah in seine Richtung, schien aber in weit entfernte Gedanken vertieft zu sein. Wie schön sie noch war, trotz ihres Alters und des stressigen Lebens, das sie geführt hatte. Die Falten waren da, aber sie wirkte wie ein altes Gemälde, das zeitlos war und für das man in ein Museum gegangen wäre. Ihr Leben hatte sich darin eingeprägt. Die Linien um die Augen verrieten, wie viel sie mit ihm gelacht hatte, und das oft leicht spöttische Funkeln darin schien einer sehr viel jüngeren Frau zu gehören. Lediglich die Mundpartie ließ eine gewisse Bitterkeit erkennen, wenn sie nicht gerade lächelte.

Irgendwann einmal, vor etlichen Jahren, hatte Titty ihm von einem Schmerz erzählt, den sie in sich trug, war aber nicht näher darauf eingegangen. Wochenlang hatte er darüber nachgegrübelt, was das sein konnte. Vielleicht hing es mit der Zeit zusammen, als hier im Dorf ein Kinderschänder herumgestrichen war. Damals war er um die acht Jahre alt gewesen, und Judy hatte ihn nicht einen Moment aus den Augen gelassen. Mitten im Sommer kein Spielplatz, keine Kumpels im Wald zum Cowboyspielen! Es war hart gewesen, und er hatte ziemlich darunter gelitten. Judy wirkte völlig verändert in jenen Wochen, bis sie den Typen schließlich dingfest machten. Eine ständige Unruhe hatte sie umgetrieben. Damals hatte sie sich auch den Waffenschein besorgt und die Jagdflinte gekauft.

Durch Zufall hatte er kurz danach Judy und Titty in der Küche reden hören. Sie dachten wohl, er läge schon im Bett und schliefe. Er hatte nicht alles verstanden, aber irgendwie ging es um einen Onkel Manfred. Judy hatte ihn mit richtig schlimmen Worten betitelt, wie er sie sonst nur von seinen Kumpels im Dorf kannte. Und sie hatte von der Angst geredet, die sie als Kleine vor ihm gehabt hatte, wenn sie in die Ferien zu ihm geschickt worden war, weil die Eltern auf Auslandsreisen nur die ältere Titty bei sich haben wollten. Er hatte Satzfetzen von einem alten Bauernhaus und einem stinkenden Plumpsklo voller Schmeißfliegen im Hinterhof aufgeschnappt, von undurchdringlicher Dunkelheit in dem winzigen Schlafzimmer, das damals, auf dem Land, von keiner Straßenlaterne erhellt wurde und sich nicht abschließen ließ, von dem lauten Ticken der alten Wanduhr und dem schweren Atem, der Nacht für Nacht neben ihrem Bett zu hören gewesen war. Dann hatte er nur noch unterdrücktes Schluchzen gehört. Ziemlich verstört war er danach in sein Bett geflohen und hatte keinen Schlaf finden können. Judy hatte ihm gegenüber nie einen Onkel Manfred erwähnt. Was war damals vorgefallen?

Er erinnerte sich daran, was für eine zärtliche und hingebungsvolle Mutter sie gewesen war. Nie wäre er auf die Idee gekommen, dass sie nicht seine wahre Mutter sein könnte. Was wäre gewesen, wenn sie es ihm früher gesagt hätte? Klar, neulich war ein Schock für ihn, er hätte ausflippen können. An jenem Abend hatten Judy und Titty ihm alle Gewissheiten entrissen und die Sicherheiten genommen, die ihn zu einem zuversichtlichen und glücklichen Menschen hatten werden lassen.

Er stellte sich vor, was es bedeutet hätte, diese Nachricht in jüngeren Jahren zu bekommen. Wahrscheinlich hätte es einen tiefen Bruch in ihm ausgelöst. Er hätte mehr über seine leibliche Mutter erfahren wollen, auch wenn das ja offensichtlich unmöglich war. Wie war es ihr ergangen, als das Boot sank? Welche Verzweiflung hatte sie dazu gebracht, dieses Risiko einzugehen? Sich mit einem winzigen Säugling in die Hände eines elenden Seelenhändlers zu begeben, ein nicht immer freundliches Meer zu überqueren und es womöglich nicht lebend ans rettende Ufer zu schaffen? Welche Ängste musste sie gehabt und welche Panik verspürt haben, als sie in Seenot gerieten? Er stellte sich die Schreie der Ertrinkenden vor, und ein Schauer überlief ihn. Ein Leben ist ein Leben. Und jedes Geschöpf empfand im Angesicht des Todes das gleiche Grauen. Was hatte sie durchgemacht? War sie mit dem Gedanken gestorben, dass er ebenfalls nicht überleben würde? Dass ihr vielleicht einziges Kind mit ihr auf den Meeresboden sinken würde, um in der schwarzen Tiefe sein Grab zu finden? Sicher hatte sie darüber nachgedacht, bevor sie diese gefährliche Reise angetreten war. Und dennoch war die Verzweiflung wohl so groß gewesen, dass sie es gewagt hatte. Der Tod musste besser als das Leben sein, dem sie entfloh.

Er hatte im Internet nach Fluchtbewegungen in seinem Geburtsjahr gesucht. War sie aus Albanien geflohen? Kam sie von noch weiter her? Und wer mochte sein Vater sein? War auch er umgekommen? War er in seiner Heimat verfolgt gewesen? Hatte man ihn zu Tode gefoltert oder war er in einem dreckigen Gefängnis elendig verreckt? War seine Mutter deshalb geflohen? Um ihn, ihr Kind, zu retten? Oder war die Armut so groß gewesen, dass sie diese Überfahrt gewagt hatte, auch wenn womöglich nur der Tod auf sie wartete?

Nachdem Judy und Titty ihn über seine wahre Herkunft aufgeklärt hatten, hatte er sich vor den Spiegel gestellt und seine Gesichtszüge studiert. Waren die dichten, pechschwarzen Haare, die geraden, kräftigen Augenbrauen, die grüngrauen Augen mit den langen Wimpern, die schmale Nase, der ausgeprägte Amorbogen, das leicht vorspringende Kinn, der gerade Haaransatz von ihr? Was war von seinem Vater? Als er klein war, hatte er Judy und Titty oft gefragt, wer er sei, aber sie hatten sich stets in Schweigen gehüllt.

Und dann machte sich ein anderer Gedanke in ihm breit. Was wäre gewesen, wenn Judy und Titty ihn nicht gefunden und mitgenommen hätten? Was wäre aus ihm geworden? Ein zur Adoption freigegebenes Würmchen, dessen Adoptiveltern ihn vielleicht nicht wirklich geliebt hätten? Zumindest nicht so wie Judy und Titty? Ein Heimkind mit Psychoschäden? Oder tot?

Musste er Judy und Titty nicht dankbar sein? War sein wütender Auftritt womöglich völlig daneben gewesen? Wie weh hatte er ihnen damit getan?

Er sah, wie Titty sich zu Judy hinüberneigte und ihr etwas sagte. Vielleicht hatte auch sie Judys Gedankenverlorenheit wahrgenommen. Titty. Seine angebliche Tante, die selbst, als er klein war, nie ohne Zigarette gewesen war. Sogar beim Gutenachtsingen, das manchmal wegen der Kippe im Mundwinkel etwas danebenging oder im Husten erstarb. Sie hätte es jederzeit mit Joe Cocker aufnehmen können. »Soll ich etwa wie eine Kranke leben, um gesund zu sterben?«, lautete ihr Standardspruch, wenn jemand sie wegen des Rauchens kritisierte. Wie liebevoll war auch sie mit ihm gewesen. In manch stillen Stunden in London fehlte ihm ihr charakteristischer Geruch nach Qualm und frischer Lavendelseife. Er hätte ihn überall wiedererkannt.

Und dann blitzten Bilder vor ihm auf: von dem toten Walter in der Truhe, von dem Oberschenkelknochen in Filippos Maul, von Tittys unterirdischer Welt mit den grauenvollen Bildern auf den Bildschirmen, von Judys Labor. Was hatte die beiden Frauen in solche Ungeheuer verwandelt? Und er sah auch Bobby vor seinem geistigen Auge. Ein eiskalter Schauer lief ihm über den Rücken. Wenn der jetzt plötzlich wieder auftauchen würde, wie könnte er ihn Alices Familie vorstellen?

Da fiel sein Blick auf seinen Schwiegervater in spe. Er kannte ihn kaum. Seit er mit Alice zusammen war, hatte er ihre Eltern nur einmal bei seinem Antrittsbesuch getroffen. Der Vater schien ausgesprochen streng zu sein. Die Töchter hatten offenbar eine Art Angst vor ihm. Selbst die sonst so gesprächige Alice war in seiner Gegenwart beinahe verstummt. Die Mutter hatte die glasigen Augen einer Gewohnheitstrinkerin und ein leicht aufgedunsenes Gesicht. Sie war um ihn herumgeflattert wie ein aufgeregtes Huhn, was ihr Mann mit Missbilligung wahrgenommen hatte. Dass die Familie sehr religiös sein musste, sah man an etlichen Bildern und Holzkreuzen, die überall herumhingen. Selbst der für England so typisch enge Flur und der steile Treppenaufgang waren voll davon. Aber was sagte das schon aus? Der Katholik konnte sündigen und dann die Beichte ablegen. Wie viele Leute kannte er, die auf diese Weise durchs Leben gingen. *Die Seele aus dem Fegefeuer springt ...*

Von dem Gestank nach Katzenpisse, der in ihrem Elternhaus aus dem überall verlegten Teppichboden aufstieg, wäre ihm beinahe übel geworden. Hinzu kam seine Aufregung.

Die einsetzende Musik riss ihn plötzlich aus seinen Grübeleien. Alice hatte ziemlich auf sich warten lassen. Grell fiel das Sonnenlicht von außen herein. Da stand sie im Licht. Seine künftige Frau und die Mutter ihres gemeinsamen Kindes. Er spürte, wie ihm die Knie weich wurden.

»Alles okay mit dir?«, fragte ihn Bill, sein eilig aus London angereister Trauzeuge.

Tommy nickte leicht, holte tief Luft und kämpfte gegen die aufsteigenden Tränen an. Seine Kehle schnürte sich ihm zu. Sie war einfach zu schön, seine Alice. Was für ein Glück hatte er, dass sie ihn liebte! Dieser Gedanke überwältigte ihn. Und da hatte er plötzlich das Gefühl, als schaue ihm jemand von hinten in den Rücken. Er drehte sich kurz um, sah den bleigrauen Jesus am Kreuz. Hatte der ihm etwa zugezwinkert? Blödsinn. Tommy, krieg dich wieder ein, ermahnte er sich.

56

Der Tenor begann die wunderschöne Arie *Fratello sole,
sorella luna* von Jean Marie Benjamin und Riz Ortolani
zu singen. Judy hatte sie sich gewünscht, denn dieses
Lied war für sie der Inbegriff einer universellen Liebes-
erklärung. Vor dem Hintergrund der gleißenden Sonne
zeichnete sich die Silhouette der Braut neben Paolino
ab. Langsam schritt sie auf ihn zu. Dem aufgrund der
vielen auf ihn gerichteten Blicke sichtlich verlegene
Brautführer hatte Judy von einem Verleih in Florenz
einen anständigen Anzug mit Hemd und Krawatte besorgt. Leider hatte er darauf bestanden, seinen zerrupften Strohhut auf dem Kopf zu behalten. Kein Geld
und keine guten Worte hatten ihn davon abbringen
können, ihn heute aufzusetzen, und auch einen neuen
hatte er rundweg abgelehnt. Aber man war ja auf dem
Dorf …

Obwohl Judy sich vorgenommen hatte, während der
Zeremonie Haltung zu bewahren, musste sie mehr als
einmal ein Schluchzen unterdrücken und ein paar
Tränchen trocknen, besonders als die beiden sich ihre
Trauversprechen gaben. Titty ging es ganz genauso. Sie
war ja, wenngleich nicht offiziell, genau wie Judy
Tommys Mutter.

Gaetano hatte sich wirklich ins Zeug gelegt. Beim
Auszug aus der Kirche stand die komplette Kapelle der
Marescialli e Brigadieri dei Carabinieri di Firenze vor dem
Eingang Spalier und spielte erst einen lauten Tusch und
dann *All You need is Love* von den Beatles. Begeistert

klatschten die Anwesenden Beifall und empfingen Alice und Tommy mit Reis, Konfetti, guten Wünschen und Umarmungen. Glück konnte so einfach sein, dachte Judy seufzend und drückte ihre Schwester an sich. Die blickte verträumt auf das junge Paar, dann fiel ein Schatten auf ihr Gesicht, und sie schlug die Augen nieder. Judy musste an das Gespräch im Keller denken.

»Gott hat uns dazu geschaffen, glücklich zu sein«, flüsterte sie Tittys ins Ohr.

Die blickte sie ernst an.

»Und warum hat er uns dann auch den Trieb gegeben, alles daranzusetzen, es mit den eigenen Händen zu zerstören?«

57

Tommy stand in einem der oberen Bäder vor dem Spiegel und schaute sich an. Was für ein Tag! Welche Emotionen! Alice war jetzt seine Frau, und sie würden bald ein Kind bekommen. Sein Herz pochte heftig bei dem Gedanken daran. Würde er ein guter Vater sein? Wie ein eisiger Schwall überfiel ihn einen Moment lang die Angst vor der Verantwortung. Ach, es würde schon alles gut gehen. Er hatte einen tollen Job in der City, Alice war eine angesehene Ärztin, sie würden ihr Kind auf Eliteschulen schicken können. Was sollte da schief-gehen?

Er ließ das Wasser etwas laufen, damit es kalt wurde, dann wusch er sich die Hände und benetzte sein Ge-sicht.

Er blickte auf die Uhr. Halb sieben. Gleich würde es mit dem Aperitif weitergehen. Er öffnete die Tür, um Alice zu holen, die sich auf ihrem Zimmer ebenfalls etwas hatte frischmachen wollen, da hörte er plötzlich lautes Geschrei. Es waren Frauenstimmen. Irgendetwas landete scheppernd an einer Wand. Was ging da vor? Sollte etwa nach den letzten friedlichen Tagen wieder Drama in der *Villa Fiorita* angesagt sein?

Leise schlich er zu der Tür, aus der die lauten Stim-men kamen. Sie sprachen Englisch. Es waren Alice und ihre Mutter, die sich da zofften.

»Warum hast du nie etwas getan?« Alice klang eine Furie, so hatte er sie noch nie erlebt.

»Alice, ich …«, stammelte ihre Mutter.

»Diese Drecksau! Abend für Abend! Wo warst du da, hä?« Alices Stimme überschlug sich vor Wut.

»Es war nicht leicht für mich …«

»Es war nicht leicht für *dich*?« Erneut das Klirren eines zerbrechenden Gefäßes, dann wurde die Tür aufgerissen.

»Ich wünschte, ihr wärt beide tot!«, schrie Alice ins Zimmer zurück und rannte völlig aufgelöst die Treppe hinunter. Tommy konnte sich gerade noch in eine Ecke drücken.

Er wartete eine Weile und ging dann zu der halb offenen Tür. Dort sah er Alices Mutter auf dem Bett sitzen und weinen.

Ohne sich bemerkbar zu machen, schlich er ins Bad zurück und setzte sich auf den Badewannenrand. Was hatte Alice damit gemeint, als sie sagte, dass ihre Mutter sie nicht vor der Drecksau bewahrt habe? Meinte sie ihren Vater? Hatte der etwa …? Eine unsägliche Wut stieg in ihm auf. Die Worte waren unmissverständlich gewesen, es konnte nicht anders sein! Alices Vater! Der schlimmste Missbrauch passierte in den heimischen vier Wänden! Er sprang auf und lief hektisch auf und ab. Sein Zorn wurde größer und größer. Er spritzte sich Wasser ins Gesicht, um wieder etwas herunterzukommen, aber das half ihm gar nichts. Mit aufgerissenen Augen starrte er in den Spiegel. Hatte Alice deshalb so selten und nur ungern über ihre Kindheit und Jugend gesprochen? Und wenn überhaupt, dann immer mit diesem Anflug von Traurigkeit. Diese unbändige Rage, die er in sich spürte! War es das, was Judy und

Titty empfanden? War das die Triebfeder für ihr mörderisches Tun? Sein Herz schlug bis zum Hals. Er senkte sein Kinn, um wenigstens seinen Atem unter Kontrolle zu bekommen. In seiner Fantasie lief rasend schnell ein Film ab. Er war nicht schön. Er war beängstigend. In Panik schnappte er nach Luft. Ein weiterer kalter Wasserschwall ins Gesicht. Alice … ihr Vater … Sie hatte beiden Eltern den Tod gewünscht. Da musste ja etwas ungeheuer Schreckliches dahinterstecken … Es konnte nicht anders sein!

Er stürzte die Treppe hinunter. Im Eingang stand der Tisch, den Alices Mutter heute Morgen mit Familienfotos dekoriert hatte. Kurz blieb Tommy davor stehen und starrte angeekelt diese plötzlich so falsch wirkende Idylle an. Er schnappte sich das Foto, auf dem Alices Eltern als Brautpaar abgebildet waren, dann ging er zum Waffenschrank, zu dem er ungehinderten Zugang hatte, weil er den Code kannte, nahm Judys Flinte heraus und stapfte in den Pinienhain.

Dort angekommen riss er das Foto aus dem Rahmen und heftete es an den Stamm einer Pinie, wo von Judys ehemaligem Pappkameradenpanoptikum noch einige   Nägel   herausragten. »Wie praktisch!«, schnaubte er verächtlich. »Auch wenn ich gar nicht dein Blut in meinen Adern habe, *mamma*!« Energisch legte er das Gewehr an.

Bamm! Und wieder Bamm! Er schoss, bis fast nichts mehr von dem Foto übrig war. Einige kleine Fetzen lagen zu Füßen des unschuldigen Baums, der die drei

Salven hatte einstecken müssen. Aber das war er ja gewohnt.

»Was machst du da?«, hörte er Judy aufgeregt hinter sich rufen. In ihren eleganten Sandalen hatte sie einige Probleme, hier auf dem holperigen Pfad zu laufen. »Nun sag schon!«, insistierte sie, als ihr Blick auf die am Boden liegenden Überreste des Fotos fiel. Sie begriff sofort.

»Du meinst doch nicht etwa, dass Alice ... dass ihr Vater ...?« Entsetzt schlug sie die Hände vors Gesicht zusammen. Der Gedanke war ungeheuerlich!

Tommy hatte sich umgedreht und stapfte auf die Villa zu. Sie musste hinter ihm her, sonst würde ein Unglück passieren. Sie wusste genau, was in ihm vorging.

»Woher willst du das wissen?«

Tommy blieb abrupt stehen und schaute ihr direkt in die Augen. »Manchmal hört man mehr, als man will!«

»Wirst du jetzt vom Paulus zum Saulus?«, fragte Judy besorgt.

Tommy schaute sie verdutzt an. »Ging der Spruch nicht andersrum?«

»Dann habe ich dich ja nicht umsonst zum Katechismus geschickt!«

»Ich denke, wir sind hier weder in Damaskus, noch sehe ich irgendwelche Blitze!«, entgegnete er patzig.

Krachend schlug ein Blitz ein paar Meter weiter neben dem *paretaio* ein. Erschrocken zogen beide die Köpfe ein. Am Himmel war keine einzige Wolke zu sehen. Die Sonne lachte aus allen Poren.

58

Nur mit absoluter Mühe schaffte es Tommy durch den Fototermin. Er wusste, dass es Alice viel bedeutete, daher riss er sich zusammen. Judy hatte einen Fotografen engagiert, der zu ihrer Zeit angeblich der Starfotograf für Hochzeiten gewesen war. Mit seinem zerzausten Rasputinbart, dem schlabberigen Hemd und der staubigen Hose, die unter seinem Bauch auf halb acht hing, sah er eher wie der letzte Penner aus. Außerdem schoss er Bilder, für die man jede Menge alberne Dinge tun sollte. Dauernd mussten sie über irgendwelche Wiesen laufen, in die Luft springen und sich an allen möglichen Orten küssen, die der verhinderte Künstler ihnen anwies. Als der Moment der Familienfotos gekommen war, wurde es Tommy zu bunt.

»Auf gar keinen Fall«, sagte er scharf und ließ die verdatterte Alice zurück.

Judy war wie ein aufgeregter Schmetterling umhergeflattert und hatte aufgepasst, dass Tommy keine Dummheiten machte. Titty hatte sich derweil um die Gäste beim Aperitif gekümmert.

Als Judy Tommy in die Villa laufen sah, stellte sie sich ihm in den Weg.

»Tu nichts Unüberlegtes!«, zischte sie ihm mit gepresster Stimme ins Ohr.

»Das sagst ausgerechnet du?«

»Wir hatten immer Abstand zu unseren ›Gästen‹. Und ich weiß nicht … Kauft Alice denn gerne Apfelsinen?«

»Hör auf mit deinen Witzen, *mamma*!« Unwirsch schob er sie beiseite und ging in die Küche.

»Wenigstens hat er *mamma* gesagt«, murmelte Judy, atmete einen Moment durch, um sich zu sammeln, und ging zu den Gästen hinaus.

Auf drei Büfetttischen standen Delikatessen und Getränke. Der Caterer hatte sich unglaubliche Mühe gegeben, und ihr befreundeter Florist hatte ein bezauberndes Setting geschaffen. Sie blickte zu der langen Tafel, auf der unzählige lange Kerzen in goldenen Haltern zwischen einer Unmenge kunstvoll angeordneter blauer Hyazinthen, rosa Rosen, zartweißer Wicken und einigen, angeblich Glück bringenden Sukkulenten standen. Hier und da prangten Grüppchen von winzigen vergoldeten Birnen auf zierlichen Tellern. Das Ganze hätte auch den englischen Royals alle Ehre gemacht. »Der gute Gianni«, seufzte sie und dachte an die Zeiten zurück, als sie gemeinsam Wunderwerke vollbracht hatten. »Er ist und bleibt der Größte.« Morgen würde sie ihm ein paar Zeilen schreiben und eine Kiste mit besonderen Brunello-Weinen schicken. Sie wusste, dass er besonders wertvolle Tropfen sammelte.

Zu schade, dass alles gerade den Bach hinuntergeht, dachte sie etwas bitter. Tommy war völlig von der Rolle, was man auch verstehen konnte. Alice wusste nicht, wie ihr geschah, denn sie hatte ja keine Ahnung, was Tommy mitbekommen hatte. Und die Eltern mussten denken, ihr Schwiegersohn sei ein schlecht erzogener Rüpel. Wenigstens gefiel allen die Organisation, das Essen und die Dekoration. Immerhin …

Der *Maresciallo* dagegen amüsierte sich köstlich. Er genoss das fantastische Fingerfood und die eiskalten Getränke beim Aperitif, er mochte die dezente Musik und hoffte, dass er bald Gelegenheit hatte, mit Judy zusammen zu sein. Dem Tischplan hatte er entnommen, dass er neben ihr saß. Er betrachtete das nicht nur als Ehre, sondern auch als zartes Zeichen ihrer Zuneigung. Sollte sie ihn vielleicht …? Er wagte es kaum zu hoffen.

59

Die mit Ricotta und Zucchiniblüten gefüllten Fagottini waren ein voller Erfolg. Auch die danach servierten Maltagliati mit Wolfsbarschragout und das Rinderfilet auf Medici -Art mit der Brunello-Soße, den gerösteten Kartoffeln und den feinen grünen Bohnen hatten großen Anklang gefunden.

Alices Mutter war mittlerweile sturzbetrunken, schenkte sich jedoch weiterhin großzügig ein. Ihre heute Morgen von fachmännischer Hand aufgetürmten Haare waren leicht verrutscht, und auch das Make-up hätte einer tiefergehenden Restaurierung bedurft. Der Rotwein hatte auf ihren Lippen jenen typischen braunen Rand hinterlassen, der reichlichen Konsum belegte.

»Wissen Sie«, lallte sie, »was beim, hicks, Kindergroßziehen das Wichtigste ist?«

Ihr Tischnachbar Bruno schaute sie entgeistert an. Gestern war er hier völlig überraschend aufgetaucht und hatte sich wortreich und mit einem riesigen Blumenstrauß für sein Verhalten entschuldigt. Judy und Titty wussten ihn ihrer Verlegenheit nicht, was sie tun sollten, und hatten ihn kurzerhand zum Empfang eingeladen. Vielleicht würden sie ihn damit ja endlich besänftigen. Wegen seiner flambierten Eier hatte er freundlicherweise einen Schwimmring auf dem Stuhl zur Verfügung gestellt bekommen hatte – gute Caterer waren mit so etwas immer versorgt, es konnte ja jedes Mal wer weiß was passieren. Aus Angst, dass die alkoholisierte Dame ihn versehentlich am Arm treffen könnte, zog er seinen Gips näher an sich heran. Sein noch immer mit Pflastern übersätes Gesicht wirkte recht skurril im Licht der flackernden Kerzen.

»Wachsamkeit!«, fuhr Alices Mutter fort. »Hicks ... immer schön, hicks, ... Tschuldigung ... aufpassen ... man kann nie wissen ...«

Ihre Tochter Lisbeth betrachtete die Mutter mit einer gewissen Abscheu, die schon im Normalfall typisch für Jugendliche in ihrem Alter war. Wer waren die Erzeuger in ihren Augen schon? Erst kopulieren, und dann hatten sie den Salat: blöde Blagen, die ihnen das Leben zur Hölle machten, ihnen den Schlaf raubten und auf jede nur erdenkliche Art nervten. Lisbeth hatte das mittlerweile zu ihrem Programm erhoben: so viel wie möglich auf den Geist gehen. Das war ihre Rache dafür, dass sie sie ungefragt auf diese Scheißwelt gesetzt hatten. Nach 18 Uhr kapierte ihre Alte eh nix mehr, und Dad ... Heimlich nahm sie das Glas ihres Vaters, das noch gut mit Rotwein gefüllt war, und stellte ihr Wasserglas an dessen Stelle. Mit sechzehn durfte man nicht saufen? Von wegen! Bei Richard hatte sie sich neulich ein paar Bier reingezogen, als sie die Schule geschwänzt hatten. Das war echt geil gewesen. Mom und Dad dachten, sie wäre in der Schule, und dabei lungerte sie auf Richys Bett rum. Sie war froh, dass er nicht angefangen hatte zu fummeln. Sie hätte wahrscheinlich losgeschrien. Ohne das Bukett des teuren Weins wahrzunehmen, schüttete sie den Inhalt des Glases ex und hopp runter. Wie langweilig war das alles eigentlich hier?

Titty hielt Filippo auf ihrem Schoß und hatte auch schon einen im Timpen. »*Good old boy!*«, sagte sie und tätschelte ihn hinter den Ohren. »*Do you want to marry me?* Du würdest mich sicher besser behandeln als mein John …«

Das treue Tier neigte seinen Kopf zur Seite, als habe es nicht richtig gehört, und ließ zur Antwort mal wieder kräftig einen fahren. Aufgesetzt entrüstet fächelte Titty mit ihrer Serviette das geruchsintensive Jawort weg und schaute entschuldigend zu ihrem Tischnachbarn Don Salvatore, der sich verlegen damit entschuldigte, er müsse mal kurz austreten.

Paolino saß einen Stuhl weiter, seltsamerweise ohne Hut und recht ordentlich frisiert, neben der Dorfschönen aus der Bar, die er seit Jahren anhimmelte. In ihrem superkurzen pinkfarbenen Kleid hatte sie einiges Aufsehen erregt. Judy hatte schon Angst gehabt, dass Don Salvatore meckern würde, aber vielleicht hatte er ja aufgrund ihrer großzügigen Mildtätigkeit ein Auge zugedrückt. Ein Kellner beugte sich zu Paolino und bot ihm elegant ein Gläschen Grappa an. Höflich lehnte der ab. In einem ersten Moment hatte der Kellner Paolinos krankheitsbedingtes Kopfnicken wohl als Zustimmung gedeutet, dann aber, als Paolino die Hand über sein Glas legte, die Ablehnung verstanden und war unverrichteter Dinge abgezogen.

»Das darf keiner hier wissen«, flüsterte er der Schönen ins Ohr, die sich höflicherweise zu ihm neigte, obwohl sie sich den ganzen Abend schon darüber geärgert hatte, dass man sie ausgerechnet neben diesem Deppen platziert hatte. Andererseits war sie ja aber auch weder verwandt noch verschwägert mit der Familie. Sie war wohl eher zu Dekorationszwecken und für die Fotos eingeladen worden. »Ich bin steinreich, weißt du?«, fuhr er fort. »Soll ich dir meinen Schatz zeigen?« Hätte man in einer Bildergalerie nach der Darstellung von Fassungslosigkeit gesucht, dann wäre man im Gesicht der jungen Frau fündig geworden. Mit offenem Mund starrte sie ihn an. Derweil dudelte im Hintergrund dezente Musik.

60

Judy und Gaetano hatten sich nach dem Hauptgang die Beine vertreten wollen. Das Mahl war wirklich üppig gewesen. Selbst Gaetano als Süditaliener fühlte sich mehr als satt, und das war allerhand. In Süditalien brachen bei Hochzeiten unter den acht bis zehn Gängen die Tische beinahe zusammen und hätten selbst einen Gargantua erblassen lassen.

Sie waren langsam in der lauen Luft der Sommernacht geschlendert, hatten den Mond betrachtet und waren schließlich zwischen den Rebstöcken angelangt. Glücklicherweise hatte Paolino hier Ordnung geschaffen. Der Mond brachte die großen Weinblätter zum Glänzen. Judy pflückte eine Traube und betrachtete sie. Sie war noch grün und brauchte sicherlich mindestens zwei Monate bis zu ihrer Reife. Die Trockenheit hatte die Pflanzen einen Monat lang in eine Art Dornröschenschlaf versetzt. Wie klug die Natur doch war, dachte sie bei sich. In der Zeit des Mangels weiß sie sich zu bescheiden.

Sie spürte, wie Gaetano sich neben ihr räusperte und sanft ihre Hand ergriff, dann sank er vor ihr auf die Knie. »Judy, *amore mio,* du weißt, dass ich dich anbete, seit du in unser kleines Dorf gekommen bist. Du warst immer der strahlendste Stern hier. Würdest du meine Frau werden wollen?«

Judy wich vor Schreck zurück und entzog ihm ihre Hand.

»Maresciallo, ich …« Sie fand keine Worte. Ihr wurde schwindelig.

»Sag jetzt nichts …«, flüsterte er. »Ich weiß, es kommt so überraschend … Nimm dir ruhig deine Bedenkzeit.«

Eine leichte Panik stieg in ihr auf. Wäre es Tag gewesen, hätte Gaetano gesehen, wie hochrot ihr Kopf auf einmal war. »Maresciallo, das geht nicht! Du weißt nichts von … Ich bin …«

Langsam richtete Gaetano sich wieder auf und nahm sie zärtlich in seine Arme. Wie herrlich sie duftete! Der leichte Schweißfilm auf ihrer Haut hatte sich mit dem dezenten Parfüm vermischt. Es roch wie … Ja!, dachte er, wie frisch gebackenes Brot!

»Schsch …«, flüsterte er leise und legte Judy zart den Zeigefinger auf die Lippen. »Ich habe Jahrzehnte gewartet, da kommt es auf ein bisschen mehr Zeit auch nicht an …«

61

Lucia hatte sich ins Dunkel der Steineichen auf der anderen Seite der Villa zurückgezogen, um ungestört zu sein. Dieses ganze Gequassel und die alten Leute, die über total langweilige Sachen redeten ... Ihre schwarzen langen Haare glitten sanft ihren Rücken bis über die Taille hinunter. Ihre *mamma* hatte Stress gemacht, weil sie ausgerechnet dieses knappe Höschen und das bauchfreie Top hatte anziehen wollen, aber da sie beide durch die Zankerei spät dran waren, hatte Lucia schließlich gewonnen.

Der Bildschirm ihres Handys erleuchtete das hübsche Gesicht. Vor einem Monat war sie zwölf geworden, und ab September würde sie in Florenz aufs Gymnasium gehen.

Sie war so in ihr Spiel vertieft, dass sie den Typen nicht wahrgenommen hatte, der hinter ihr stand. Komisch, der schien beinahe an ihrem Haar zu schnüffeln. Wie *strange* war das denn?

»Immer langweilig, diese Hochzeiten, stimmt's?«, fragte er auf Englisch.

Was wollte der alte Sack hier? Sie drehte sich kurz um, dann konzentrierte sie sich wieder auf ihr *game*. Sie war in einer heißen Phase angekommen.

»Was spielst du da?«

Mann, ging ihr der alte Knacker auf den Geist! Sie wollte einfach nur ihre Ruhe haben.

»*Zombie War.* Kennen Sie wahrscheinlich nicht ...«

»Du meinst, ich bin zu alt?«

Wenn er doch endlich mal die Klappe halten würde! Deshalb zuckte sie nur mit den Schultern und bemerkte nicht, wie der alte Lüstling seine Hand nach ihrem Gesäß ausstreckte.

Ein Geräusch im Gebüsch ließ beide aufschrecken. Vor ihnen stand der Bräutigam mit geballten Fäusten und starrte den nervigen Opa an. Dann verschwand er wortlos wieder.

62

Judy hatte sich nach dem zwar entzückenden, aber auch verstörenden Heiratsantrag unter dem Vorwand, sie habe sich um die Blumendekoration der Hochzeitstorte zu kümmern, in die Küche zurückgezogen. Ihr Herz pochte noch immer.

Da kam Tommy völlig aufgebracht hereingerannt. Hektisch schaute er sich um und erblickte das lange Messer, das der Caterer für den Anschnitt der Torte mitgebracht hatte.

»Dann ist es wirklich wahr …?«, fragte sie ihn.

»Wenn du's nicht glaubst, kannst du ja mal unter den Steineichen nachschauen!«, knurrte er und wollte hinauslaufen. Dann blieb er kurz stehen und griff nach dem Messer.

Judy stellte sich ihm in den Weg. »Nein! In meinem Haus wird keine Sauerei gemacht! Verstanden?«

Kaum hatte sie die Worte ausgesprochen, ertönte draußen ein markerschütternder Schrei.

»Lucia!!«

Judy und Tommy schauten sich fragend an.

»Lucia! Lucia!! *Mio Dio!!! Dove sei?*«

»Das ist Lucias Mutter«, sagte Judy und zerrte Tommy hinter sich her.

»Wer ist Lucia?«

»Die Tochter von Violetta, die sich um Don Salvatore kümmert. Lucia ist die kleine Smombie-Puppe.«

Draußen war das absolute Chaos ausgebrochen, alle waren von ihren Stühlen aufgesprungen. Die Engländer kapierten erst gar nichts und dachten an einen seltsamen italienischen Hochzeitsbrauch, doch dann wurde ihnen beim Anblick der hysterischen Mutter, die sich vor Gram das Gesicht zerkratzte und weinend die Haare raufte, langsam klar, dass es sich um etwas Ernstes handeln musste.

Gaetano übernahm als Erster die Initiative und scheuchte alle in den Pinienhain. Dort ließ er die Hochzeitsgäste die Taschenlampenfunktion ihrer Handys einschalten. Er war energisch und effizient.

Laut »Lucia! Lucia!« rufend, bewegten sie sich durch das Unterholz. Hier und da fluchte jemand, der sich in einem Gestrüpp verfangen oder an einem Ast die Haut aufgerissen hatte. Man spürte, wie besorgt und angespannt die Gruppe war.

Filippo hetzte kläffend mal hierhin, mal dorthin. Lucias Mutter zeterte und klagte, dass es zum Gotterbarmen war.

Die Lichter der Handys zwischen den Bäumen sahen gespenstisch aus. Alles wirkte wie ein surreales Gemälde. Vor allem die Braut mit ihrem weißen, wehenden Kleid und den mittlerweile aufgelösten langen Haaren verlieh dem Ganzen etwas Makabres.

Judy hatte sich einen leichten Schal umgelegt, da die Nacht kühler geworden war. Tommy hatte sie untergehakt, um ihr in der Dunkelheit, wo sie sicherlich Probleme wegen ihrer Augen hatte, behilflich zu sein. Titty trug ihre Brille und kam aus eigenen Kräften voran.

Plötzlich sprang Filippo auf etwas zu und jaulte wie wild. Tommy rannte zu ihm und zog Judy hinter sich her, die ein paarmal ins Straucheln kam, sich aber nicht beklagte.

»Was ist das?«, fragte Tommys Trauzeuge Bill verblüfft, der dem kleinen Trupp um seinen Freund gefolgt war.

Schnell ließ Judy ihren Schal auf das grässliche, starre Objekt mit den verwesenden fünf Fingern fallen, bevor Gaetano zu ihnen aufschließen konnte.

»Ist das etwa Walter?«, flüsterte sie Tommy auf Italienisch ins Ohr.

Tommy wurde leichenblass, das konnte man sogar im Mondschein erkennen. Kleinlaut sagte er: »Es musste doch so schnell gehen …«

»*Cretino*!«, zischte sie leise. Dieses Wort hatte sie Tommy gegenüber nie benutzt, aber jetzt schien es ihr das einzig passende zu sein.

Gaetano war nur noch wenige Schritte entfernt.

»Tommy, ich bin völlig aus der Puste! Lass mich einen Moment hinsetzen«, jammerte sie lauter als nötig und war plötzlich wieder Herrin der Situation. Etwas umständlich und theatralisch ließ sie sich auf dem Häufchen aus Walters Hand und ihrem kostbaren Designerschal nieder.

»Judy, alles in Ordnung mit dir?«, fragte Gaetano höchst besorgt und beugte sich zu ihr hinunter, als er sie endlich erreicht hatte.

»Ja, ja, alles gut! Lauf nur weiter und such mit den anderen. Titty kann bei mir bleiben.«

»Sicher?«

»Absolut sicher. Lucia zu finden ist jetzt wichtiger.«

Unentschlossen schaute der Maresciallo mal auf Judy, mal auf die tanzenden Lichter zwischen den Bäumen.

»Ich sollte wohl besser meine Einsatzkräfte alarmieren. Die kommen dann in mit einer Suchmannschaft und Hundestaffeln.«

»Hundestaffeln? Die hier überall rumschnüffeln?«

»Das scheint mir das Beste. Die ersten Stunden sind die wichtigsten.«

Mit einem leichten Zittern in der Stimme erwiderte sie: »Aber *caro mio*, das scheint mir jetzt doch übertrieben …«

»*Carissima* Judy, deine, *scusi*, Ihre Stimme zittert ja. Ist Ihnen kalt?«

Schnell zog er seine schicke Paradeuniformjacke aus und legte sie liebevoll um die Schultern seiner Angebeteten.

»Danke, das ist lieb von Ihnen. Aber jetzt sucht ihr besser weiter. Hier geht's ja nicht um mich …«

Da zerschnitt ein gellender Schrei die Nacht.

»*Mi ammazzo se le è successo qualcosa!*«, kreischte Lucias Mutter. »*Dio mio!*«

Gaetano blickte kurz zu Judy. »Alles gut?« Als sie nickte, lief er los.

Nach einigen Sekunden sprang auch Judy auf und eilte dann auf Tittys Arm gestützt dorthin, wo sich die meisten Lichter versammelt hatten. Die Lucia-Rufe waren auf einmal verstummt. Eine gespenstische Stille machte sich breit.

In der Mitte der Gruppe hockte Filippo mit einem blutigen Stofffetzen zwischen den Zähnen. Vorsichtig zog ihn der Maresciallo dem Hund aus dem Maul.

»Gehört der Lucia?«

Nachdem Lucias Mutter kurz in eine Art Starre verfallen war, löste sich plötzlich ein Klagelaut aus ihrer Brust. »*Sì, sì, è di Lucia!! Oh, Mamma Santissima! Fa che non è successo niente di male! La mia piccola!*« Verzweifelt drückte sie das Stück Stoff an sich.

Die Umstehenden verfolgten betroffen die herzzerreißende Szene. Auch Titty und Judy kämpften mit den Tränen. Wie entsetzlich wäre es, wenn diesem jungen Leben hier etwas zugestoßen wäre. Sie alle kannten Lucia von klein auf.

»Sie muss hier irgendwo sein!«, rief Gaetano, der als Einziger einen klaren Kopf behalten hatte.

»Ja, los, suchen wir weiter!«, riefen ein paar andere und liefen in die Nacht.

Und dann durchschnitt noch ein Ruf die Dunkelheit. Es war kein Nachtvogel.

»Sie lebt!«, rief der Maresciallo und dirigierte alle in die Richtung, aus der die Stimme gekommen war.

Äste knackten, Gras raschelte, kostbare Stoffe zerrissen, Füße wurden in unbequemen Schuhen malträtiert.

Außer Atem kam der Trupp bei zwei Menschen an, die im Schein zweier Handys standen.

»*Aiuto!!*« Lucia hatte sich zu Tode erschrocken, als plötzlich dieser komische Kauz vor ihr stand.

»Beruhige dich! Alles gut!« Beschwichtigend hielt Paolino die Arme vor sich ausgestreckt.

»Wer ... Wer sind Sie?«

»Erkennst du mich nicht?«, stotterte er vor Aufregung. »Ich bin Paolino.«

Sie hob ihren Blick nur kurz vom Display, dann murmelte sie: »Ach, der Bekloppte von der Villa.«

»Bekloppte?«, fragte Paolino verblüfft und schaute sich nach allen Seiten um. »Welcher Bekloppte? Hier ist kein Bekloppter ...«

Sie verdrehte genervt die Augen, dann konzentrierte sie sich wieder auf ihr Spiel.

In der Zwischenzeit waren alle anderen angekommen. Lucias Mutter stürzte auf ihre Tochter zu, umarmte sie und überhäufte sie mit Küssen. Immer wieder strich sie dem unbeteiligt wirkenden Mädchen über den Kopf: *»Che Dio sia lodato! Grazie, Signore che tu mi abbia restituito la mia piccola!«*

»Was soll der ganze Aufstand hier?«, fragte das Mädchen erstaunt.

»Du blutest, Kind«, stellte der Maresciallo fest, nachdem er das Mädchen begutachtet hatte.

Gelangweilt schaute Lucia an ihrem Arm herunter. »Ach das ... Das ist nur ein Kratzer. So'n blöder Ast. Ist doch so dunkel hier.«

»Aber wieso bist du hier? Wie konntest du einfach abhauen?«, schrie ihre Mutter. »Ich bin fast gestorben vor Angst!«

»Ich habe die ganze Zeit gespielt«, antwortete sie achselzuckend. »Und dann war da auf einmal dieses komische Schnaufen hinter mir. Ich dachte, da wär ein Wildschwein, und da bin ich halt weggegangen …«

63

Langsam waren alle wieder zur Villa zurückgekehrt. Die Mutter machte Lucia sanfte Vorwürfe, dass sie durch ihr Verschwinden dieses ganze Bohei in Gang gesetzt hatte und damit beinahe die Hochzeit ruiniert hätte. Die anderen redeten durcheinander und malten sich in ihrer Fantasie aus, was alles hätte passieren können.

Es war jetzt noch kühler geworden, und Judy war froh, dass Paolino heute Nachmittag die Feuerschalen vorbereitet hatte. Rundherum hatte der Caterer bunte Decken und große Kissen ausgelegt. Es sah hübsch aus. Etwas erschöpft, aber auch erleichtert setzte Judy sich mit Gaetano darauf. Sie mummelte sich in seine Uniformjacke ein. Es war schön, diese Wärme und diesen Schutz zu fühlen.

Lächelnd setzte er ihr die Uniformmütze auf. »Das erinnert mich an was«, raunte er.

Sie schmiegte sich an ihn. Das Feuer prasselte in der Schale, ein paar Funken sprühten, am Himmel stand der Mond so schräg, als läge er in einer Wiege. Es war geradezu kitschig.

Judy griff nach der Flasche, die sie aus ihrem eigenen Weinkeller geholt hatte und die sie nur mit ihm hatte trinken wollen. Es war ein Giobi 2015, ein ganz unglaublicher Brunello.

»Den hat ein guter Freund von mir gekeltert.«

»Muss ich eifersüchtig sein?«

»Nein. Der kredenzt mittlerweile dem da oben die herrlichsten Tropfen. Gott hab ihn selig.«

Sie schenkte ihnen beiden ein und prostete zum Himmel hinauf »Auf dich, Gioberto!«

Die feinen Tannine, der Hauch von Schokolade und Himbeere, die Ledernote, das leicht Rauchige – sie alle vereinigten sich in diesem edlen Tropfen zu einem unvergleichlichen Genuss.

»Darf ich dich etwas fragen?«, begann sie leise.

»Du kannst mir alles sagen, was du möchtest, *amore mio*.«

»Würdest du mich auch heiraten, wenn ich etwas ganz Schlimmes getan hätte?« Sie wagte nicht, ihn in diesem Moment anzuschauen.

»Was soll das schon sein?«, entgegnete er sanft. »Dass du versehentlich eine Taube getroffen hast beim Schießen?« Liebevoll legte er den Arm um sie.

»Nein, nein«, beharrte sie. »Ich meine so was ganz, ganz Schlimmes …« Erst jetzt hatte sie den Mut, ihm in die Augen zu schauen. Sie wollte sehen, ob er die Wahrheit sagte oder ihr nur schmeicheln wollte.

»Ganz Schlimmes?«, fragte er nach.

»Ja, so richtig ganz, ganz schlimm. Würdest du dann trotzdem bei mir bleiben?«

Er drückte sie lächelnd an sich. »Ach, Liebes, ich bin auch schon mal bei Rot über die Ampel gefahren …«

Dann küsste er sie so leidenschaftlich wie noch nie.

Im anderen Teil des Gartens hatten der Vater von Alice und Bruno es sich in Gesellschaft einer Whiskyflasche unter einem Baum bequem gemacht. Sie waren beide schon leicht hinüber. Wie allen saß der Schock ihnen noch ein wenig in den Knochen. Der gute Branntwein half Gott sei Dank darüber hinweg.

»*I'm a real asshole, you know?*«, lallte Alices Vater und musterte Bruno dabei von der Seite.

Bruno verstand überhaupt nichts. In der Englischstunde hatte er auf der letzten Bank immer Karten gespielt. »*Asshole*, ja«, sagte er aber trotzdem.

»*Do you know, what an asshole is?*«, insistierte der Brautvater und wackelte dabei beinahe so mit dem Kopf wie Paolino.

»Ähm, *no ... sorry.*«

»*That's me.*« Stolz zeigte er mit dem Finger auf sich. »*The perfect, absolute, best masterpiece of an asshole. The best one ever! ... Yeah!*« Es folgte ein Rülpser. Dann schaute er Bruno an, blickte wieder weg, schaute ihn erneut an. »*Are you an asshole, too?*«

Bruno wusste sich nicht anders zu helfen, schnappte sich die Flasche, nahm einen kräftigen Schluck und sagte: »*Yeah!*«

Da fiel der Blick von Alices Vater auf Brunos Schritt in dem mittlerweile etwas ramponierten Schwimmring. »*By the way ... What happened to your crown juwels ...?*«

64

Endlich hatten Tommy und Alice einen Moment für sich. Sie stand vor dem Spiegel und versuchte ihre während der Suchaktion derangierte Frisur wieder herzurichten. Auch zog sie die Lippen mit einem zarten Hauch von Rosa nach. Ein paar Tropfen Parfum hier und ein paar Tropfen Parfum dort. Fertig.

Tommy schlang seine Arme um sie. Er war so selig, dass sie nun seine Frau war, aber jetzt kamen auch die Bilder wieder, die er vorhin vor seinem inneren Auge gesehen hatte. Szenen mit ihrem Vater. Er musste mit ihr darüber reden. Wenn er es jetzt nicht tat, wäre es für alle Zeiten zu spät.

»Alice … ich habe da vorhin ein Gespräch zwischen dir und deiner Mutter mitgekriegt … ihr habt ziemlich gestritten …«

»Du hast das alles gehört?«, fragte sie entgeistert und drehte sich zu ihm um.

»Na ja, nicht so richtig … nur ein paar Worte …«, gab Tommy zu.

»Meine Eltern waren ein echtes Totalversagen, was Kindererziehung anging. Meine Mutter war jeden Abend schon ab sechs stockbesoffen, und mein Vater hat mich dann in mein Zimmer eingeschlossen, damit ich das nicht mitkriege. Ich durfte nie fernsehen oder mich mit meinen Freundinnen treffen. Das war die absolute Hölle …«

Darum war es gegangen? Tommy suchte nach den richtigen Worten, dann stammelte er: »Dann hat er …?«

»Mit sechzehn abends nicht rausdürfen ... Kannst du dir das vorstellen? Alle in der Schule haben mich verarscht und gemobbt. Die kleine, behütete Prinzessin und so. Keiner hat mich ernst genommen. Ich war die Witzfigur der Schule. Sie haben sogar Graffitis von mir mit blöden Sprüchen an die Wände gesprüht. Und an den Klotüren ... die Zeichnungen ... Das kannst du dir gar nicht vorstellen, wie schrecklich das war. Als sie meine Handynummer herausbekommen hatten, kamen dauernd obszöne Messages und Fotos auf WhatsApp. Ich kannte die Pimmel von so gut wie allen Jungs aus der Klasse. Manchmal wollte ich morgens gar nicht zur Schule. Das Schlimmste war dann, als eine Klassenkameradin mich heimlich nach dem Sport in der Umkleide fotografiert und das Foto gepostet hat.«

Tommy traute seinen Ohren nicht. »Mein Gott ... du armer Schatz! Das ist ja schrecklich!« Zärtlich schloss er sie in seine Arme. Er spürte, wie seine Knie weich wurden. »Dann hat dich dein Vater nicht ...? Ich dachte ...«

»Was dachtest du?«

»Ich hätte beinahe ...«, stotterte er. Ein heftiges Grauen stieg in ihm auf. Beinahe wäre auch er auf die dunkle Seite geraten wie seine Mutter und Tante. Beinahe hätte er etwas Unverzeihliches getan! Er löste sich von Alice und schaute auf seine Hände, drehte sie hin und her. Sie zitterten leicht. Fast wären sie zu Mordwerkzeugen geworden!

»Was, Schatz ...? Was meinst du?«

Er musste sich fangen, musste wieder zu sich kommen! Tief durchatmen, Junge, sagte er sich. »Ach, nichts ...«, murmelte er und setzte ein hilfloses Lächeln auf. »Schon vergessen.«

»Bitte, sag's mir!«, bohrte Alice nach. »Wir sind jetzt Mann und Frau und dürfen keine Geheimnisse mehr voreinander haben.«

Frauen, dachte Tommy.

»Ich, äh, hätte fast ... äh ...«

Schluss jetzt, ermahnte er sich, zog sie näher zu sich heran und küsste sie leidenschaftlich.

Er spürte ihre schlanken Hände auf seinem Rücken. Es war herrlich, und er nahm wahr, wie eine wunderbare Erregung in ihm aufstieg. Wie lange ging die Party heute noch? Vielleicht hatten sie ein Viertelstündchen ...

Da hielt Alice plötzlich inne und löste sich von seinen Lippen. »Was hast du da?«, fragte sie verwundert und zog das Messer aus Tommys Gesäßtasche.

Scheiße! Das hatte er völlig vergessen! »Wir ... wir müssen doch noch die Torte anschneiden!«, stotterte er.

»Ach, mein Liebling! Was bist du doch für ein Guter! Dass du daran gedacht hast! *I love you*!«

65

Was ist bloß los mit der Welt?, fragte sich Paolino.
Traurig saß er auf der Schaukel und hielt seine etruskischen Münzen an sich gepresst. Einige waren die ech-
ten, einige waren Schokomünzen.
»Was nützt aller Reichtum, wenn doch kein Mädel
aufs Zimmer kommt ...« Langsam wickelte er eine der
Schokomünzen aus dem Goldpapier und steckte sie
sich in den Mund.

Titty saß am Tisch, an dem sich mittlerweile die Reihen
gelichtet hatten. Sie spürte den warmen Hundekörper
auf ihrem Schoß und dachte daran, wie der kleine Kerl
gestern fast hopsgegangen wäre. Und ausgerechnet auf
eine Art, die Judy und sie ihren »Gästen« immer hatten
zuteilwerden lassen. Und die auch sie beide ja beinahe
praktiziert hätten. Das hätte sie nicht verwinden können.

Etwas mitleidig betrachtete sie Alices Mutter, die
sturzbetrunken ihren Kopf auf den Tisch gelegt hatte
und schlief. Titty angelte sich die Whiskyflasche, schaute auf das Etikett und murmelte: »Vielleicht sollte sie
lieber auf Vin Santo umsteigen.«

Aus der Villa kamen zwei Kellner des Cateringservices
und trugen die wunderschöne Torte vorsichtig zu einem runden Tisch. Judy folgte ihnen mit ein paar Blumen in der Hand. Fachmännisch steckte sie einige davon in die drei Schichten der Torte, andere arrangierte

sie mit einigen kleinen Kerzchen drum herum. Es sah fantastisch aus. Schade nur, dass niemand mehr in der Lage war, dem Anschnitt der Torte so aufmerksam zu folgen, wie es sich eigentlich gehörte. Und wo war das Brautpaar?

Langsam schlenderte sie auf den traurigen Paolino zu, der einsam auf der Schaukel saß und seinen Kopf an das Seil gelehnt hatte. »Was ist mit dir?«

Er zuckte nur mit den Schultern, ohne aufzusehen. »Der Bekloppte hat die mich genannt«, sagte er sehr leise.

»Ach, Paolino, mach dir nichts draus. Du hast doch gesehen, wie doof die selber ist. Sie ist noch so jung …«

Langsam hob er den Blick. »Meinst du wirklich?«

»Ja. Du bist ein wunderbarer Mensch. So gut kochen wie du kann keiner. Und wenn wir dich nicht hätten, wären wir total aufgeschmissen. Und das weißt du auch.«

Endlich schien wieder ein bisschen Licht in seine Seele zu kommen. »Wonach soll ich ab morgen suchen?«

»Hmm, lass mich überlegen … Im Moment fällt mir nichts ein. Vielleicht können wir ja erst einmal eine Pause einlegen. Es ist auch so genug zu tun.«

»Der Gemüsegarten?«

»Mal schauen. Vielleicht werde ich da ein paar Änderungen vornehmen müssen …«

Vorsichtig blickte sie sich um. Gaetano war nirgendwo zu sehen. Dafür kamen Tommy und Alice aus der Villa. Hand in Hand.

Tommy hielt das Messer in Händen.

»So! Was ist jetzt mit der Torte?«

66

Die rosenfingrige Eos warf ihr magisches Morgenlicht auf Judys Zypresse. Eine einsame Lerche in den dichten Zweigen der Steineichen warb um Liebe. Der Duft der Rosen waberte intensiv in das Zimmer herein. Wahrscheinlich würde sie das heute alles zum letzten Mal erleben. Sie spürte es instinktiv. Die Liebesnacht war zu schön gewesen. Wie oft in ihrem Leben war sie von dem Gipfel der Glückseligkeit in die Tiefe des Jammers hinabgestürzt! Es war ein wiederkehrendes Leitmotiv in ihrem Dasein.

Hinzu kam die Belagerung der Villa durch eine lästige Meute von Reportern. Das meiste, was sie schrieben, war erstunken und erlogen, aber die Masse hatte jede Nachricht gierig aufgesogen. Die gestrigen Artikel ließen keinen Zweifel mehr zu: Es ging wohl nur noch um Stunden. Ein Abgang, wie Titty und sie es sich vorgestellt hatten, kam nicht mehr infrage. Jetzt war Gaetano in ihrem Leben, und daher würde sie mit Würde alles tragen, was da auf sie zukommen mochte.

Wie gut nur, dass die Welt die Wahrheit niemals erfahren würde … Bisher ging es nur um Walter und sein Verschwinden. Was hatten sie außer dem Oberschenkelknochen denn schon in der Hand? Und wenn doch alles herauskäme, würde Gaetano ihr verzeihen können? Würde er ihre Beweggründe verstehen?

Seine Brust hob und senkte sich in einem stillen Rhythmus. Er schien regelmäßig zu trainieren, denn seine Muskulatur war noch kräftig und gut definiert.

Nur zu gern hätte sie mit der Hand über die rührende Wölbung seines von grauem Flaum bedeckten Bauches gestrichen, an der sie auch einen gewissen Anteil hatte.

Was würde aus ihm werden? Würde ihm sein Verhältnis mit ihr schaden? Oder waren sie diskret genug gewesen? Wahrscheinlich nicht. Das Dorf hatte Hunderte Augen und Ohren. Und dann natürlich auch die Reporter ... Er war immer zu Fuß gekommen und hatte sich bemüht, ungesehen zu ihr zu gelangen. Bis gestern hatte ihn niemand erwähnt, obwohl es sicher ein gefundenes Fressen für die sensationslüsternen Leute gewesen wäre!

Sie war das erste Mal in ihrem Leben richtig verliebt. Ein seltsames Gefühl mit siebzig. Damals mit Toni war es ein jugendlicher Überschwang, ein maßloses Verlangen, ein Gefühl des grenzenlosen Ineinanderfließens gewesen – in der Erwartung, es würde ein Leben lang halten, ohne dass sie sich der Welt in ihrer Realität gestellt hätten. Jetzt mit Gaetano war es ein tiefes, reifes Gefühl, das nicht nur ihr Herz und ihren Geist ergriffen hatte, sondern jede Faser ihres Wesens. Sie hatten sich heute Nacht so zärtlich und gleichzeitig so leidenschaftlich wie Jungverliebte geliebt. Judy hatte keine Angst gehabt, ihm ihren nicht mehr perfekten Körper als Geschenk darzubieten, er hatte keine Probleme damit gehabt, seine während des langen Liebesspiels ab und an auftretenden kleinen Schwächeperioden preiszugeben, und sie hatte ihm geschickt über diese kurzen Phasen hinweggeholfen, als hätte sie ein Leben lang nichts anderes getan.

Das rosa Licht der Morgendämmerung erleuchtete ihre beiden Körper. Es war der Brautschleier, den sie nie würde tragen können.

Leise erhob sie sich, um Gaetano nicht zu wecken, und schlich ins Bad. Die laue Dusche tat gut. Wenn sie kamen, wollte sie nicht wie eine verlotterte alte Kuh aussehen. Mit energischen Strichen bürstete sie ihr Haar und flocht den Zopf. Ein leichtes Make-up, wie immer.

Was sollte sie anziehen? Ein weißes Leinenkleid wäre wohl das Beste. Dazu ihre hübschen weißen Sandalen. Als letzte kleine Eitelkeit streifte sie einen goldenen Armreif über und steckte sich die hübschen venezianischen Perlen in die Ohrläppchen. Sicherlich würde eine Horde Fotografen vor der *Questura* über sie herfallen.

Während sie nach unten ging, hörte sie schon die harten Schläge an der Pforte. Durch das Oberfenster der Tür warfen die flackernden blauen Lichter der Einsatzwagen bizarre Zeichen an die hohe Decke im Flur. Gut, dass sie nicht mit lauten Sirenen gekommen waren.

Sie öffnete die Tür. Der Appuntato, den sie als Gaetanos Kollegen aus der Carabinieri-Station kannte, begrüßte sie mit einem entschuldigenden Lächeln. Hinter ihm stand ein großer, hagerer Mann mit dunklem Kraushaar und einer dicken Hornbrille. Das war wohl der *Magistrato*.

»Mit wem habe ich die Ehre?«, fragte sie freundlich.

Energisch schob der *Magistrato* den Appuntato beiseite und überreichte ihr ein Schreiben. Sie überflog eilig die Zeilen. Sie sah ihren und Tittys Namen, dann drei Seiten mit juristischem Kauderwelsch, das sie selbst auf Deutsch nicht verstanden hätte.

»Würden Sie bitte die Dame begleiten, damit sie ihre Schwester holt?«, sagte der Hagere und bedeutete dem Appuntato, Judy zu folgen.

»Meinen Sie, ich laufe Ihnen weg?«, fragte sie leicht amüsiert. Was bildete der Blödmann sich eigentlich ein?

Mit einer eleganten Drehung wandte sie sich um und ging in Tittys Zimmer. Zu dem üblichen Zigarettengestank kam eine nicht unerhebliche Wolke Alkoholdunst. Neben dem Bett stand eine halb volle Flasche Whisky. Den trank Titty in Erinnerung an ihr altes Gastland nur in extremen Fällen. Ihr war also auch klar gewesen, was heute passieren würde. Judy rüttelte sie leicht an der Schulter. Filippo, der zusammengerollt zu Tittys Füßen lag, sprang auf den Boden und schüttelte sich. Armer kleiner Kerl, dachte sie.

»Titty, es ist Zeit.«

Die Augenlider ihrer Schwester schienen bleischwer zu sein. Aus ihrem Mund kam ein übler Geruch. Angewidert drehte Judy sich weg.

»Mach dich bitte ein bisschen nett zurecht. Ich warte unten an der Tür auf dich.«

Es dauerte recht lange, bis Titty erschien. Der *Magistrato* begann schon nervös zu werden und wollte den Appuntato hinaufschicken.

»Lassen Sie nur. Sie wird schon kommen.«

Angenehm überrascht bemerkte Judy, dass Titty es tatsächlich geschafft hatte, nach der durchzechten

Nacht einigermaßen menschlich auszusehen. Sie umarmte sie. Wohl ein letztes Mal hier in der Villa.

Als sie in die Gazzella einstieg, drückte der Appuntato ihr den Kopf runter, wie sie es oft bei Verhaftun-
gen im Fernsehen gesehen hatte. Diese Berührung
empfand sie als äußerst unangenehm und entwürdi-
gend.

Vorsichtig suchte sie nach Tittys Hand, während der
Wagen langsam durch ihre geliebte Zypressenallee fuhr.
Nie würde sie sie wiedersehen. Sie hatte sich immer
gewünscht, mit den Füßen zuerst hier entlanggetragen
zu werden, wenn sie einmal auf der anderen Seite des
Jordans erwartet wurde. Das würde jetzt nicht mehr geschehen.

Eine kleine Träne löste sich aus ihrem rechten Auge.

Epilog 1

Hier sieht es aus wie im Urwald, dabei sind nur ein paar Wochen vergangen. Vieles ist verdorrt, weil sich niemand um die Pflanzen gekümmert hat, aber die Rosen, die Oleanderbüsche und die Ranken an der Villa haben überlebt. Der Gemüsegarten ist natürlich völlig hinüber. Die frischen Setzlinge, die ich dort gepflanzt hatte, hätten täglich gegossen werden müssen. Jetzt ist dort nur die harte Erde, in der ich gebuddelt habe.

Nach der Festnahme von Judy und Titty hat man mich wegen Haftunfähigkeit in eine psychiatrische Einrichtung eingewiesen. Ich musste natürlich meine Show mit dem Tremor durchhalten, aber das war nicht schwer. Durch all die Jahre, in denen ich Judy und Titty an der Nase herumgeführt habe, war mir der Bewegungsablauf wie selbstverständlich geworden. Die Ärzte in der Klinik haben mich dann gründlich durchgecheckt und erstaunlicherweise wirklich etwas gefunden. Das Kopfwackeln hielt in den ersten zwei Tagen tatsächlich an, auch wenn ich es gerne abstellen wollte. Sie haben ein Leberleiden diagnostiziert und irgendwas von Kupfer in meinem Kopf gefaselt. Dadurch, dass ich in der Klinik keinen Grappa hatte, besserte sich mein Zustand schnell, und jetzt fühle ich mich sehr wohl.

Sie werden wissen wollen, warum ich Judy und Titty diese Show vorgespielt habe? Nun, in den vielen Jahren, in denen ich Judys Assistent war, habe ich ihr voller Bewunderung zur Seite gestanden. Für eine so außergewöhnliche Frau zu arbeiten, war ein unglaubliches Privileg für mich. Ich hatte damals lediglich ein nach zwei Semestern abgebrochenes Studium aufzuweisen, konnte passabel Englisch und Französisch, sah, wie mir viele Frauen bestätigten, gut aus, aber all das hatte mich nicht weit gebracht. Ich saß praktisch auf der Straße, als Judy und ich uns in der Gärtnerei begegneten, in der ich als Aushilfskraft für ein paar Kröten jobbte. Dank ihr bekam ich eine feste Arbeit mit einem guten Gehalt, lernte die Welt und interessante Leute kennen. Diese Jahre waren wie ein Traum, und ich werde Judy für diese Zeit ewig dankbar sein.

Als sie in den Ruhestand ging, weil ihr der Job irgendwann zu viel wurde, saß ich praktisch auf der Straße. Vergeblich suchte ich nach einer neuen Anstellung. Niemand wollte mich. Ich war in dem Alter, in dem man schwer vermittelbar ist. Ich wusste nicht mehr ein noch aus. Das Geld war alle, die Wohnung hatten sie mir gekündigt, weil ich mit der Miete im Rückstand war, und das Rentenalter war noch in weiter Ferne. Da kam mir die Idee mit der Krankheit, denn ich kannte ja Judys weiches Herz unter der harten Schale. Ich hatte die ganzen Jahre mitbekommen, wie sie ihre beiden Söhne großzog, obwohl es nicht ihre leiblichen waren. Ich bewunderte ihre Ausdauer und Geduld mit dem missratenen Bobby, der ihr viele Sorgen machte und großen Schmerz zugefügt hat. Hoffentlich wird er nie wieder in ihrem Leben auftauchen.

Aber zurück zu meiner Geschichte, liebe Leser:innen, Sie wollen ja die Puzzleteile zusammenfügen:

Eines Tages habe ich mich mit abgerissenen Klamotten, langen Haaren und etwas verwahrlost in die Dorfkirche gesetzt. Da ich wusste, dass Judy oder Titty hier täglich vorbeikam, wartete ich. Jedes Mal, wenn die Tür aufging, fing ich an, mit dem Kopf zu wackeln. Irgendwo hatte ich durch Zufall von dieser Art Leiden gehört und fand es nicht schwer, es zu simulieren. Glücklicherweise war es Judy, die an dem Tag in die Kirche trat, mich gleich wiedererkannte und mit in die Villa nahm. Und dann begann das Spiel. Ich hatte eine Bleibe, saß mit den beiden Schwestern am Tisch, bekam hervorragendes Essen und wurde Teil ihres Haushalts. Dass auch die beiden mich umgekehrt an der Nase herumführten, mit ihren Suchaufträgen nach irgendwelchen verrückten Dingen, nehme ich ihnen nicht krumm. Sie haben sich nie über mich lustig gemacht und mich immer gut behandelt. (Die uralten Schokomünzen schmeckten übrigens noch ganz gut, sie waren nur etwas sandig.) Es war gewissermaßen eine Win-win-Situation.

Dass ich zum Komplizen ihres Entsorgungsdienstes wurde, ging in Ordnung. Als ich klein war, verschwand eine Cousine von mir. Erst Jahre später fand man ihre Leiche in einem Waldstück. Sie war entführt und misshandelt worden, der oder die Täter wurden nie gefunden. Mit jedem Toten, den ich verbuddelt habe, habe ich in gewisser Weise auch diese Schweinhunde unter die Erde gebracht.

Jetzt liegt ein großes Stück Arbeit vor mir. Am besten fange ich beim Garten an, der muss wieder zum

Leben erweckt werden. Der Keller und das Labor können warten. Was im Weinberg zu tun ist, kann ich jetzt noch nicht überblicken. Morgen kommen Judy und Titty heim, und ich will, dass sie alles in Ordnung vorfinden. Dass ich geheilt bin, wissen sie noch nicht. Hoffentlich werden sie mich trotzdem bei sich behalten.

Die Wochen in der Untersuchungshaft sind sicher nicht leicht für die beiden alten Damen gewesen. Der Verdacht war schwerwiegend. Allerdings hatte man keine Spuren in der Villa gefunden, nur der unter Tittys Bett geratene Oberschenkelknochen und die massiven Anschuldigungen von Bruno hatten Fragen aufgeworfen. Daher werden sie morgen aus Mangel an Beweisen freigelassen. Gut schauspielern zu können, zahlt sich eben wirklich aus.

Was koche ich bloß zum Empfang? Venezianische Leber? Wo waren eigentlich noch mal die Zwiebeln?

Epilog 2

Als heute Morgen die großen Schlüssel in der Stahltür rasselten und der Riegel weggeschoben wurde, wusste ich noch nicht, was mich erwarten würde. In den letzten Wochen hatten sie mich mehrfach aus der Zelle geholt und zum Verhör gebracht. Judy habe ich dabei nie getroffen. Wahrscheinlich wollten sie verhindern, dass wir in irgendeiner Weise miteinander kommunizieren. Als dann der Beamte sagte, dass keine Spuren gefunden worden waren und sich die sonstigen Verdachtsmomente als unbegründet erwiesen hatten, hat mein Herz einen ziemlichen Hüpfer gemacht. Schon lange hatte ich nicht mehr gespürt, was es hieß, Glück zu empfinden. Wahrscheinlich war es schon viele Jahrzehnte her. Ich war froh, dass ich überhaupt noch dazu fähig war.

Die Wochen hier in dieser kleinen Zelle waren hart. Nach den Jahrzehnten in der Villa mit so viel Himmel über mir hatte ich in den ersten Stunden das Gefühl, ich würde verrückt werden. Hinzu kamen die Entzugserscheinungen. Erst Stunden nach der Festnahme erbarmte sich ein netter Wächter und brachte mir eine Schachtel Zigaretten. Ich hätte ihn küssen mögen! Auch in den Tagen danach hat er mich regelmäßig versorgt, zwar nie mit mehr als einem Päckchen, aber ich muss wohl mal anfangen, meinem selbstzerstörerischen Verhalten Einhalt zu gebieten.

Erst jetzt, wo ich hier im Garten sitze, der leider ziemlich unter unserer Abwesenheit gelitten hat, begreife ich, was passiert ist. Bei der Hausdurchsuchung hatten sie lediglich die Räume der Villa durchwühlt. Dass sie, wie Judy mir gesagt hatte, die Vin-Santo-Flaschen nicht mitgenommen hatten, lag entweder an ihrer Oberflächlichkeit oder ist ihrer Pietät zu verdanken. Wer weiß? Den Keller haben sie nie gefunden, und eine eingehende Untersuchung der Truhe, in der eventuell DNA-Spuren von Walter hätten sein können, hat glücklicherweise der gute Gaetano wegen seines knurrenden Magens verhindert. Ich hab's Judy ja immer gesagt: Wie gut, dass wir ihn haben! Halt ihn bei der Stange! Ob sie ihn heiraten wird? Bei Judy kann man das nie wissen. Sie macht aus ihrem Herzen eine Mördergrube! Aber vielleicht macht ja auch Gaetano einen Rückzieher. Obwohl wir als Unschuldige aus der Sache hervorgehen, könnte es sein, dass ein Restverdacht bleibt und er bei der Dorfbevölkerung nicht mehr die Autorität besitzt, die er haben müsste. Allerdings steht es ihm auch offen, um Versetzung zu bitten. Dann wäre er nur noch zum Abendessen da, was seinem Taillenumfang sicher guttäte.

Als ich vorhin ankam, bin ich von Paolino empfangen worden. Er ist völlig verändert, seit er aus der psychiatrischen Einrichtung zurückgekommen ist, in die man ihn wegen Haftunfähigkeit gebracht hatte. Sein Zucken ist weg, er denkt glasklar. Darauf angesprochen, brach er in schallendes Gelächter aus. Nicht nur wir hatten ihn an der Nase herumgeführt, sondern er auch uns! Er verriet mir, dass er das ganze Affentheater mit dem Nervenleiden und der Demenz nur vorgetäuscht hatte, um ein Dach über dem Kopf und ein gutes Auskommen zu haben. Im ersten Moment war ich empört, musste dann jedoch zugeben, dass wir quitt waren. Weder wir noch er hatten aus Bösartigkeit gehandelt, wir hatten lediglich unseren jeweiligen Vorteil gesucht. Schwamm drüber! Er hat mich dann noch gefragt, ob er bleiben könne, und ich habe ihm gesagt, dass es okay für mich wäre. Hoffentlich ist Judy auch einverstanden.

Ich frage mich, was jetzt aus uns wird. Es liegt viel Arbeit vor uns. Unkraut vergeht bekanntlich nicht …

Epilog 3

Vier Jahre später

Gestern wurde das Urteil verkündet. Meine Aussage war beim Prozess eine derjenigen, die ganz wesentlich zur Urteilsfindung beigetragen haben. Ein paarmal habe ich dabei zu Judy hinübergeschaut. Wenn unsere Augen sich trafen, lächelte sie mich jedes Mal an. Sie sah wie immer hinreißend aus. Das strenge Kostüm war zwar etwas ungewöhnlich an ihr, aber der Ort erforderte ja eine gewisse formale Kleidung.

Der Oberschenkelknochen, der von den Experten der Spurensicherung unter Tittys Bett gefunden worden war, und die Anschuldigungen dieses Bruno waren die Gründe, weswegen die *Magistratura* die Festnahme der Schwestern veranlasst hatte. Natürlich hatte das zu einem medialen Sturm geführt, der bis nach Deutschland reichte. Selbst im Fernsehen berichteten sie darüber, und dieser sonderbare Deutsche ließ sich mehrfach dazu interviewen. Überall klagte er meine geliebte Judy und ihre Schwester an, seinen Bruder versteckt oder gar ermordet zu haben. Es war eine schwere Zeit in der *Villa Fiorita*. Tagelang lungerten Reporter am Haus herum und waren auf der Suche nach der Sensation. Einfach unerträglich, wie dieser Mensch auf einen völlig unbegründeten Verdacht hin so viel Schmach über Unschuldige brachte! Was erlaubte der sich eigentlich? Wie sich herausstellte, konnte der Knochen gar nicht von seinem Bruder stammen. Er war mindestens zehn Jahre alt. Ich hatte ja auch nicht erkannt, welcher Art Filippos Spielzeug war. Zusammen mit dem Mangel an Beweisen bei der Spurensuche führte das zu der Haftentlassung. Ich holte die beiden Damen höchstpersönlich mit meiner Gazzella ab. Es war mir egal, was die Wachleute am Tor dachten. Ich wollte damit ein Zeichen setzen. Was für eine aberwitzige Idee! Meine Judy und Titty sollten Mörderinnen sein!

Allerdings blieb die Frage, wo der verschollene Deutsche war. Die Spur endete, das zeigte das Bewegungsprofil seines Handys, in unserem Dorf. Im ersten Moment richtete sich mein Verdacht auf den Bruder. Wie deutsche Journalisten herausgefunden hatten, bestand durchaus ein Tatmotiv. Der Verschwundene stand bei ihm tief in der Kreide, war zudem dabei, durch seine Spielsucht das gemeinsame Unternehmen zu ruinieren und zog immer wieder kriminelle Elemente an, bei denen er Spielschulden hatte. Mitarbeitern zufolge bedrohten sie auch ihn, den Bruder, um wenigstens bei ihm das Geld einzutreiben. Vielleicht war er durch den Prospekt, den ihm seine Schwägerin ausgehändigt hatte, auf die Idee gekommen, eine falsche Fährte zu legen. Sie ins Ausland führen zu lassen, konnte Vorteile für den Täter haben. Eventuelle Nachforschungen würden sich schwieriger gestalten. Wie dem auch sei, ist es ja gemeinhin und vor allem bei uns in Ermittlerkreisen bekannt, dass Schuldige besonders laut schreien, um von sich abzulenken.

Aber dann kam alles ganz anders.

Vor dem Gericht habe ich dargelegt, wie ich auf das Auto des Täters stieß. Bei einer Routinefahrt zur Überwachung des Territoriums kam dem Appuntato und mir ein Fahrzeug mit überhöhter Geschwindigkeit entgegen. Es war mir ja schon vorher untergekommen, genauso wie seine Insassen. Was für ein scheußliches Gefährt! Und außerdem ein furchtbarer Luftverschmutzer. So etwas musste aus dem Verkehr gezogen werden. Bei einer gründlichen Kontrolle der Papiere stellte sich heraus, dass der Fahrer, Judys Sohn Bobby, den ich von früher her flüchtig kannte und der sich mir gegenüber in unehrlicher Absicht als Filmproduzent ausgegeben hatte, ein meterlanges Vorstrafenregister hatte. Wie sein Komplize auch. Bei gewissenhafter Inspizierung des Wagens einschließlich des Kofferraums fand ich dann unerklärliche Flecken, die meinen Verdacht erregten. Infolge einer von mir veranlassten Untersuchung kam heraus, dass die dort aufgefundenen Spuren von Blut und Hirnmasse mit der DNA einer Leiche übereinstimmten, die im Flussbett der Ema nahe der Ortschaft Grassina von einem Gärtner aufgefunden worden war. Weitere vorhandene Blutspuren konnten nicht eindeutig zugeordnet werden.

Das gesamte gesicherte Genmaterial stammte aus unterschiedlichen Jahren, die jüngsten Partikel waren zum Zeitpunkt der Festnahme des Angeklagten nicht älter als ein paar Wochen. Das Gericht zog sich nur kurz zurück und verkündete das Urteil recht schnell. An der Schuld des Angeklagten bestand kein Zweifel. Bobby Neumann wurde zu lebenslanger Haft verurteilt und sein Komplize Willie Stroker alias Dr. Carlton zu zwölf Jahren wegen Beihilfe. Die Schuld im Falle Walter Niedergesäß konnte den beiden nicht eindeutig nachgewiesen werden, aber die dem Gericht vorliegenden Indizien und Zeugenaussagen rechtfertigten die Härte der Gesamtstrafe.

Nach meiner Beförderung zum Maresciallo Maggiore habe ich Antrag auf Pensionierung gestellt. Seitdem führen Judy und ich ein neues Leben. Es ist Winter, und der *tramontana* genannte Nordwind, der eisige Kälte von den schneebedeckten Gipfeln des Apennin in den Chianti trägt, dringt durch die Ritzen der etwas maroden Fenster bis in alle Räume. Gut, dass wir uns aneinander wärmen können.

Schade um die verlorenen Jahre, in denen wir es nicht geschafft haben, unsere Liebe zu erfüllen. Als ich es ansprach, zeigte Judy lächelnd auf ihre Zypresse. »Weißt du, wie viele Jahre sie gebraucht hat, um so schön zu werden und ihr Wurzelwerk so tief in der Erde zu entwickeln, dass sie den Stürmen standhalten kann?«

Wie seltsam ist es, dass man manchmal erst so spät im Leben das Glück erfährt.

Wir leben hier in einer etwas eigenartigen Menage, aber es könnte angenehmer nicht sein. Zwar hat Judy mir noch nicht das Jawort gegeben, doch was ändert das schon? Jeden Morgen an ihrer Seite zu erwachen und gemeinsam »unsere« Zypresse zu begrüßen, übertrifft alles, was ich mir hätte erträumen können. Titty hat mittlerweile aufgehört zu rauchen, trägt eine modische Kurzhaarfrisur und hat für Filippo eine Gefährtin angeschafft. Im Gegensatz zu ihm hat diese junge Mopsdame einen Narren an mir gefressen. Unglaublich, aber wahr: Dieses Gefühl beruht auf Gegenseitigkeit!

Der genesene Paolino ist zum Schwarm der weiblichen Dorfbevölkerung geworden. Mehr als einmal habe ich ihn nachts im Flur in Damenbegleitung erwischt. Er hat ein Fernstudium in Archäologie begonnen, und oft sitzt er, wenn er sich nicht wie früher um Haus und Hof kümmert, irgendwo mit einem Laptop vor der Nase und von dicken Wälzern umringt.

Ab und zu kommen Tommy und Alice zu Besuch. Tommy ist Judy gegenüber immer noch recht reserviert. Es muss zwischen den beiden etwas vorgefallen sein, von dem ich keine Kenntnis habe. Das geht aber nur die zwei etwas an. Zu Weihnachten hat Alice Judy und Titty unter heftigem Gelächter einen kleinen goldenen Oberschenkelknochen geschenkt. Der hat seitdem einen Ehrenplatz auf dem Kaminsims.

»Ist das etwa der von Pythagoras?«, hatte Titty sich lachend erkundigt. Ich kannte die Geschichte nicht, aber Judy hat sie mir später erzählt.

Die mittlerweile dreijährige Sarah liebt ihre Oma. Gerade jetzt sitzen sie vor dem Kamin. Judy zeigt der Kleinen ihre Pflanzenbücher und erzählt ihr von den wundersamen Dingen der Natur. Da dreht das süße Geschöpf sein Gesicht zu ihr hoch und sagt: »Du bist so schön, Oma. Du hast die Augen einer *mamma*.«

HEUTE

Dieses Jahr hat der Sommer erst so richtig im Juli angefangen. Mai und Juni waren total verregnet gewesen. Hoffentlich dauert das schöne Wetter dafür im Herbst etwas länger an.

Wie hat Paolino das nur geschafft immer so tiefe Löcher hier in die Erde zu buddeln? Der Boden hier im Chianti ist so verdammt hart... Anders als bei uns in Apulien.

»*Amore! Amore!*« Judy sieht wie immer hinreißend aus. Wie macht sie das bloß? Sie wedelt schon von Weitem mit einem Brief oder einem weißen Blatt Papier in der Hand. Sie strahlt über das ganze Gesicht.

»Du glaubst es nicht!«

Wie ein kleines Mädchen versteckt sie den Schrieb hinter ihrem Rücken und grinst spitzbübisch.

»Rat mal, was ich hier haaabeeee!«

Ich muss sie verdutzt angeschaut haben, denn sie kichert in sich hinein.

»Du glaubst es nicht!« Sie streckt mir den Ausdruck einer E-Mail entgegen.

»Wie jetzt...?«

»Ja, es ist wahr! Du bist mit deinem Drehbuch im Halbfinale des Wettbewerbs in Hollywood gelandet!«

»Wie bitte???«

»Ja! Hier! Lies!«

»*Perbacco*!!! Das ist unglaublich!!!«

»Herzlichen Glückwunsch, *tesoro*!«

Jeder Kuss von ihr, jede Umarmung sind wie ein Geschenk Gottes. Mein Herz klopft so heftig. Das kann alles gar nicht wahr sein! Was für ein Glück!

Ich spüre, wie sie mich ein wenig von sich wegdrückt. Sie schaut nach unten.

»Sag mal, *tesoruccio*, nach was buddelst du hier eigentlich?«

DANKSAGUNG

Ein Roman lebt auch von all jenen Personen, die einen umgeben und an der Entstehung der finalen Version teilhaben. Mein erster Dank geht an meine Familie, die mich immer wieder unterstützt und motiviert hat. Besonders möchte ich dabei meine Tochter Katharina Roland erwähnen, die mich zum Drehbuchschreiben gebracht hat und später die erste und strengste Leserin dieses Romans war. Ich habe ihr viel zu verdanken. Ein Riesendankeschön auch an meine Agentin Susann Rauhaus, die mir die Idee zur Romanversion des Drehbuchs gegeben hat. Danke auch an meine hervorragende Lektorin Dr. Felicitas Igel, die mit viel Fingerspitzengefühl die Geschichte der beiden Ladies bearbeitet hat. Und *last not least* möchte ich meinem Entdecker Benedikt Röskau danken. Deine Worte, Benedikt, haben mich seit unserer ersten Begegnung beflügelt und die Kraft gegeben, weiterhin die vielen Geschichten in meinen Drehbüchern und Romanen zu erzählen, die in meinem Kopf entstehen, während ich die Welt betrachte.

Mehr Informationen:

Auf meiner Webseite www.helgamarcks.com finden Sie Informationen zu meinen anderen Geschichten. In meinem Blog erzähle ich Interessantes über die Toskana und Italien. Schauen Sie doch mal rein! Dort finden Sie auch das ein oder andere Rezept.

IMPRESSUM

Verlag: BoD • Books on Demand GmbH, In de
Tarpen 42, 22848 Norderstedt
Druck: Libri Plureos GmbH, Friedensallee 273,
22763 Hamburg
Copyright © 2024 Helga-Maria Marcks
c/o Schoneburg. Literaturagentur und Autorenbera-
tung
Rudolf-Schwarz-Str. 20, 10407 Berlin, Germany
Foto © Caroline Aspas
ISBN: 978-3-7597-1219-6